중국 현대문학 신론

전통으로 현대 읽기

정 진 배 저

박문사

중국 현대문학 신론

전통으로 현대 읽기

'新' 장주호접몽

장자의 「제물론(齊物論)」에는 '장주가 꿈에 나비가 되어 훨훨 경쾌하게 날아다니다가 문득 꿈에서 깨어 자신이 장주임을 자각한다'는 고사가 등장한다. 그런데 이 꿈의 우화적 함의는 필경 나비를 통해 꿈꾸는 〈나〉를 깨우기 위한 방편이었을 것이다. 장주의 눈으로야 나비가 환(幻)이지만, 나비의 입장에서는 분명 장주가 환이 아니겠는가. 필자는 장주호접(莊周胡蝶) 이야기를 읽으며 '나'와 '세계'의 문제를 새삼 되돌아보게 되었다. 어쩌면 〈나〉는 지금-이 순간도 장자의 연민처럼 그 어떤 보이지 않는 이데올로기의 최면에 걸려 허우적거리며 세상을 배회하고 있는 것은 아닌가? 실제로 오늘날 각종 매체는 끊임없이 자본주의의 상품 논리를 재생산하고 있으며, 그 속에 몸담고 있는 우리는 흡사 '유리병에 빠진 파리'처럼 누군가가 해석해 놓은 세계를 의심할 바 없는 객관적 진실인 양 흐릿한 눈으로 바라보고 있는지 모른다. 물론 재현된 그 세계는 〈2x2=4〉 라는 등의 수치적(혹은 과학적) 사실을 들이밀며 목전에서 출몰하니, 숫자에 취약한 인문학도로서는 꼼짝없이 백기투항하지 않을 수 없는 노릇 아니겠는가.

그러던 중 나이 마흔을 갓 넘으면서 우연한 계기로 읽기 시작한 동양 고전은 나를 에워싼 철옹성 같은 환상의 성을 빠져나갈 수 있는 일련의 비책들을 제시해 주었다. 물론 필자는 기질상 금욕적이며 극기적인 구도자보다는 호기심과 의심 많은 학인에 가깝다. 그로 인해 '동양' 공부가 진행되면서 눈과 귀가 조금씩 열리자, 그동안 보고 들은 것을 학적으로 정리해 보고 싶은 욕심이 발동하였다. 그리하여 장주가 꾼 나비의 꿈을 뒤집어서 나비가 꾼 장주의 꿈을 상상하기 시작한 것이다. 꿈의 내용인즉슨 현대의 과학기술 문명이 간과하거나 수수방관했던 인간 심성의 문제를 '나비'의 눈으로 진지하게 고민해 보는 것이었다. 어떤 의미에서 우리가 몸담고 있는 세계는 한편에서 인간과 인간 사이의 본질적 소통이 완벽히 차단돼 있으면서, 다른 한편에서는 지구 저 반대편에 사는 생면부지 모씨(某氏)의 일거수일투족까지 인터넷 등의 매체를 통해 글로벌 동포에게 소위 '리얼 타임'으로 생중계해주는 기이한 시공간이다. 이 같은 분열증적 양극단이 버젓이 공존하는 현대 사회에서 수시로 돌변하는 온·냉의 기온차를 감당하지 못하고 내면으로 침잠해 들어간 인간 심성의 문제를 외면한 채, 고속으로 질주하는 기술 문명의 발전에 무작정 환호하며 편승하는 것은 인문학자로서 심각한 직무유기가 되지 않을 것인가.

물론 이는 나비 꿈에 나타난 장주 이야기의 한 부분이다. 사실 '살아 있다' 함은 무엇인가 하고 싶은 일이 있음을 전제해야 할 것이다. 이 책은 필자가 꾼 인문학적 꿈의 전편(前篇)이며, 그 요체는 서구 현대성의 철 방 감옥을 '동양'이라는 열쇠로 열어보고자 하는 것이다. 물론 이것이야말로 옛날 선사들이 말했던 은산철벽(銀山鐵壁)에 모기가 침을 쏘아 구멍을 뚫으려는 호기가 아니겠는가. 그렇지만 꿈꾸는 데야 무슨 한계나 제약이 있을 수 있겠는가?

현실로 돌아오다

본서의 일차적 관심사는 '탈'서구적 중국문학 연구를 위한 제반 이론적 가능성을 탐색하는 것이다. 이 같은 주제 의식의 연장선상에서 〈전통〉은 일관되게 '나'와 '세계'를 바라보는 인식론적 관점에서 전유된다. 여기서 책의 구성 체재와 관련하여 소략히 설명을 곁들이는 것이 필요할 듯하다. 먼저 책의 1부에서는 '전통'과 '현대'의 철학적 함의를 폭넓게 성찰하기 위한 총론적 성격의 글을 담았다. 「모순을 읽는 존재론적 눈」(1장)에서는 존재를 사유하는 인식론적 눈의 문제를 전격적으로 고찰하였으며, 유불도에 기반을 둔 일련의 철학적 논증을 거쳐 인식과 존재 상호 간의 간극이 '모순'의 개념을 잉태함을 지적하였다. 「인문학과 회통(會通)의 문제」(2장)에서는 이 같은 문제의식으로부터 출발하여 유와 무, 다름과 같음을 통합적으로 사유하기 위한 철학적 근거를 모색하였으며, 소결에서는 시적 직관에 기대어 분석적 사유의 한계를 극복할 수 있음을 잠정적으로 밝혔다.

한편, 2부에서는 '전통으로 현대 읽기'(古爲今用)의 이론적 토대가 될 수 있는 불교(佛敎), 노장(老莊), 주역(周易)의 핵심 개념을 집중적으로 고찰하였으며, 이를 통해 동양적 사유논리의 범례를 학문적으로 제시하고자 하였다. 특히 2부는 필자가 '전통'이란 이름으로 호명하고 있는 제반 가치 (혹은 인식론적 입장)을 정당화하기 위한 이론적 토대이기도 하다. 2부의 내용을 세부적으로 살펴보자면,

「불교인식론」(3장)을 논하는 장에서는 동북아 불교 전통에 지대한 영향을 끼친 『대승기신론(大乘起信論)』의 내용을 주제별로 재구성하여 여기에 대한 필자 본인의 설명을 첨가하였다. 특히 3장에서 선별한 13개의 소주제는 불교 인식론과 관련된 쟁점적 내용들을 효율적으로 드러내기 위한 서사적 장치가 될 것이다. 「노장 철학과 해체론적 사유」(4장)에서는 『도덕경(道德經)』과 『장자(莊子)』를 소의경전으로 하여, 이들 텍스트에 내재된 해체론적 함의를 집중적으로 고찰하였다. 특히 장자 철학을 논하는 장에서는 제물 사상에 의거하여 인간을 에워싸고 있는 '세 겹의 철 방 감옥'을 차례로 논파하고자 하였다. 「주역의 우주론」(5장)을 논한 장에서는 64괘 중 천지수화(天地水火)를 상징하는 네 개의 대성괘를 선별하여 이들 괘의 개별적 구성 원리, 상징성, 그리고 괘와 괘의 상관관계 등을 구체적으로 드러내 보이고자 하였다. 끝으로 「삼교회통의 사례」(6장)는 2부에서 개별적으로 서술한 불교, 노장, 주역의 사유 논리가 상호 회통될 수 있는 근거를 이론적으로 밝힌 장이다. 기본적으로는 「주자태극도」의 철학적 상징체계가 용어나 개념상의 차이에도 불구하고 유불도에 공히 적용될 수 있음을 논변하였다. 만일 주역적 관점에서 불교나 노장을 포섭하는 것이 가능하다면, 역으로 불교나 노장에 기대어 주역을 읽어내는 것도 하등 문제될 것이 없을 것이다.

제3부는 내용상 이 책의 본론부에 해당하며, 이론과 실천을 매개하는 일종의 사례 연구적 관점에서 읽어나가는 것이 적절할 듯하다. 방법론적으로는 2부에서 분석한 불교, 노장, 주역의 핵심 개념을 루

쉰(魯迅) 및 여타 오사(五四) 현대성 관련 문건에 실험적으로 적용한 연후, 사태를 해석하는 인식론적 전제의 차이가 수반하는 상이한 결과들에 주목하였다. (가령 전통에 대비되는 '현대'의 개념은 시간에 대한 反직선론적 성찰을 경유하면서 기의가 부재하는 공허한 기표로 전락한다.) 물론 이 같은 사례들은 어디까지나 개념의 확장성 및 응용성을 실증적으로 밝히기 위한 것이며, 본서의 궁극적 목적은 **탈서구적 인문학 연구를 위한 이론적 지평을 구축하는 것**이다. 한편 3부의 경우 개별 챕터 상호 간에 내용상 약간의 중첩되는 부분이 있으나, 각 장별 주제의 독자성을 고려하여 의도적으로 중첩된 부분을 삭제하지 않았다.

후기는 어찌 보면 3부와의 상보적 관점에서 읽어나가는 것이 합당할 듯하다. 원래의 의도는 본서에 대한 결론적 성격의 글을 기술하는 것이었으나, 내용을 살펴보건대 후기가 오히려 중국문학 연구와 관련된 새로운 문제들을 암묵적으로 노정한 측면을 시인하지 않을 수 없다. 되돌아보면 우리 학계에는 한때 '주체적으로 학문하기'의 문제가 진지하게 논의된 적이 있었다. 엄밀히 말해 그러한 학문적 화두를 이론적으로 심화시켜 나가기 위해서는 '나'와 '세계'를 바라보는 전망에 대한 전면적 성찰 없이는 불가능하다. 물론 소위 '글로벌'해진 작금의 한국 사회에서 새삼 시대착오적으로 동-서/고-금 등의 학문적 경계 짓기를 주장하고 싶은 의도는 없다. 그럼에도 불구하고 세계가 어떤 보이지 않는 손에 의해 급박하게 돌아갈 때 스스로를 되짚어 볼 수 있는 인문학적 공간을 확보하는 것은 필요할 것이다. 본서가 동양의 '전통'으로 '현대'를 읽어보고자 하는 취지는 그 이상도 이하도 아니다. 이제 이실직고하건대 지난 몇 해에 걸쳐 이 책의 전체 주제와 관련된 단편적 글을 간헐적으로 집필하는 과정에서 필자는 단 한 번도 흡족하게 논의를 매듭짓지 못했다. 그러나 어쩌면 그 같은 미완의 종결로 인해 인문학은 인간의 자기 성찰을 간단없이 촉발할 수 있는지 모르겠다.

끝으로 이 자리를 빌려 많은 사람들에게 고마움을 전한다. 본 연구 주제를 지원해 준 한국연구재단, 그리고 지난 연말 선뜻 책의 출판을 제안해 준 도서출판 〈박문사〉에 감사의 마음을 전한다. 더불어 지금까지 살아오면서 이런저런 계기로 만났던 모든 고마운 분들께 이 책을 바친다. 본서는 그분들의 음덕에 대한 변변찮은 보은의 표시다.

2014년 2월

정 진 배

목 차

비 고

아래 4편의 글은 예전 국내 학술지에 발표된 글임을 밝힌다.

제1장 「모순을 읽는 존재론적 눈」, 2010. 8. 인문과학. 92호. 71-86쪽. (1229-6201)

제2장 「인문학과 회통의 문제」, 2011. 9. 중국현대문학. 58호. 1-18쪽. (1225-0716)

제7장 「탈현대와 불교적 사유」, 2010. 11. 중국어문학지. 33호. 179-193쪽. (1226-735X)

제9장 「루쉰 문학 속의 노장과 불교」, 2010. 3. 중국현대문학. 52호. 1-26쪽. (1225-0716)

제1부

총 론

M. 칼리니스쿠의 『모더니티의 다섯 얼굴』에는 '거인의 어깨 위에 올라앉은 난쟁이'라는 베르나르(ca. 1126)의 유명한 비유가 등장한다. 서양에서는 중세 이래 여러 논자들이 베르나르의 이 격언을 창의적으로 인용해 왔는데[1], 실제로 '거인', '난쟁이' 혹은 '거인 어깨 위의 난쟁이' 등의 심상은 전통과 현대의 상관관계를 다양한 관점에서 해석할 수 있는 여지를 스스로 내포하고 있는 것이다. 그런데 베르나르의 원래 의도가 어떠하였건 '난쟁이'는 분명 '거인'과 분리된 단독자로 현존하는 듯 보인다. 달리 말해 현대가 설령 전통이란 거인의 어깨 위에 앉은 난쟁이라 할지라도, 양자는 한편으로 개념상 분리된 두 개의 실체로서 사유될 수 있는 것이 또한 사실이다. 흥미로운 것은 외견상 베르나르와 비견될 수 있을 법한 비유가 『장자』에 등장한다는 것이다. "누가 능히 '무'로서 머리를 삼고, '삶'으로 척추

1 M. 칼리니스쿠, 이영욱 외 역, 『모더니티의 다섯 얼굴』, 시각과 언어, 1998, 25-29쪽.

를 삼으며, '죽음'으로 꽁무니를 삼을 수 있겠는가? 누가 **사생존망이 한몸임**을 알 것인가? 나는 그와 더불어 벗을 삼으리라."[2] 장자(莊子)는 여기서 생과 사, 존과 망, 유와 무 등 두 개의 대립적인 개념이 실은 동체임을 밝힌다. 여기서 만일 장자의 논리처럼 '존재'와 '비존재'조차도 둘로서 하나의 동체를 이룬다면, 거인과 난쟁이의 비유를 통해 시간을 전통과 현대로 분절시키려는 발상은 다분히 사변적 논리가 되지 않겠는가. 물론 본서가 문제 삼고자 하는 것은 고(古)와 금(今)을 바라보는 표면적 차이가 아니다. 그보다는 그 같은 '차이'를 잉태하는 인식론적 심층문법을 탐구해 보자는 것이다. 이러한 문제의식에 기초하여 1부에서는 주객 이원적 사유가 해체될 수 있는 논리적 근거를 동양적 사유에 기대어 총체적으로 고찰해 볼 것이다.

2 상기 인용문은『장자』「대종사(大宗師)」에서 네 사람의 가상적 인물이 주고받는 대화의 내용임.

중국 현대문학 신론

전통으로 현대 읽기

제1장

‘모순’을 읽는 존재론적 눈

1.

동양학의 전문 연구자가 아니라 할지라도 음양론(陰陽論)적인 사유는 우리에게 비교적 익숙하다. 비근한 예로 태극기의 태극(太極)이란 명칭이 이 같은 철학적 토양에서 유래하고 있으며, 국기에 내포된 개별 및 총체적인 상징 또한 『주역』 철학의 맥락 속에서 설명이 가능하다. 가령 가운데의 동그라미는 무극(無極)을, S자형으로 나뉘는 청색과 적색의 문양은 양의(兩儀)를, 그리고 원의 중심은 태극을 각기 지칭한다. 한편 원을 에워싸고 있는 표식은 차례로 건(하늘 ☰), 리(불 ☲), 감(물 ☵), 곤(땅☷)을 지시하는 것이다.[3]

여기서 우리가 주목할 것은 태극기의 배열 방식이 외견상 상극(相剋)의 구조를 띠고 있다는 점이다. 즉 가운데의 원이 음-양으로

3 김흥호, 『생각없는 생각』, 솔, 1999, 250-253쪽 참조.

서로 상접해 있듯이 네 모서리의 팔괘 또한 하늘-땅/불-물로 서로 간에 마주하고 있다. 그런데 태극기의 이 같은 배열 구도를 투박하게 '대립'의 관점에서 읽어 낸다면, 그 속에 내재되어 있는 풍부한 철학적 함의를 간과할 공산이 크다. 일반적으로 국기가 한 국가의 건국이념을 표상하고 있다고 가정할 때, 우선적으로는 국기라는 도상이 의미를 생성해 내는 저변의 철학적 사유 논리를 복원해 내지 않으면 안 될 것이다. 그리고 이 같은 인식론적 논의를 경유하여 우리는 '문화'의 문제를 심도 있게 고찰할 수 있다.

우리를 에워싼 세계, 나아가 우주는 축자적으로 말하자면 시간과 공간으로 구성된 축이다. (한자에서 世/宙는 시간을, 界/宇는 공간을 각각 지시한다.) 그런데 만일 시간과 공간이 우리의 '인식'을 떠나 독립적으로 존재할 수 없는 것이라면, 세계 또한 우리 '관념' 밖에 따로 실재하는 세계가 아니다. 이렇게 논리를 전개해 가노라면 궁극에는 하나의 잠정적 결론에 도달하게 되는바, (1)우리가 인식하는 세계는 기실 우리의 '인식'이 외부로 투영되어 현전한 것이며; (2)따라서 우리가 온종일 경험하는 세계는 결국 우리의 마음이 펼쳐놓은 만화경에 불과하다. 물론 본고의 목적이 이 같은 불교 유식(唯識) 철학의 가설을 논증하고자 함은 아니다. 단지 여기서는 서두에서 언급했던 '대립'의 개념을 '모순'의 논리로 확장하여 사유하면서, 이를 통해 궁극에는 나와 세계의 문제를 심층 심리적 층위에서 살펴보고자 하는 것이다.

이론적으로 보자면 존재는 분명 인식의 문제와 무관하지 않다. 물론 '모순'의 문제와 관련하여 본고에서는 존재를 사유하는 우리의 인식론적 눈이 이미 **문제적**임을 밝히고자 한다. 그러나 '전도된 인식'(邪見)과 그에 대비되는 '정견'(正見)이 그 본질상 둘이 아니라면, 유와 무, 시와 비, 선과 악 등 우리가 떠올릴 수 있는 제반 대립적 개념 쌍의 상관성을 어떻게 규정할 수 있을 것인가? 만일 유가 유의 부정인 무와 다르지 않다면, 이는 분명 논리적 모순이 아니겠는가? 이제 이 같이 뒤엉킨 문제를 풀어나가기 위해 본고는 두 가지 층위에서 논의를 전개해 나갈 것이다. 하나는 우리의 전도된 인식이 발생하는 지점을 해체론적으로 드러내 보이는 작업이다. 만일 이러한 논의의 본질이 전도된 인식의 '타자'를 재구성하는 작업과 무관할 수 없다면, 이 글의 결론부에서 기술할 부분은 결국 올바른 눈의 복원이 여하히 모순을 바라보는 〈시각〉과 결부되어 있는가를 밝히는 문제가 될 것이다. 그러나 줄곧 전도된 인식으로 세계를 사유해온 필자의 공력으로는 일찌감치 존재의 본질을 간파한 성현들의 혜안에 슬쩍 무임승차하여 이 문제를 풀어나갈 수밖에 없다.

2.

『주역』「하경」의 택산함(䷞ 澤山咸)은 감응을 상징하는 괘이다. 인사(人事)로는 소녀(兌)와 소남(艮)이 서로 만나고 자연으로는 하늘과 땅의 기운이 서로 교류하는데, 특히 택산함에서는 연못(陰)이 위로 올라가고 산(陽)이 아래로 내려가니 자연스럽게 교역이 이루어져 만물이 번창한다. 이를 두고 단전(彖傳)은 다음과 같이 말하고 있다. "천지가 감응해서 만물이 화생하고 성인이 인심을 느껴서 천하가 화평하나니, 그 감응하는 바를 보아 천지 만물의 실정을 엿볼 수 있으리라."[4] 한편, 초육에서 상육까지의 각 효사는 신체의 부위에 빗대어 감응의 문제를 논하고 있는데 공자는 특히 「주역계사전

4 天地感而萬物化生, 聖人感人心而天下和平, 觀其所感而天地萬物之情可見矣.

(周易繫辭傳)」에서 구사에 대한 부연 설명을 통해 천지 감응의 철리(哲理)적 의미를 밝히고 있다.

> 해가 가면 달이 오고
> 달이 가면 해가 와서
> 해와 달이 서로 교체하여 밝음이 생하며
> 추위가 가면 더위가 오고
> 더위가 가면 추위가 오니
> 추위와 더위가 서로 밀쳐서 한 해가 완성되니
> 가는 것은 굽힘이오, 오는 것은 폄이라.
> 굽힘과 폄이 서로 느껴서 이로움이 생한다.[5]

인용문에서는 먼저 해와 달이 서로 왕래교차하며 밝음을 生하고 있음을 지적한다. 즉 해가 간만큼 달은 오고 달이 간만큼 해가 오니 왕래가 끊임없이 이어지면서 〈밝음〉이 지속된다는 것이다. 이어지는 문장에서도 동일한 논리가 반복된다. 추위와 더위가 서로 교체하면서 계절은 끝없이 오가는 듯하나, 부단한 변화는 〈한 해〉라는 테두리 내에서 이뤄지고 있을 뿐이다.[6] 이상의 두 구절을 『주역』의 논리로 치환해 보자면 '해와 달' 및 '추위와 더위'는 변역(변화)의 주체가 되며, '밝음'과 '한 해'는 변화가 성립되는 불역(불변)의 개념적 울타리가 된다. 바꾸어 말하자면 日往月來/月往日來/寒往暑來/暑往寒來의 계기는 일순간도 정지한 적이 없건만 변화의 본질은 여여부동(如如不動)한 불역의 경계를 떠나있지 않으며, 나아가 끊임없는 변

5 정진배 역, 『周易 繫辭傳』, 지만지 고전선집, 2009, 113쪽.
6 馬鳴菩薩 造論, 圓照覺性 講解, 『大乘起信論』, 玄音社, 2000, 167쪽 참조.

화는 부동의 계기를 통해서만 성립될 수 있다. 이제 이 같은 사유를 경유하여 일월과 한서는 서로의 서로에 대한 대타적 입장에서 일순 상보적 개념으로 관계성이 재정립된다.

이렇게 논의를 전개해 나간다면 변화와 불변의 참된 본질을 어떻게 규정할 수 있을 것인가? 공자는 비유로써 응답한다. "자벌레가 굽히는 것은 펴고자 함이오/용과 뱀이 움츠리는 것은 몸을 보존하기 위함이라."[7] 즉 굽힘의 뜻은 폄에 있으며, 움츠림의 본질은 몸을 보존하기 위함이다. 그러나 〈굽힘〉의 참뜻이 〈폄〉이라고 함은 분명 논리적 모순이 아닌가? 그렇다고 몸을 구부리는 것이 굽힘을 위한 것이란 주장 또한 가당치 않다. 도대체 굽히기 위해 굽히는 자벌레가 어디 있단 말인가? 결국 "자벌레가 굽히는 것은 펴고자 함"이라는 공자의 언설은 자벌레의 '존재'를 **모순의 입장**에서 꿰뚫은 공자의 혜안이다. 그러나 이 또한 그 본질을 보자면 언어적 방편에 불과할 뿐이다. 왜냐하면 우리가 인식론적으로 감당할 수 없는 그 임계적 지점을 설령 모순이란 개념으로 환치한다 할지라도, 이를 논리적으로 설명할 수는 없기 때문이다. 유사한 예로 '한번 밤이 되고 한번 낮이 되는 것이 도(道)'[8]이지만, 음양을 떠나 별도로 도가 존재하는 것은 아니다. 그렇기 때문에 태극에서 음양이 갈라져 나왔으되, 음도 일태극이고 양도 일태극이다. 이렇게 보자면 부분과 전체는 어느 한 쪽이 다른 한 쪽을 포섭할 수 없으며, 부분이 바로 전체가 된다.[9]

물론 이 같은 사유의 근저에는 끊임없이 변화하되 한순간도 변화한 적이 없는 세계, 만물이 제각각 모습을 달리하되 차별상 속에서

7 『周易 繫辭傳』, 113-114쪽.
8 一陰一陽之謂道.
9 「太極圖」에서 陰陽動靜의 가운데 동그라미는 陰陽動靜이 태극을 떠나서 있지 않음을 의미하며, 五行 자리에서 위-아래의 동그라미는 五行이 태극 자리를 벗어나 있지 않음을 의미한다.

평등한 이치를 벗어난 적이 없는 세계에 대한 인식이 깔려 있다. 이를 빗대어 공자는 "천하가 돌아가는 곳은 같아도 길은 다르며/이루는 것은 하나이나 백 가지 생각이니/천하가 무엇을 생각하고 무엇을 근심하리오"[10]라고 비유적으로 서술하는 것이다. 이렇게 논의를 전개해 보자면 모순은 존재를 구성하는 축이다. 그러나 어떠한 이유에서건 우리의 인식은 존재를 '모순'이라는 시각에서 규정하고 있다. (A = not-A이며, A ≠ A라는 측면에서 그러하다.) 그러나 만일 존재가 거짓일 수 없다면 모순이 참이란 말인가? 그러나 왜 우리는 참을 모순이란 용어로 규정하게 되는가? 결국 이러한 일련의 사유를 통해 우리는 우리의 시각 자체를 반성적으로 문제 삼지 않을 수 없다.

3.

『장자』「제물론」은 시/비, 선/악, 미/추 등의 모든 대립적 사유가 끊어진 지점을 절묘한 문학적 비유를 통해 드러내 보이는 장이다. 장자에 의하면 모든 인간 사회의 분규와 갈등은 '나'에 대한 집착에서 비롯되는 것인데, 정작 논쟁을 촉발하는 나는 실체가 없다. 이를 암시하듯 「제물론」의 서두는 오상아(吾喪我)의 비유로 시작한다.

> 남곽자기가 말했다. "언아, 너의 질문이 참으로 훌륭하구나. 지금 **나는 나 자신을 잃어버렸는데,** 너는 그것을 알고 있느냐. 너는 인뢰는

10 『周易 繫辭傳』, 113쪽.

> 들었어도 아직 지뢰는 듣지 못했을 것이며, 지뢰는 들었어도 아직 천뢰는 듣지 못했을 것이다.[11] (강조는 인용자)

인용문에서 흥미로운 것은 '나'(에고)의 소멸을 논하던 스승과 제자 간의 대화가 불현듯 인뢰, 지뢰, 천뢰에 대한 주제로 옮아간다는 것이다. 본문에 의거하면 지뢰는 '자연이 만들어내는 온갖 소리'를 지칭하며 인뢰는 '비죽과 같은 악기에서 나오는 소리'를 암시하고 있는바, 그 모든 소리의 근원이 되는 천뢰의 본질에 관해서는 일말의 언급도 없다. 그러나 「제물론」 전체의 종지에 비추어 보건대, '천뢰'의 무규정적 속성이 필경 '오상아'의 모티프와 의미론적으로 연결되어 있으리라 추정해 보는 것은 충분히 가능하다.[12] 물론 여기에 대한 즉답은 본문에서 부재하며, 우리는 단지 「제물론」의 전체 논지에 의거하여 이를 사후적으로 재구해 볼 수 있을 뿐이다.

장자에 따르면 우리가 일상에서 경험하는 온갖 '현상'들이 그 근원은 공적하다. 기기묘묘한 피리 소리가 정작 텅 빈 구멍에서 솟아나오고 희로애락과 같은 인간의 다양한 감정이 일어나는 마음의 근원 또한 찾고자 하나 그 자취가 없다. 그러나 이렇게 논지를 전개해 나가자면 결국 '유'의 근거가 '무'라는 결론으로 귀결되는 것이 아닌가. 그러나 '있음'의 근거가 '없음'이라 함은 분명 논리적 모순인 즉, 있음이 어찌 없음에서 유래할 수 있다는 말인가? 이와 관련하여 장자는 「제물론」의 후반부에서 인식론의 문제를 전격적으로 거론하고 있다. 가령 맛(미각)의 문제와 관련하여 '사슴은 풀을 먹고 지네

11 子綦曰, 偃 不亦善乎, 而問之也, 今者吾喪我, 汝知之乎, 汝聞人籟, 而未聞地籟, 汝聞地籟, 而未聞天籟夫.

12 이어지는 문장에서 남곽자기가 비유적으로 얘기하듯 '무릇 불어대는 소리가 다 그 스스로 취하는 것이라고 하나, (그들로 하여금) 힘찬 소리를 내게 하는 것이 누구인지'를 우리의 인식은 파악할 수 없다.

는 뱀을 먹으며 솔개와 까마귀는 쥐를 즐겨 먹지만' 셋 중 누가 올바른 맛을 아는지는 확언할 수 없다. 물론 이 같은 비유의 취지는 인식의 상대성을 지적하기 위함이다. 바꾸어 말하자면 우리가 일상에서 경험하는 제반 감각적 확신은 그 자체로 객관화될 수 있는 아무런 근거를 가지고 있지 못하며, 따라서 우리의 주관적인 인식 경험을 보편적 지평으로 확장하는 것은 불가능하다. 그렇게 보자면 전술한 유와 무의 대비에서 혹여 우리가 논리상의 '모순'으로 파악했던 문제의 본질이 존재를 바라보는 우리의 내적 사유 형식에 기인하고 있는 것은 아닌가. 이 같은 의구심을 간파하듯 장자는 꿈의 비유를 통해 전도된 인간 인식의 실상을 지적한다.

> 꿈속에서 [즐겁게] 술을 마시던 사람이 아침이 되면 슬피 울고, 반대로 꿈속에서 슬피 울던 사람이 아침이면 사냥하러 나간다.[13]

인용문에 따르면 우리가 집착하는 제반 즐거움은 하시라도 슬픔으로 판명될 수 있고, 슬픔은 마찬가지로 기쁨으로 뒤바뀔 수 있다. 즉 양자는 모두 그 고정된 체(體)가 없다. 만일 우리가 일상에서 경험하는 제반 심리적 정태가 그 본질은 공허한 것이라면, 이로부터 우리는 모두에 지적했던 '오상아'와 '천뢰'의 문제를 좀 더 구체화된 맥락에서 관계적으로 사유해 볼 수 있다.

「제물론」이라는 편명이 암시하듯[14] 인간 세계의 온갖 시비논쟁이 '나'에 대한 그릇된 집착에서 발생한다면, 결국 시비논쟁이나 제반 인식론적 영역의 문제가 오상아라는 (탈)존재론적 관점에 의거해

13 夢飮酒者, 旦而哭泣, 夢哭泣者, 旦而田獵.
14 '齊物論'이라는 편제는 '온갖 논쟁을 없이 한다'라는 의미로 해석이 가능하다.

서 근원적으로 종식될 수 있을 것이다. 그러나 여기서 또 하나의 논리적 함정이 발생한다. 즉 인식주체(에고)가 사라진 공적의 지점에서 무아가 여하히 개념적으로 사유될 수 있는가? 나의 존재를 설령 ‘무아’로 규정한다 할지라도 이 과정에서 인식의 주체와 인식의 대상은 필연적으로 균열(split)되는 것이 아니겠는가? 이렇게 추론해 들어갈 때, 결국 우리는 오상아를 비개념적으로 사유할 수 있는 근거를 마련하지 않으면 안 된다. 그리고 이에 관한 단초는 「제물론」의 결론부에서 비의적으로 제시된다.

「제물론」말미의 ‘망량’(罔兩)의 고사는 〈待〉(의존함)에 대한 장자의 사유가 가감 없이 드러나는 지점이다. 망량이 그림자에 의존하고 그림자가 몸에 의존하듯, 자연계의 모든 사물은 독립된 실체가 없다. 그렇다면 이어지는 장주호접몽의 우화에서 장주와 나비 간에 존재하는 〈구분〉은 무엇을 암시하는 것인가? 여기서 장자가 말하고자 했던 것은 아마도 ‘물’(物)의 ‘화’(化)에 대한 문제였을 것이다. ‘물’의 ‘화’는 장자에게 개념을 넘어선 개념이다. 나비에서 장주로, 장주에서 나비로의 〈화〉의 **찰나**적 계기가 어찌 우리의 개념적 사유에 의해 포착될 수 있을 것이며, 이를 어찌 인간 인식의 영역으로 환원시킬 수 있을 것인가. 나아가 장주에서 나비로의 전이가 성립되기 위해서는 장주도 나비도 공히 스스로의 실체를 고집하지 않아야 한다. (이것이 앞선 ‘망량’ 우화의 요지이다.) 그렇게 보자면 우리가 인식론적으로 감지하는 모든 개념들은 존재를 임의로 정지시킨 환(幻)이며, 실재하는 것은 ‘물’의 끊임없는 ‘화’일 뿐이다.

이렇게 논지를 정리해 보자면 장주와 나비는 모두 고정된 체가 없으며, 나아가 양자의 구분은 가유(假有)적인 것이다. 아래의 인용문은 제반 물상(物象)의 언어론적 구분에 대한 장자 사유의 종지가 극명하게 드러나는 지점이다.

> 손가락으로 손가락이 손가락 아님을 밝히는 것은, 손가락 아닌 것으로 손가락이 손가락 아님을 밝히는 것만 같지 않고, 말로써 말이 말 아님을 밝히는 것은, 말이 아닌 것을 가지고 말이 말 아님을 밝히는 것만 같지 않다. 천지가 하나의 손가락이고, 만물이 한 마리의 말이다.[15]

인용문이 시사하듯 말(馬)로서 말이 말 아님을 밝히려는 공손룡(公孫龍)의 논리가 필경 언어가 가상적으로 펼쳐놓은 매트릭스 내에서 발생하는 것이라면, 진정한 실재의 영역에서는 명언(名言)에 의해 임의로 설정된 언어적 '지시성'이 근본에서 부정되지 않으면 안 된다. 이로부터 〈말이 아닌 것을 가지고 말이 말 아님을 밝히는〉 것이 가능해지며, 궁극에는 천지가 한 개의 손가락이고 만물이 한 마리의 말이 되는 만물제동(萬物齊同)의 단계로 이행하는 것이다. 물론 장자의 의도는 말과 이름에 의해 만들어진 모든 구분이 존재계의 실상에 비본질적임을 천명하기 위함이다.

존재의 문제에 이렇게 접근해 들어갈 때 우리의 이성적 사유에 의해 포착되는 '모순'의 문제는 새로운 인식론적 지평 위에서 사유될 수 있는 전기를 마련한다. 가령 전술한 논의에서 유의 근거를 무로 설정할 때 발생하는 논리상의 모순은 양자를 공히 **독립된 실체**로 단정하는 개념적 오류에서 비롯되는 것이다. 장자에 의거하면 유를 유로서 인식하는 것은 전도된 인식의 소치이며 무를 무로 파악하는 관점 또한 동일한 인식론적 결함에서 자유롭지 못하다. 나아가 유와 무는 양자가 같은 것도 아니며(非一) 서로 다른 것도 아니다(非異).[16]

15 以指喻指之非指, 不若以非指, 喻指之非指也, 以馬喻馬之非馬, 不若以非馬 喻馬之非馬也, 天地一指也, 萬物一馬也.

16 이와 유사한 사유를 『道德經』에서도 발견할 수 있다. "常無欲以觀其妙, 常有欲以觀其徼, **此兩者同, 出而異名, 同謂之玄.**" 본문에서의 '非一'이 '出而異名'에 해당한다면 '非異'는 '此兩者同'에 상응하며, '같지도 다르지도 않은' 양자

이를 존재의 문제에 대입해 본다면 〈나〉는 유로도 무로도 규정될 수 없다. 그러나 유와 무를 모두 비껴나 있는 〈나〉를 어떻게 나의 언어적 인식이 담아낼 수 있는가?

전술한 장주호접몽의 우화에서 나비가 장주의 타자로 인식되는 이상, 장주는 나비의 타자로 전락한다. 그렇다면 관건은 장주와 나비를 오롯이 보존하면서 양자 어디에도 집착하지 않을 수 있는 인식론적 지평을 모색하는 일이다. 그러나 이 같은 철학적 화두는 어쩌면 인식 이전에 우리가 일상적 삶 속에서 시시각각 경험하고 있는 것인지도 모른다. 선으로도 악으로도 시로도 비로도 온전히 규정될 수 없는 존재의 본질에 대한 직관이 어쩌면 「제물론」의 서두에서 남곽자기가 말한 오상아의 진정한 의미였을 것이다. 나의 소멸이 삼라만상에 전체로 드러난 〈나〉의 개념과 인식론적으로 겹쳐 있다면, 천지에서 나 아닌 것을 어떻게 홀로 지목하여 말할 수 있다는 것인가?[17] 그러나 말할 수 없는 '그것'에 대해 우리는 진정 침묵할 수 있는가? 어쩌면 장자는 침묵하기 위해 현란한 장광설을 쏟아내었을 것이다. 그리고 그것이 장자 사상의 해학성 뒤에 감춰진 비장미의 본질이다.

4.

동양의 인식론적 눈을 규명하는 작업은 필연코 세 개의 경로를 거쳐야 한다. 즉 유교의 정명론(正名論)적 사유와 노장의 해체론적 시각, 그리고 그 양 극단을 아우르는 불교의 인식론이다. 대승 불교의

의 관계를 老子는 '玄'의 개념으로 암시한다.

17 無所不在한 것으로서의 無我 개념은 전술한 '천뢰'의 함의와 정확히 일치한다.

방대한 사상을 일심(一心)/이문(二門)/삼대(三大)의 논리로 회통시킨 『대승기신론』의 논지에 따르면, 본래 자성청정(自性淸淨)한 우리의 마음이 무명망상과 결합하면서 아뢰야식이 형성되고, 이로 인해 중생의 마음(衆生心)은 불생불멸(覺)과 생멸(不覺)의 측면을 동시적으로 간직하게 된다.[18]. 흥미로운 것은 저자인 마명보살(馬鳴菩薩)이 각과 불각(不覺)이라는 우리 마음의 두 가지 측면을 동상(同相)과 이상(異相)의 관점에서 설명하는 부분으로, 본고의 논지와 관련된 구절을 간략히 인용해 본다.

> **동상이란 것은 비유하면 가지가지 질그릇이 다 한 가지 가는 티끌의 성(性)인 상(相)과 같음이니 이와 같이 무루(샘이 없는 법)와 무명의 가지가지 업환(業幻)이 다 한 가지 진여의 성인 상이니라. 이런 까닭으로 수다라 가운데 이 뜻을 의지하여 설하시되 일체중생이 본래 항상 머물러서 열반에 들어감과 보리의 법이 가히 닦는 상이 아니며 가히 짓는 상도 아닌지라 필경에 얻을 것이 없다 하니라……이상이란 것은 가지가지 질그릇이 각각 같지 않은 것과 같으니 이와 같이 무루와 무명이 수염환(隨染幻)의 차별이며 성염환(性染幻)의 차별인 연고니라.[19]**

인용문을 토대로 먼저 양자를 동상의 관점에서 비교하자면 깨달음/미혹, 열반/생사의 구분은 중생의 분별심이 만들어 낸 것일 뿐, 서로가 그 본질은 동일하다. 그렇기 때문에 중생은 **본래적으로 열반에 들어 있으며,** 심지어 깨달음을 성취하기 위해 닦을 법이 따로 있

18 心生滅者, 依如來藏故有生滅心, 所謂不生不滅與生滅和合, 非一非異, 名謂阿黎耶識. 여기서 '여래장(如來藏)'이라고 함은 '여래를 간직한 마음'이라는 의미이다.

19 吳杲山, 『大乘起信論講義』, 보련각, 1977, 147-152쪽.

는 것도 아니다. 그러나 이상의 관점에서 보자면 부처와 중생은 모든 질그릇이 모양이 같지 않듯 서로 간에 차별이 없지 않다. 그렇기 때문에 중생이 설령 본래 부처라 할지라도 수행을 하지 않는 이상 깨달음에 이를 수 없다는 것이다.

그런데 이상을 설명하는 저자의 논지를 살펴보면 현상계의 제반 차별상은 중생의 분별심이 만들어 낸 것으로, 차별이 있다 해도 실재하는 것이 아니다. 그렇게 보자면 각과 불각을 동과 이의 관점에서 동시적으로 사유하는 것이 어떠한 논리상의 오류도 수반하지 않는다. 문제는 동과 이의 논리가 두 개의 상이한 존재론적 지평에서 기술되고 있다는 점이다. 그렇기 때문에 양자는 동과 이의 측면을 모두 간직하고 있지만, 한편에서 동과 이의 어느 범주로도 (각과 불각의 관계성을) 온전히 포섭할 수 없다. 그렇다면 『대승기신론』의 인식체계 내에서 '비일비이'(非一非異)적 사유가 궁극적으로 암시하는 것은 무엇인가? 필자의 일천한 식견으로 이를 단언하는 것은 만용에 가까운 일이겠으나, 적어도 마명보살의 의중에는 데리다적인 '차연'의 논리를 통해 언어적 분별의 한계를 지적하려 한 측면이 있었을 것이다. 이 같은 가정은 '불각'의 의미를 비유적으로 설명하는 구절에서 다소 명확해진다.

> 말한바 불각의(不覺義)라는 것은 이르되 여실히 진여법이 하나인 것을 알지 못한 연고로 불각의 마음이 일어나서 그 念(분별념)이 있으나, 념이 自相(제 모양)이 없어서 본각을 여의지 아니하나니, 마치 미혹한 사람이 방위를 의지한 연고로 미혹했으니 만약 방위를 여의면 곧 미혹함이 없는 것과 같으니라.[20]

20 같은 책, 133쪽.

인용문에 의거하면 길을 잃는다는 것은 〈방향〉이 정해져 있음을 이미 전제하는 것이며, 만일 '방향'이라는 것이 실재하지 않는다면 '길을 잃음'이라는 개념 또한 성립될 수 없다. (실제로 우리가 공간상의 좌표로 설정한 동서남북이 태양에서는 전혀 무의미하지 않은가?) 그럼에도 불구하고 마명보살이 이분법적 틀에 의거하여 모든 논리를 펼치고 있는 연고가 무엇인가? 아마도 이는 인간이 전적으로 '상대적' 시각에 의거하여 대상을 인식하기 때문일 것이다. 만일 전술한 것처럼 부처와 중생이 그 자성청정한 마음의 성품은 동일하다면 〈하나 된 세계〉에서 더 이상의 사유를 전개하는 것은 불가능하며, 이로 인해 『대승기신론』에서는 〈대승의 법〉이 불심(佛心)이 아닌 중생심(衆生心)임을 서두에서 명확히 밝히고 있다.[21] 그렇게 보자면 동(同)의 논리조차 결국은 존재의 본질을 설명하기 위해 가차(假借)된 것이며, 결국 진정한 하나 됨은 하나라는 말조차 넘어서지 않으면 안 된다.

본고는 서두에서 태극기에 내포된 무극, 태극, 음양 및 천지수화의 철학적 상징성을 지적하면서, 이를 동양적 사유논리에 빈번히 등장하는 모순의 관점에서 파악하고자 하였다. 앞서 인용했던 『주역』, 노장, 그리고 불교의 논지를 따르자면 모순적 사태의 근거는 대상세계에 있지 않고 우리의 분별적 인식에 기인한다. 즉 세계에 대한 나의 사유는 세계와 무관한 '나의 나에 대한 사유'[22]에 불과하며 그리하여 우리가 엄밀한 의미에서 인식대상으로서의 '나'와 '세계'를 여하히 규정하든 그것이 광의에서의 존재의 본질에 상응하지 못한다. 이렇게 보자면 인식상의 딜레마는 엄밀한 의미에서 사유가 작동

21 摩訶衍者, 總說有二種, 云何爲二, 一者法, 二者義, 所言法者, 謂衆生心.
22 一切分別, 卽分別自心.

되는 근저의 **형식**에 기인하는 것이다. 그러나 사유의 주체가 사라진 지점에서 우리가 과연 대상을 인식할 수 있는가? 이 같은 중생의 우문을 예견한 듯 고래(古來)로 성현의 경전은 한결같이 우리의 한없는 분별망상이 단 한치도 진여일심(眞如一心)의 자리를 벗어난 적이 없음을 설파한다.

태극기의 상징은 어찌 보면 인간 실존에 대한 동양적 표현이다. S자형으로 나뉘는 음양의 표식이 암시하듯 밤은 낮을 낳고 낮은 밤을 낳으며, 겨울은 여름을 잉태하고 여름은 겨울을 잉태한다. 물론 외견상 밤의 뿌리가 낮이라는 논리는 희망의 원천이 절망이고, 삶의 근거가 죽음이라는 명제만큼이나 우리에게 생소하다. 그러나 일음도 일양도 그 본질은 태극이며, 음양이 서로 밀쳐 밤과 낮을 생하되 '하루'라는 관점에서는 그 어떠한 변화도 발생하지 않은 것이라면, 이러한 가설로부터 우리는 존재와 인식의 양 축을 새롭게 매개할 수 있는 '눈'을 복원할 수 있어야 할 것이다. 물론 여기서의 관건은 분별과 무분별의 어느 한 지점에도 안주하지 않는 중도적 시각을 확보하는 것이다.

기실 뭇 방패를 뚫어낼 예리한 '창'(矛)과 모든 창을 막아낼 철통같은 '방패'(盾)가 결합되어 오늘날 〈모순〉의 개념이 성립되었다고 함은 의미심장하다. 문제는 〈예리한 창으로 철통 같은 방패를 찌른다〉는 발상이 모순(적 상황)을 만들어 낸다는 것이다. 그러나 본고의 논지에 비추어 보자면 창이 '하나'이듯 방패도 '하나'이며, 하나인 창과 방패를 인위적으로 분리시켜 이를 비교와 대립의 관점에서 사유해 들어가는 것은 존재에 비본질적이다. 비유로서 오른쪽 눈인 창으로 왼쪽 눈인 방패를 찌르는 상황을 가정하여 이를 '모순'이라 명명하는 것은, 두 눈이 그 본질에서 '하나'의 〈몸〉인 것을 간과함으로 인해 발생하는 오류이다. 오른쪽 눈은 왼쪽 눈을 볼 수 없으며 왼쪽 눈은 오른쪽 눈을 볼 수 없다. 두 눈은 동시적으로 **하나**의 세계만을 응시할 뿐이다.[23] 요약하자면 '창과 방패'(혹은 모/순)의 본질은 존재론적이기보다 인식론적 영역에 귀속되는 문제이며, 따라서 모순적 존재(혹은 존재의 모순)라는 개념은 상이한 두 개의 층위가 자의적으로 결합된 사례에 불과하다.

근대 이후 학문의 진화가 끊임없는 차이(異)의 논리에 기대어 발전해 왔다면, '탈'현대적 사유는 필히 같음(同)의 논리에 대한 복원으로 이어져야 할 것이다. 그러나 본고의 논지에 따르자면 같음의 논리는 차이를 암묵적으로 승인한 연후에 가능하며, 차이의 논리 또한 원래의 같음이 억지로 분화되어 갈라진 것이다. 그렇게 보자면 모든 담론적 언술의 존재 근거는 그것이 해체하고자 지목한 대상에 전적으로 의존하게 되며, 그로 인해 긍정이 부정으로, 미가 추로, 유가 무로 부단히 뒤집히는 의미론적 변질에서 어느 누구도 자유로울 수 없다. 그렇다면 역설적이지만 인문학적 글쓰기가 그 같은 모순적 역할을 자임할 때 인간(人)의 무늬(文)를 그 속에 가장 오롯이 보존할 수 있지 않겠는가. 물론 그러기 위해서는 일차적으로 인문학에서 〈학(學)〉이 떨어져 나가야 할 것이다.

23 이와 유사한 논리가 儒家에서는 "無極而太極"이란 개념으로, 道家에서는 "莊周胡蝶夢"의 비유로, 그리고 佛敎에서는 "色卽是空/空卽是色"의 명제로 제시된다.

제2장

인문학과 회통의 문제

1. 인간 사유의 양극단

석가 부처가 보리수 아래서 바른 깨달음을 얻고 49년간 설법한 것은 중생의 병통을 치유하기 위해서였다. 「반야심경(般若心經)」이나 『금강경(金剛經)』 등의 초기 대승경전에서는 인간에 보편한 두 가지 병통으로 범부(凡夫)와 소승(小乘)[24]의 전도된 몽상을 지적하고 있다. 우선 범부의 문제는 '나'와 '세계'를 **실재**하는 것으로 오인하고서 여기에 집착하는 것이다. 이 경우 자연계의 물상은 말할 것도 없고, 인간 세상의 부귀영화에서 희로애락에 이르기까지 경험적으로 인식될 수 있는 모든 것은 집착의 대상이 된다. 물론 그 근저에는 '나'라는 생각과 여기에서 파생되는 '내 것'이라는 관념이 잠재해 있다. 한편, 소승의 병통은 전술한 범부의 문제와 정확한 대척 지점에

24 여기서는 聲聞과 緣覺을 지칭.

서 있다. 즉 오관(五官)으로 감각할 수 있는 모든 대상이 실재한다고 사유하며 거기에 대한 집착심을 내는 것이 범부라면, 소승은 현상세계에 대한 극단적 부정을 감행한다. 그리하여 우리가 인식하며 경험할 수 있는 모든 것이 종국에는 허무주의적 공적(空寂)으로 귀결되는 것이다. 실체론적 사유의 반테제로 규정될 수 있는 이 경계를 소승은 열반(涅槃)으로 인식하고, 생사의 세계를 떠나 열반에 안주하고자 한다.

이상에 의거하면 결국 부처가 타파하려 한 중생의 두 가지 병통은 '있음'(being)에 대한 집착과 '없음'(non-being)에 대한 집착[25]으로 요약될 수 있다. 즉 '있음'이 없음을 알지 못하는 것이 범부의 문제라면, 소승은 '없음'이 없음을 알지 못한다. 물론 논리적으로 보자면 '없음'에 대한 소승의 집착은 '있음'에 대한 중생의 집착을 넘어서기 위한 수행의 결과였을지 모른다. 그러나 범부의 병통을 치료하기 위해 석가가 유(有)를 부정하자, 소승은 다시 유가 부정된 무(無)의 영역으로 달아나 버렸다. 『금강경』은 여기에 대한 사유의 단상을 제시한다.

> 법상을 취하더라도 아상·인상·중생상·수자상에 집착하는 것이 되며, 비법상을 취하더라도 아상·인상·중생상·수자상에 집착하는 것이 된다. 이렇기 때문에 실체가 있다는 생각을 내어서도 안 되고, 실체가 없다는 생각을 내어서도 안 된다.[26]

물론 『금강경』의 이 구절을 읽는 다수의 독자는 또다시 '(실체가)

25 불교에서는 이를 각기 常見과 斷見이란 개념으로 지칭한다.
26 若取法相, 卽着我人衆生壽者, 若取非法相, 卽着我人衆生壽者, 是故, 不應取法, 不應取非法. (「正信稀有分」)

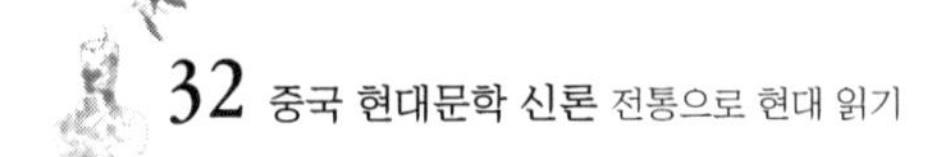

있는 것도 아니고 없는 것도 아닌' 그 경지를 추론하여 이를 개념화시키고자 할 것이다. 불교 논서의 최고봉인『대승기신론』은 이 같은 중생의 병통을 좀 더 체계적으로 논파하고 있다.

> 마땅히 알라 眞如의 自性은 모양(相)이 있는 것도 아니요, 모양이 없는 것도 아니며, 모양 있는 것이 아님도 아니요, 모양 없는 것이 아님도 아니며, 있고 없는 두 가지 모양도 아니며, 한 모양도 아니요, 다른 모양도 아니며, 한 모양 아님도 아니요, 다른 모양 아님도 아니며, 하나이니 다름이니 하는 두 가지의 모양도 아님이니라.[27]

언뜻 보자면 흡사 희론(戱論)처럼 읽힐 수 있는 이 구절은 따지고 보면 불교적 사유에 내재한 부정의 논리[28]가 극단적으로 드러난 것이다. 부정은 '집착'이라는 중생의 병통을 치유하기 위한 부처의 극약처방이다. 물론 우리가 세간적 관점에서 보자면 집착의 '대상'이 선과 악을 결정한다. 가령 숭고한 것에 대한 집착이 선이라면 비속한 것에 대한 집착은 악이다. 이에 반해 불교가 문제 삼는 것은 집착의 대상이 아니라 집착하는 '행위 자체'이다. 즉 집착은 무명심의 발로이며 따라서 '올바른 견해'(正見)가 들어서는 순간 우리가 마음 밖에 실재하는 것으로 인식해온 대상 사물이 사실은 마음(自證分)의 자기 분화된 모습임을 깨치게 된다. 말하자면 인식주관(見分)도 내 마음이며, 인식대상(相分)도 내 마음이 외물에 투사된 모습일 따름이다. 기실 이것이『금강경』전편의 종지이기도 한데, 세계가 (내)

27 오고산,『대승기신론강의』, 95쪽.

28 불교 논리학이 복잡하고 정교하지만 크게는 두 가지 범주로 나뉜다. 하나는 '遮詮'의 논리로 부정적 판단의 형태를 취한 주장명제이며, 다른 하나는 '表詮'의 논리로 긍정적 판단의 형태를 취한 주장 명제이다.『金剛經』의 卽非論은 전자에 해당한다.『佛敎大辭典』, 弘法院, 2005 참조.

마음이 드러난 모습으로서의 세계인 이상 어디에 머무르고 어디에 집착심을 낼 것인가. 만일 진실이 그러하다면 불법(佛法)은 어떠한가? 석가부처는 그로부터 제일 먼저 자신의 목을 잘라 버렸다.

> 이러한 뜻에서 여래께서는 늘 말씀하셨다. '너희들 비구는 내가 설한 법이 흡사 뗏목의 비유인 줄 알라. 법도 오히려 버릴 것인데 하물며 법 아닌 것이랴.'[29]

사실 『금강경』의 이 구절은 문학, 철학, 종교에 두루 적용될 수 있는 보편적 문제이다. 진리에 대한 모든 담론이 실제로는 진리와는 무관한 방편설법에 불과한 것이라면, 언어적 기표를 어떤 차원에서든 기의화 하는 것이 불가능한(혹은 무의미한) 것인가? 그 경우 언어적으로 소통하고 사유하는 인간에게 정작 말과 이름이란 무엇인가? 『금강경』의 사유에 의거하면 역설적이지만 언어는 언어를 넘어서기 위한(因言遣言) 방편일 따름이다.

> 이 경은 '금강반야바라밀'이라고 할 것이며, 너희들은 이 이름으로 마땅히 받들어 지녀야 할 것이다. 왜냐하면 부처님께서 말씀하시는 반야바라밀은 곧 반야바라밀이 아니기 때문에 반야바라밀이라 이름 하는 것이다.[30]

인용문에서 **'是名般若波羅蜜'**은 사실상 말을 넘어선 경지이다. 단

29 以是義故, 如來常說, 汝等比丘, 知我說法, 如筏喩者, 法尙應捨, 何況非法. (「正信稀有分」)

30 是經, 名爲金剛般若波羅蜜, 以是名字 汝當奉持, 所以者何…佛說般若波羅蜜, 即非般若波羅蜜, 是名般若波羅蜜. (「如法受持分」)

지 우리는 그것을 '반야바라밀'이라고 이름 지어 부를 뿐이다.(물론 이 또한 원문에 대한 하나의 가능한 '해석'일 뿐이다.) 그러나 실상 그 이름 어디에도 『금강경』은 존재하지 않는다. (이는 '별'이라는 말 속에 ★이 들어 있지 않은 것과 동일한 논리이다.) 그러나 문제의 심각성은 여기에 국한되지 않는다. 정작 이름을 떠나 있는 반야바라밀은 우주에 편만하게 두루 모습을 나투는 것이다.[31]

2. 「제물론」과 통합적 사유

앞서 『금강경』이 즉비(卽非)론적 사유(A≠A)를 통해 드러내고자 한 것은 말과 이름에 의해 분절되고 왜곡된 동시-전체의 세계였다. 예를 들어 하나의 시간은 과거-현재-미래라는 개념을 통해 세 개의 (존재하지 않는) 시간으로 나뉘어져 버리고, 하나의 공간은 동서남북상하사유(東西南北上下四維)라는 명칭으로 인해 열 개의 가상적 공간(十方世界)으로 분할된다. 그러나 우리가 시간의 '꼴'을 알 수 없듯이 공간의 '형체'도 알지 못한다. 그것은 공간이 본래 경계 지어져 있지 않기 때문이다.

그런데 이 논리를 뒤집어 생각하자면 결국 형체 있는 모든 것은 구분 지어진 것이고, 구분 지을 수 있는 것은 이름 붙여진 것이다. 이는 노자가 『도덕경』에서 "무명천지지시/유명만물지모(無名天地之始/有名萬物之母)"라고 언급한 것과 무관하지 않다. 여기서 우리가

31 一切諸佛, 及諸佛阿耨多羅三藐三菩提法, **皆從此經出**. (「依法出生分」) 한편 이와 유사한 사유가 「요한복음」에도 등장한다. "태초에 말씀이 계시니라 이 말씀이 하나님과 함께 계셨으니 이 말씀은 곧 하나님이시니라." (요한복음 1:1) "**말씀이 육신이 되어** 우리 가운데 거하시매 우리가 그의 영광을 보니 아버지의 독생자의 영광이요 은혜와 진리가 충만하더라." (요한복음 1:14)

무와 유를 '본체'와 '현상'의 개념으로 바꾸어 생각할 경우 현상계의 본질은 말과 이름을 떠나 있지 않다. 좀 더 극단적으로 논하자면 우리가 말과 이름에 의거해서 세계를 설명하는 것이 아니라, 말과 이름이 현상 세계를 구축하는 것이다.[32] 가령 우리가 무지개를 일곱 가지 색깔로 인식한다는 것이 곧 무지개가 이 같은 형태로 구성되어 있음을 뜻하는 것은 아니며, 오히려 〈일곱 가지 색깔의 무지개〉라는 개념이 거기에 상응하는 물상을 만들어 내는 것이다.

이제 이 같은 유·무논의를 통해 세계는 다시 형체 지을 수 없는 본체의 영역과 말과 이름으로 이원화 되어 버렸다. 그런데 만일 양자가 어떤 경로로든 둘로서 다시 하나로 통합될 수 없다면 이는 앞서 예시한 '유병(有病)'과 '무병(無病)'의 재생산이 될 것이다. 어찌 보면 장자의 「제물론」은 「반야심경」의 사유가 우언과 비유를 통해 정교하게 서사화된 것이다. 기실 "모든 형체 지어진 것이 형체 없는 것과 다르지 않고 … 형체 있음이 형체 있음이 아닌 것이며, 형체 없음이 형체 없음이 아닌 것"이라는 명제는 '모든 차별적 논쟁을 하나로 관통시킨다'는 「제물론」의 논지와 정확하게 합치된다.

「제물론」은 먼저 형체 있음의 형체 없음을 논증하기 위해 일차적으로 형상 있는 것이 형상 없는 것에서 비롯됨을 지적하고, 그로부터 우리가 독립된 개체로 상정하는 〈나〉가 실제로는 그 주재하는 실체가 없음을 비유적으로 제시한다.

32 본고에서 여기에 대한 철학적 논의를 상술할 수는 없다. 그러나 간략히 말하자면 불교의 唯識철학에서 '唯識無境'이라 할 때 이는 '識'을 떠난 (객관적) 외부 경계가 존재하지 않음을 지적한 것으로, '識'은 앞선 논의의 연장선상에서 보자면 대상에 대한 개념적 사유에 해당한다. 가령 '이것이 사과다'라고 할 때 우리의 인식 체계로 포섭되는 것은 '사과'라는 개념일 뿐 **'사과'라는 이름을 넘어선 〈그것〉이 무엇인지를 알 수는 없다.** 칸트(Kant)는 이름을 넘어선 〈그것〉을 물자체(Ding An Sich)라 명하였고, 초현실주의 화가인 르네 마그리트는 이러한 사유적 토대 위에서 자신의 예술 세계를 구축했다.

> 희로애락과 염려·탄식·변덕·집착과 경망·방종·욕심·교태 등 마음의 작용은 (음악) 소리가 **빈 구멍**에서 나오고 수증기가 버섯을 生하는 것과 같다.[33] (강조는 인용자) (①)

> 인체는 백 개의 뼈와 아홉 개의 구멍과 여섯 장기를 모두 갖추고 있는데, 나는 누구와 더불어 더 친밀한가. 너는 모두를 좋아하는가. 아니면 그중 특정한 것을 사사로이 좋아하는가. 이와 같을진대 그들 모두가 신첩이 될 것인가. 그들 신첩은 서로를 다스리기에는 부족한가? 아니면 차례로 돌아가며 서로 군신이 되는 것인가? 거기에 참다운 주인(眞君)이 존재하는 것인가?[34] (②)

인용문①은 온갖 피리 소리가 피리의 '빈 구멍'에서 나오고 '수증기'가 원래 없던 버섯을 生한다는 비유를 통해 '있음'이 정작 '없음'에서 비롯됨을 밝히고 있다. 한편, 인용문②에서 장자는 우리가 사유의 주체로 상정하는 '나'가 사실상 어디에도 실재하지 않음을 지적한다. (즉 '나'는 실체가 아니다.) 그런데 '나'가 만일 내 생각이 만들어낸 개념이라면 그 개념을 사유하는 주체는 누구인가? 그 주체는 필경/여전히 '나'가 아니겠는가?

사실 이 문제는 「제물론」의 핵심이며 『장자』 전편의 주제이기도 하다. 「제물론」의 서론격인 남곽자기와 안성자유의 대화에서 장자가 '오상아'의 비유를 슬쩍 제시하는 이유도 여기에 있을 것이다. "언아, 너의 질문이 참으로 훌륭하구나. 지금 나는 **나 자신을 잃어버렸는데,** 너는 그것을 알고 있는가."[35] 그런데 동양적 사유에 팽배한

33 喜怒哀樂, 慮嘆變慹, 姚佚啓態, 樂出虛, 蒸成菌.
34 百骸九竅六藏, 賅而存焉, 吾誰與爲親, 汝皆說之乎, 其有私焉, 如是皆有爲臣妾乎, 其臣妾 不足以相治乎, 其遞相爲君臣乎, 其有眞君存焉.

이 같은 무아론적 대전제에도 불구하고 현상의 배후에 실재하는 것으로서의 (일차)원인을 추론 또는 상정하는 것은 일견 타당해 보인다. 물론 장자의 관점에서는 이 같은 인과론적 사유 자체가 망상심의 발로이다. 다음의 비유를 보자.

> 저것은 이것에서 나오고 이것은 또한 저것으로부터 말미암는다. (이는) 저것과 이것이 함께 성립한다는 주장이다.[36]

여기서 '방생지설(方生之說)'이라 함은 피(彼)와 시(是) 혹은 원인과 결과가 함께 존재한다는 의미이다. 비유로서 '나'(원인)가 있은 연후 '그림자'(결과)가 있는 것이 아니라, 나와 그림자는 동시(同時)다. 물론 우리는 (그럼에도 불구하고) 나는 실재이며 그림자는 가상이라고 단정한다. 그런데 의미론적으로 보자면 그림자가 '나'에 대비해 그림자가 되었듯이 나도 '그림자'에 대비해 나가 되었다.[37] 그렇기 때문에 나와 그림자는 양자가 모두 공허한 기표이다. 좀 더 구체적 사례로서 아래 세 개 동그라미의 위치를 관계성 속에서 규정해 보자.

Ⓐ↔Ⓑ↔Ⓒ

35 "偃 不亦善乎, 而問之也, 今者 吾喪我, 汝知之乎." 여기서 남곽자기가 제자에게 '내가 〈오상아〉하였음을 네가 아는가?'라고 질문하는데, 사실 이 부분은 전체의 맥락에서 보자면 중층적으로 해석될 수 있다. 물론 표면상 안성자유는 스승이 '오상아' 했음을 알지 못한다. 그런데 만일 안성자유가 그것을 '알았다'고 가정한다면 다시금 안성자유는 존재의 본질과 분리돼 버린다. 왜냐하면 莊子 철학에서 '앎'은 본질상 我相과 연결되어 있기 때문이다.

36 彼出於是, 是亦因彼, 彼是方生之說也.

37 勞神明爲一, 而不知其同也, 謂之朝三.

Ⓐ의 관점에서 Ⓑ는 右가 되지만 Ⓒ의 관점에서 보자면 Ⓑ는 左가 된다. 즉 동일한 Ⓑ가 左로도 右로도 규정될 수 있는 것이다. 달리 말하면 좌와 우는 고정된 체(體)가 없다. 이상을 요약하자면 '나'는 언어적으로 사유하는 인간이 '세계'와의 관계성 속에서 임의로 설정한 개념이다. 그리고 〈나〉는 **'나'라는 개념 속에 존재한다.**[38] 그렇다면 〈나〉가 실재하지 않음을 깨닫는 것이 도인가? 장자에 따르자면 이 또한 도의 본질과는 거리가 멀다.

> 神明을 수고로이 하여 억지로 하나가 되려고 하고, 그것이 같음을 알지 못하는 것을 조삼이라 한다.[39]

즉 우리가 설령 '실재하는 〈나〉가 없다'라는 무아론적 입장을 수용한다 할지라도 사유의 주체와 대상이 상호 분리적으로 존재하는 한 여전히 '조삼(朝三)'의 범주를 벗어나지 못할 것이다. 우리에게 익숙한 조삼모사(朝三暮四)의 비유는 실상 장주호접의 우화와 맥락이 다르지 않다. 현실에서 三과 四가 같지 않듯이, 장주와 나비 사이에는 '구분'이 존재한다. 그러나 그 구분과 차이는 결국 장주 꿈속의 나비(혹은 나비 꿈속의 장주)라는 '하나'의 세계가 갈라져 나타난 것이다. 일례로서 꿈속에 나타나는 산하대지는 우리가 아침에 깨어나자 사라지고 내 의식만이 있다. 그렇다면 꿈속에서 벌어진 '나'와 '세계'는 하나인가 둘인가? 결론부터 말하자면 우리가 꿈에서 깨

38 여기서의 논리는 〈내〉가 '나'라는 개념을 만든 것이 아니라, '나'라는 개념이 〈나〉를 만든다는 것이다. 인식론적 차원에서 보자면 卽自적 단계에서는 개념적 사유가 발생할 수 없으며, 따라서 對自적 인식이 결여된 물, 바위, 구름, 나무들에 '나'라는 생각이 있을 리 만무하다. '나'라는 생각이 없는 이상 〈나〉도 없다.

39 勞神明爲一, 而不知其同也, 謂之朝三.

어나 양자를 '하나'로 인식하든, 혹은 꿈속에서처럼 양자를 상호 대타적으로 인식하든 그 본질에는 차이가 없다. 즉 중생은 근본에서 모두 부처인 것이다.

필자는 불교와 장자 사유의 위대함이 현상론적 차이를 근본에서 혁파하면서도 동시에 개별을 모두 살려내는 그 넉넉함에 있다고 확신한다. 만일 불교의 공(空)사상이 그 근원에서 '색즉공 · 공즉색(色卽空 · 空卽色)'의 논리를 담고 있지 않다면, 나아가 「제물론」에서 장주와 나비 간의 '구분'만이 존재할 뿐 양자를 관통하는 '물화(物化)'의 계기가 부재한다면 불교와 장자의 사유는 희론으로 전락했을 공산이 크다. 기실 조삼모사의 우화에 등장하는 원숭이가 언제든 저공(狙公)이 될 수 있듯이, 원숭이는 한사코 원숭이로 남아있을 수도 있다. 저공이 상징하는 '七'의 세계는 「반야심경」으로 말하자면 '不生不滅/不垢不淨/不增不減'의 여여(如如)한 경계다. 존재의 본질이 부증불감하기 때문에 세계는 끊임없이 돌아갈 수 있다. 그러나 '변화'란 유식으로 말하자면 우리의 '식(識)'이 전변(轉變)하는 것이며, 그렇기 때문에 세계는 끊임없이 돌아가되 한 찰나도 오고 간 적이 없다.

3. 천강(千江) 위에 비친 달 그림자

앞선 논의에서는 불교와 장자의 사유에 기대어 차이와 구분이 차이 없음에서 비롯됨을 설파하였다. 특히 「제물론」의 사유는 우리 시대 인문학적 담론의 상호 간 '소통'을 위한 단초를 제공한다. 그런데 「제물론」이 역설하는 소통의 전제는 아이러니하지만 담론 간의 소통 불가능함을 자각하는 것이다. 여기에 대한 구체적 논의에 앞서 장자가 남곽자기와 안성자유의 대화를 통해 우리에게 제시하고자 하는 함의를 살펴보자.

> 무릇 (바람이) 온갖 물상에 불어 각자가 하나의 개체가 되거늘, 모두 스스로 소리를 취했다고 하나 정작 소리를 내게 하는 것은 누구인가?[40]

인용문에서의 '무릇 불어대는 소리'는 바람이 온갖 개별물상(萬不同)과 부딪치면서 만드는 것이다. 우리는 물론 소리를 내는 주체가 '나'이며, 갑의 소리에는 '갑'이라는 주체가, 을의 소리에는 '을'이라는 주체가 실재한다고 믿는다. 그런데 인용문은 의미심장한 '물음'으로 마감한다. '(물상으로 하여금) 소리를 내게 하는 것은 그 누구인가?'

사실 이 질문에는 두 가지 중요한 문제가 내포돼 있다. 하나는 개별 물상의 온갖 다양한 소리가 원래 소리 없는 '바람'에서 비롯되고 있다는 것이며; 다른 하나는 차이의 근거가 바람에 있지 않고 개별 물상에 있다는 것이다. 그렇다면 우리가 감각적으로 인식할 수 있는 소리는 개별 물상이 자유의지에 의해 스스로 선택하고 만드는 것인가? 나아가 현실에서 〈나〉의 행위의 근거가 되는 생각의 단상들은 내가 스스로 떠올린 것인가? 만일 그러하다면 나의 사유작용을 내가 임의로 통제 혹은 중지할 수 있는가? 물론 현실적으로 이는 가능하지 않다.

결국 이는 또 다른 가설로 이어진다. 즉 우리의 인식주관이 인식대상과 접하면서 **특정한 방식**으로 사유하게끔 미리 조건 지어져 있

40 夫吹萬不同, 而使其自己也, 咸其自取, 怒者其誰邪.

음을 가정해 보는 것이다. 이는 일견 매우 추상적 명제로 비춰질 수 있겠으나, 가령 인간이 '파충류'를 보고 **일정하게** 반응하는 '양태' 등을 고려할 때 이 같은 추론을 해 보는 것이 충분히 가능하다. 그렇게 보자면 우리의 사유는 자유의지의 형태로 작동되기보다 엄밀한 의미에서 (미리) 프로그래밍화 되어 있다고 보는 것이 좀 더 타당할 것이다. (프로그래밍화 된 사유를 불교적 용어로서 '카르마'라 잠칭한다면, 대상에 대한 '자동화된 사유'를 **즉비**로써 해체하여 원래의 불성을 회복하는 과정을 '수행'이라 규정할 수 있다. 즉 매 순간 관습화되고 자동화된 '행위양식'(行)을 '수정'(修)해나가는 것이 수행이다.)

이제 「제물론」의 관점을 빌어 우리의 사유가 프로그래밍화 되는 근거를 밝혀보자. 앞선 인용문을 통해 보자면 업식은 〈나〉가 소리 없는 바람과 무관하게 '홀로' 소리 내고 있다는 전도된 몽상의 부산물인데, 이는 스스로를 '물화'의 과정에서 소외시키면서 동시에 '자유'의 소멸을 가져온다. 즉 자유의지에 대한 '집착'이 아이러니하게도 자유의 소멸로 이어지는 것이다.[41] 한편, 여기서의 논의를 앞선 '소

41 본고에서 사용하는 자유(혹은 자유의지)의 개념이 다소 혼란을 야기할 소지가 있어 약간의 설명을 덧붙인다. 필자가 여기서 지적하고자 하는 것은 자유의 개념이 '나'에 기반을 두어 구축될 경우, 〈나〉의 자유가 공고해질수록 나는 역설적으로 더욱 존재의 흐름에서 격리되고 멀어져 간다는 것이다. 이로 인해 老莊이나 불교는 '나의 자유'를 말하지 않고 **'나(라는 생각)로부터의 자유'**를 강조한다. 즉 자유를 구가할 주체가 소멸될 때 우리는 비로소 전 우주와 하나 되어 '전체'로서 온전하게 존재할 수 있다. 이는 莊子의 표현을 빌자면 '세계를 세계 속에 감추는'(藏天下於天下) 경지이다. 이상의 논의를 요약하자면, 我見에 의거해서 我相이 만들어지고 我相은 다시 我見을 통해 '나'에 대한 집착을 강화해 나간다. 이렇게 보자면 나의 생각, 주장, 앎, 견해 등 '나'를 중심으로 일어나는 모든 사유 행위는 본질적으로 '나'를 드러내고 내세우기 위한 방편일 따름이다. 莊子가 「齊物論」에서 '뭇 주장'(物論)이 그 근본에는 體가 없음을 지적한 것도 이 같은 맥락에서다. 즉 모든 논쟁이 심층에서는 我相을 드러내는 과정으로 점철된다는 것이다. 그로 인해 ① 나에게 좋은 것 → ② 是 → ③ 善 → ④ 正義 → ⑤ (정의를 수호하기 위한) 투쟁이라는 일련의 악순환으로 이어지는 것이다. 한편

통'의 문제와 연결 지어 보자면 담론 상호 간의 '차이'는 보편이 개인적 '입장성'의 외피를 입고 현전한 것이다.(소리 없는 바람이 풀, 바위, 나무 등과 부딪치면서 서로 다른 소리를 만들어 내는 것과 동일한 원리로서 그러하다.) 그런데 후자(입장성)는 노장이나 불교적 맥락에서 보자면 '아견' 즉 망상심이다. 다소 원론적 논의가 될 수 있겠으나, '앎'은 아상(我相)을 수립하기 위한 하나의 형식이다. 나아가 모든 '앎'은 본질상 한정적 앎이며, 따라서 서로 다른 다양한 견해 사이에서 시와 비를 나누려는 시도는 무의미하다. 이 같은 사유의 일단이 다음 비유에서 잘 드러난다.

> 가령 내가 그대와 논쟁했는데, 그대가 나를 이기고 내가 그대를 이기지 못했다면, 그대가 과연 옳고 내가 과연 그른 것인가? 내가 그대를 이기고, 그대가 나를 이기지 못했다면 내가 과연 옳고 그대가 과연 그른 것인가? 아니면 어느 한 쪽이 옳고 한쪽이 그른 것인가. 아니면 모두가 옳거나 모두가 그른 것인가?[42]

물론 위의 인용문이 말하고자 한 것이 오늘날 포스트모더니즘 담론에서 흔히 주장하는 진리의 상대주의적 개념과 합치될 수는 없을 것이다. 장자적 사유에 의하면 '앎'(知)은 존재의 본질을 은폐하고 왜곡하지만 정작 존재 자체는 증가하거나 감소한 바가 없다.[43] 즉 환

'자유의지'는 우리의 潛藏된 業識이 특정한 조건을 만나 겉으로 드러난 것이라는 의미에서 '이미 프로그래밍화' 된 것이며(이 경우 전자는 因이 되고, 후자는 緣이 된다), 발현된 種子가 잠재된 業識을 강화해 나간다는 측면에서 '자유의지'가 중생의 궁극적인 자유(해탈)를 저해하는 것이라 규정한다.

42 旣使我與若辯矣, 若勝我, 我不若勝, 若果是也, 我果非也邪, 我勝若, 若不吾勝, 我果是也, 而果非也邪, 其或是也, 其或非也邪, 其俱是也, 其俱非也邪.

43 其有眞君存焉, 如求得其情與不得, 無益損乎其眞.

은 소멸하되 비환(非幻)은 불멸(不滅)이다. 「제물론」의 종지에서 보자면 '물화'가 바로 '비환불멸(非幻不滅)'의 경계이다.

요약하자면 결국 모든 소리(담론)는 그 실재하는 의미가 부재하며[44], 따라서 갑의 소리와 을의 소리가 소통할 수 있는 근거는 서로가 소통할 수 없음을 자각하는 것이다.[45] 물론 여기에서 말하는 '소통할 수 없음에 대한 자각'은 노자가 말한 '서른 개의 수레바퀴 살이 하나의 바퀴통에 집중되는'(三十輻共一轂) 경지를 **비유로써** 지적한 것이다. [일상(一相)은 무상(無相)으로 비로소 일상이 될 수 있다. 주렴계(周濂溪)는 이를 '무극이태극(無極而太極)'이라 명했다.] 온갖 소리의 '차이'가 자신의 업식으로부터 비롯된 것이라면, 업식은 개체의 '자유의지'인 동시에 무명망상의 발로가 된다. 무명망상의 핵심에는 '나'가 있으며, 이로부터 '나의 것,' '나의 생각' 등의 개념이 발생한다. 그렇게 보자면 「제물론」의 핵심은 **새로운 논(論)을 수립하는 것이 아니라,** '차이'가 없는 원래의 경지를 회복하는 것이다.[46] 이를 본체론적 관점에서 논하면 '색이 바로 공임'을 직관하는 것인데, 동일한 경계가 '나'의 관점에서는 '공이 또한 색임'을 보는 것이 된다. (양자는 둘이면서 하나다.) 그로부터 우리는 모든 개체가 자신의 소리로 존재하는 바로 그 자리에서 '제물'의 세계를 만나는 것이다. (「주자태극도(周子太極圖)」 참조)

44 夫言非吹也, 言者有言, 其所言者, 特未定也, 果有言邪, 其未嘗有言邪.

45 바흐찐의 '대화성' 이론에서 이 같은 사유의 단초를 발견할 수 있다. 대화성의 근저에는 모든 '발화'에 대한 의미론적 **미종결성**의 개념이 전제되는데, 그렇다면 '대화성'은 이미 소통의 불가능성을 전제하고 있는 것이다. 그로부터 바흐찐은 '제3의 청자'라는 독특한 개념을 제시한다.

46 사견이지만 齊物論적 독법으로 유교 경전을 읽을 경우 四書 또한 齊物의 論이 될 수 있을 것이다.

4. 연비어약(鳶飛魚躍)

오늘날 우리 사회가 여러 분야에서 '소통'의 중요성을 역설하고 있으나, 지금까지 논의한 불교나 노장의 사유에 의하면 소통보다는 '회통(會通)'의 개념이 좀 더 적절할 듯하다. 회통은 개체를 있는 그대로 존치시키면서 다양성 속에서의 같음을 보아내는 것이다. 바꾸어 말하자면 '다름'이 결국 '같음'과 분리되어 있지 않음을 본질 직관하는 것이 회통이다. 모든 사유하는 인간은 스스로가 구축한 세계의 울타리에서 몸과 정신을 수고롭게 하며 종신토록 부침(浮沈)을 거듭한다. 그렇게 보자면 인문학 연구의 최종심급은 어쩌면 새로운 세계를 상상하는 것이 아니라, 인간에게 실존적으로 주어진 그 '상상된' 현실로부터 깨어나는 경로를 탐구하는 과정이 되어야 할 것이다.

「제물론」의 관점을 빌자면 새로운 세계를 꿈꾸고 상상하는 것은 '물론(物論)에 물론을 더하는' 사례가 될 것이며, 오히려 공적이든 사적으로 이미 상상된 현실에서 깨어나는 것이 진실된 제물의 논이다. 요약하자면 인문학적 상상력의 요체는 꿈을 꾸는 것이 아니라 꿈에서 깨는 것이며, 상상하는 것이 아니라 상상된 현실로부터의 환멸(幻滅)이다. 그러나 여전히 문제는 남아 있다. 어떻게 회통할 것인가?

회통의 종지는 분절되고 구분 지어진 산문적 세계 속에 은폐된 '동시-전체'의 경계를 복원하는 것이다. (본고에서는 후자를 전자에 대비되는 시적 세계라 임의로 명명한다.) 어찌 보면 모든 인문학도는 정연한 논리로 자신을 무장하기에 앞서 먼저 시성(詩性)을 회복해야 할 것이다. 물론 분석적 사유는 차이를 간파하는데 적합하다. 그리고 이를 통해 온갖 개별적 사례를 모으고(會) 체계적으로 분류

(類)할 수 있다. 그러나 이것만으로는 2% 부족하다. 잡다함을 궁극에서 하나로 소통(通)시키기 위해서는 결국 시적 직관에 기대지 않을 수 없다.

필자의 관점에서 보건대 언어적으로 사유하면서도 말과 이름의 개념적 의미에 함몰되지 않는 공력을 갖춘 사람이 시인이다. 그렇게 보자면 석가와 장자는 종교가요 사상가이기 이전에 탁월한 시인이었고, 공자 또한 위대한 시인이었다.[47] 이를 방증하듯 공자의 시성을 이어받은 자사(子思)는 『시경(詩經)』을 인용하여 장엄한 중화(中和)의 세계를 섬광처럼 드러내었다.

> 시경에 이르기를 '솔개는 날아 하늘로 오르고, 물고기는 연못에서 뛰논다.' 하였으니, 하늘과 땅의 이치가 밝게 드러남을 말한 것이라.[48]

하늘로 솟구치는 솔개와 물속에서 노니는 물고기의 세계가 둘이면서 하나의 생명으로 이어져 있음을 간파한 이 시적 상징 속에 어쩌면 본고가 말하고자 한 인문학적 회통의 모든 비밀이 감춰져 있을 것이다.

47 子夏問, '巧笑倩兮, 美目盼兮, 素以爲絢兮, 何謂也. 子曰, 繪事後素. 曰 禮後乎. 子曰, 起予者, 商也, 始可與言詩已矣. (『論語』, 「八佾」)
48 詩云, 鳶飛戾天, 魚躍于淵, 言其上下察也. (『詩經 大雅』 旱麓篇)

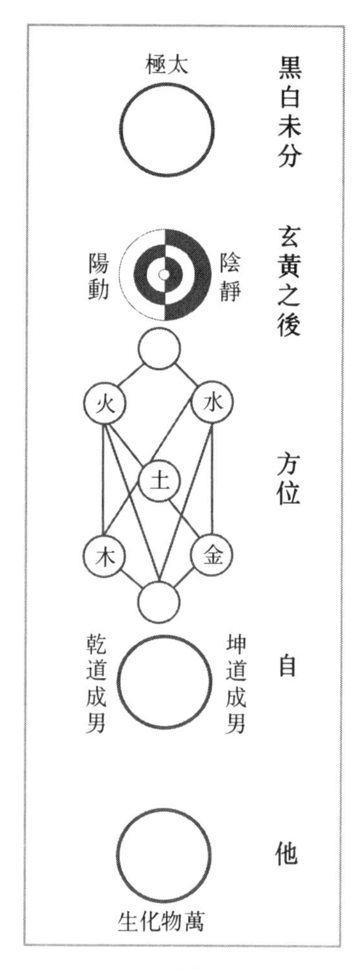

周子太極圖

보주(補註)

위의 그림에 의거하면 太極은 兩儀를 生하지만 陰陽과 별도로 太極이 존재하는 것은 아니며, 동일한 논리로서 五行이 太極과 무관하게 존재하는 것도 아니다. 한편 본문의 '色卽空/空卽色'의 개념을 「太極圖」의 관점에서 재술해 보자면 '色卽空'의 논리는 陰陽과 五行이 모두 太極을 떠나 있지 않다는 의미에서 色이 空으로 부정된 것이며, '空卽色'의 논리는 太極이 自(나)와 他(개체)의 존립을 방해하지 않는다는 의미에서 空이 色으로 부정된 것이다.(혹은 太極이 陰陽과 五行에서 自와 他로 확장되는 것을 '空卽色'의 논리로 보고, 이들이 다시 太極으로 수렴되는 것을 '色卽空'의 논리로 보는 것도 가능하다.) 그럼에도 불구하고 양자의 차이는 근원에서 동일한 一圓相(太極)으로 통합된다.

제2부

삼교귀일(三教歸一)의 원리

2부에서는 본서가 '전통'으로 호명하는 제반 개념들의 철학적 토대를 밝히기 위해 동양적 사유의 근간이 되어온 불교, 노장, 주역의 핵심 사상을 상호 회통적 맥락에서 살펴보고자 한다. 물론 전술한 삼교(三教)의 내용적 특징을 제한된 지면에서 두루 포괄적으로 서술하는 것은 불가능하며, 필자가 그러한 학문적 공력을 갖추고 있지도 못하다. 이 같은 한계를 보완하기 위해 본서에서는 현대(성)의 문제를 전향적으로 사유함에 있어 생산적으로 전유할 수 있는 일련의 철학적 개념들을 유불도에서 선별적으로 발췌하였다. 그와 더불어 논의의 방향이 필자 본인의 기호나 관점에 의해 과도하게 주관적으로 흐르는 것을 방지할 수 있도록 경전상의 근거를 가급적 충실하게

제시하였다. 이러한 집필 동기에 의거하여 2부에서는 (1)일차적으로 삼교의 핵심 개념을 명제화하고 (2)그와 관련된 텍스트적 근거를 경전에서 부분적으로 인용한 다음 (3)여기에 대한 필자 본인의 해석학적 입장을 덧붙였다. 특히 2부의 1장이 〈문답식〉의 서술 형식을 취하고 있음은 이 같은 맥락에서 이해하면 좋을 듯하다. 끝으로 동양의 전통 사상을 논함에서 『주역』이나 노장 텍스트가 점하는 권위는 별도의 설명이 필요치 않을 듯하며, 『대승기신론』의 경우 동북아 대승불교 전통에서는 최고의 논서(論書)로 추존되어 왔고 더불어 불교 인식론을 체계화함에 지대한 공헌을 한 경서임을 밝힌다.

중국 현대문학 신론

전통으로 현대 읽기

제3장

불교 인식론

『대승기신론』과 대화하다

『대승기신론』은 대승불교의 사상적 배경과 믿음의 기초를 밝힌 책으로, 인도 시인 아슈바고샤(마명·馬鳴)가 저술했다고 알려져 있으나 산스크리트 원본은 전해지지 않는다. 대신 오늘날 널리 유통되는 것은 진제삼장(眞諦三藏)(ca. 550)의 한역본(漢譯本)이다. 이 논서는 북방 불교에 지대한 영향을 끼쳐 수많은 주석서가 나왔는데, 특히 신라시대 원효대사의 『대승기신론소』(일명 『해동소(海東疏)』라고도 함)가 유명하다. 제목에 등장하는 '대승'은 '소승'에 대비되는 개념이라기보다는 우리 마음의 근본자리(眞如)를 지칭하는 의미로 사용되고 있다.[1] 그렇게 보자면 '대승기신론'이라는 제목은 '우리의 참 마음에서 믿음을 일으킨다'는 뜻으로 해석이 가능할 것이다. 이 장에서 대화 형태로 전개되는 질문은 필자가 『대승기신론』의

1 Yoshito S. Hakeda, *The Awakening of Faith*, New York: Columbia University Press, 1967, p. 28.

핵심 내용을 효율적으로 드러내기 위해 임의로 선별한 것이며, 발췌·인용한 원문과 해석 부분은 답변에 대한 문헌적 근거로서 제시한 것이다. 본 장에서는 이러한 서술 형식을 통해 불교적 인식론을 인문학적 바탕 위에서 광범위하게 살펴보고자 하였으며, 문답의 내용은 엄밀히 말해 **마명보살이 제기한 물음을 마명보살이 스스로 답하는 형식**이 되는 셈이다.

問一

世間에는 다양한 종교적 믿음체계가 공존하고 있다.
문화적·교리적 차이와 무관하게 이들 종교가 궁극적으로 추구하는 목표가 무엇인가?

원문

問曰 有何因緣而造此論 答曰 是因緣有八種 云何爲八
一者因緣總相 所謂爲令衆生 離一切苦得究竟樂 非求世間名利恭敬故

해석

물어 가로되 무슨 인연으로 이 論을 설하게 되었는가?
답하되 이 인연이 여덟 가지가 있으니 무엇으로 여덟 가지가 되는가.
첫째는 인연총상이니, 이른바 중생으로 하여금 모든 괴로움을 여의고 궁극적인 즐거움을 얻게 하기 위함이며,
세상적인 명리와 공경을 구하기 위함이 아니라.[2]

答一

우주에 어떤 절대자가 존재하여 인간을 비롯한 모든 생명체를 창조했다고 가정하든 인간이 어떤 필요에 의해 신의 존재를 '요청'하게 되었다고 간주하든, 그 배후에는 괴로움과 고통에 대한 근원적 자각이 전제되고 있다. 모든 종교는 어떤 형태로든 인간

2 본 장에서 원문에 대한 해석은 吳杲山, 『大乘起信論講義』, 보련각, 1977을 주로 참고하였다.

이 근원적 고(苦)에서 벗어나 궁극적인 낙(樂)을 얻는 것을 목표로 하고 있다. 『기신론』에서는 이를 '이고득락(離苦得樂)'이라는 말로 표현한다. 그런데 '이고득락'의 함의를 이해하기 위해서는 일차적으로 우리의 삶에 대한 정확한 본질 규명이 선행되어야 할 것이다. 즉 '고'에 대한 자각이 '득락'의 전제조건이 되는 것이다. 그러나 중생의 삶 속에는 괴로움과 더불어 필경 즐거움도 혼재돼 있을 터인데, 삶 자체를 '고'로 규정하는 것은 문제가 될 수 있지 않겠는가? 그러나 여기서의 '고'는 세간에 존재하는 모든 것이 궁극에는 파괴와 소멸로 이어짐을 전제하는 개념이다. 즉 어떠한 세상적 즐거움도 그것은 항구하지 못하며, 역설적으로 인간이 자기 삶의 정점에 서서 그것이 서서히 소멸해 가는 것을 자각하는 것보다 더한 공허함은 없을지 모른다.[3] 물론 『기신론』의 경우 유한한 세계로부터 벗어나 무한의 세계로 도피하는 것을 허용하지 않는다. 그보다는 유한함의 의미에 대한 참된 깨달음으로 나아갈 것을 가르치고 있다. 결국 이 책의 종지는 '이고득락'을 실현하기 위한 철학적 탐구와 무관하지 않다.

3 엄밀한 의미에서 苦와 樂은 동시다. 비유적으로 말하자면, 우리가 땅속으로 100m를 파고 들어갈 때 그 즉시 공간(하늘)이 100m 생겨난다는 이치이다. 땅이 음이라면 그것에 수반되는 공간은 양이며, 음이 생한 만큼 양도 생한다.

問二

나는 왜 〈지금-여기〉에 살고 있는가?

원문

問曰 修多羅中具有此法 何須重說

答曰 修多羅中雖有此法 而衆生根行不等 受解緣別 所謂如來在世

衆生利根 能說之人色心業勝 圓音一演 異類等解 卽不須論

해석

물어 가로되 수다라(경전) 중에 이 법이 갖추어져 있는데

어찌 거듭 말하는가?

답하되 수다라 중에 비록 이 법이 있다 하나

중생의 근행이 같지 아니하며 받아들이고 이해하는 인연이

(서로) 다르기 때문이니,

이른바 여래께서 세상에 계실 적에는 중생들이 근기가 영리하고

법문을 설하시는 부처님도 색, 심, 업이 뛰어나셔서,

진리의 말씀을 한번 설하심에 모든 무리의 중생이

동동하게 알아들음이니

곧 론을 필요로 하지 않거니와.

答二

우리가 인식론적으로 한계를 정할 수 없는 것을 '무한'이라 한다. 이론적으로 보자면 대상을 '인식'하기 위해서는 필히 범주가 설정되어야 하므로, 한계를 정할 수 없다 함은 결국 우리 인식의

영역을 넘어서 있음을 암시하는 것이다. 무한의 두 가지 대표적 사례가 시간과 공간이다. 주지하다시피 허공은 한계가 없으며 시간 또한 처음과 끝을 설정할 수 없다. 여기서 제기하고 있는 질문의 핵심은 시간과 공간이라는 무한의 좌표 위에서 '나'는 왜 하필 지금-여기 존재하고 있느냐는 것이다. 이 문제와 관련하여 『기신론』은 우회적으로 사유의 단상을 제시한다. 인용문에 의하면 범부 중생은 동일한 대상을 접하더라도 그것을 받아들이는 방식이 서로 같지 않다. 이는 중생의 타고난 근기와 업식이 같지 않기 때문이다. 불교 인식론의 요체(要諦)가 되는 '유식무경론(唯識無境論)'에는 아래와 같은 "일수사견(一水四見)"의 비유가 등장한다.

天見琉璃	(물이) 천상의 존재에게는 유리 보배로 보이고
人見水	사람에게는 물로 보이며
魚見玉堂	물고기에게는 집으로 보이고
鬼見火	아귀에게는 불로 보인다.

즉 동일한 물을 보아도 그것을 바라보는 인식 주체에 따라 대상이 네 가지 다른 모습으로 드러난다는 것이다. 이러한 논리를 확장해 보자면, 우리가 보는 물도 다시 그 사람의 심적 상태에 따라 수만 가지 다른 모습으로 현전할 것이다. 결국 "일수사견"은 〈식〉(주관 인식)을 떠난 독립된 객관 경계가 존재하지 않음을 비유적으로 설파한 것이라 할 수 있다.

이상의 논의를 토대로 주어진 질문에 답해 보자면 내 '육신'과 내가 속한 '세계'는 내 업식과 분리되지 않는다. (엄밀한 의미에서 '몸'도 세계의 한 부분이다.) 그런데 세계란 문자적으로 시간-공간의 의미이고, 시간과 공간은 내 의식에서 비롯된 것이다. 즉 시간-공간의 한 특정 지점에 '내'가 속해 있는 것이 아니라, 내 의식 속에 시간-공간이 종속되어 있다는 의미이다. 의식의 속성은 끊임없이 대상을 분별하는 것이고, 이로 인해 **하나**의 시간과 공간은 **무수한** 시공간으로 분절된다. 상기한 인용문에서 '여래 생존 시의 중생들이 근기가 영리하여 부처님의 설법을 동등하게 알아들었다' 함은 당시 중생들의 망상 분별심이 치성하지 않았음을 암시한다. 어떤 의미에서 보자면 '부처 재세에 생존했던 중생'이라 함은 하나의 비유이다. 만일 시간(三世)과 공간(十方)의 구분이 중생 망상 의식의 소치라면, 2500년 전과 구분되는 〈지금-여기〉도 결국은 내 의식이 임의로 만들어 낸 것일 뿐이다. 우리가 『기신론』이 설하는 '삼계유심 · 만법유식(三界唯心 · 萬法唯識)'의 기본 종지를 체득할 수 있다면 몸과 마음, 그리고 양자가 속해 있는 세계의 근원적 의미에 대한 보다 깊은 성찰이 가능할 것이다.

問三

왜 『기신론』은 진리를 "중생의 마음"이라고 하는가?
원래 부처인 중생이 무명으로 중생이 된 것이라면,
의당 부처님의 마음에 기대어 진리를 밝혀야 하지 않을 것인가?

원문

摩訶衍者 總說有二種 云何爲二 一者法 二者義
所言法者 爲衆生心 是心卽攝一切世間法出世間法
依於此心現示摩訶衍義 何以故 是心眞如相卽是摩訶衍體故
是心生滅因緣相 能示摩訶衍自體相用故

해석

마하연(대승)이란 것은 총괄적으로 말하면 두 가지 종류가 있으니
무엇을 둘이라 하는가? 첫째는 법이요, 둘째는 의니라.
법이라 함은 중생의 마음을 말함이니
이 마음이 곧 일체 세간과 출세간의 법을 거두어들였으니,
이 마음을 의지해서 마하연의 뜻을 나타내 보였나니 어찌함인가?
이 마음의 진여상이 곧 마하연의 체가 되는 까닭이며,
이 마음의 생멸인연상이 능히 마하연의 체상용을 보인 까닭이니라.

答三

『대승기신론』에서 대승은 진여일심을 의미하며 따라서 이는 모든 중생에게 깃들어 있는 불성을 암시한다. 인용문에서는 '대승'을 두 가지로 나누어 설명하고 있는데 하나는 대승법이오, 다른 하

나는 대승의다. 전자는 일체의 세간(현상계) 및 출세간의 법을 모두 포섭하고 있으니 의당 불심(佛心)이 되어야 마땅하겠으나, 『기신론』은 오히려 대승법을 중생심으로 규정한다. 그런데 여기에는 매우 중요한 함의가 내포돼 있다. 『기신론』에서 사용하되 일심(一心)은 자와 타의 구분이 끊어진 절대 하나를 지칭하며, 따라서 상대성이 사라진 자리에서는 새삼 중생에 대비되는 부처의 상태를 논할 수 없다. 결국 열반을 말하기 위해서는 필연코 생사가 전제되어야 하며, 부처를 말하기 위해서는 중생이 전제되어야 한다. 그런데 생사/열반, 중생/부처, 번뇌/해탈 등은 모두 현상계의 논리에 의거해 분류되는 개념(쌍)이다. 즉 중생은 부처에 상대하여 중생이며, 부처 또한 중생에 상대하여 부처이다. 그러나 앞선 논의에서 일심은 일체 상대성이 끊어진 경계를 지시한다고 말하지 않았던가? 이렇게 사유해 들어가노라면 『기신론』의 함의가 자연스럽게 드러난다. 즉 '절대'는 사유의 대상이 될 수 없으나, 그 사유를 넘어서 있는 '절대'를 지시하기 위해서는 부득불 상대적 관점에 의존하지 않을 수 없다. 이는 비단 불교에만 해당되는 것이 아니며, 추측컨대 진리에 대한 제반 담론의 본질이 이와 크게 다르지 않을 것이다. 요약하자면 **모든 종교는 중생의 관점에서만 설해질 수 있다.** 그러나 종교가 궁극적으로 말하고자 하는 것은 아마도 중생의 관점에서 설해진 상대성의 세계를 넘어서 있을 것이다. 그리하여 『금강경』은 '뗏목'의 비유를 들어 언어가 도달할 수 없는 진리의 초월적 속성을 암시하였다. "이러한 뜻에서 여래께서는 늘 말씀하셨다. '너희들 비구는 내가 설한 법이 흡사 뗏목의 비유인 줄 알라. 법도 오히려 버릴 것인데 하물며 법 아닌 것이랴.'"[4]

4 以是義故, 如來常說, 汝等比丘, 知我說法, 如筏喩者, 法尙應捨, 何況非法.(「正信稀有分」)

問四

마음의 세 가지 측면이라 함은 무엇을 지칭함인가?
이것이 내 존재의 양태를 규정하는 문제와 어떻게 연결될 수 있는가?

원문

所言義者 卽有三種 云何爲三
一者體大 爲一切法眞如平等 不增減故
二者相大 爲如來藏具足無量性功德故
三者用大 能生一切世間出世間善因果故

해석

이른바 의(뜻)라고 말하는 것은 곧 세 가지가 있으니
무엇을 셋이라 하는가?
첫째는 체대이니 일체가 진여평등하여 더하고 덜하지 않은 까닭이요.
둘째는 상대이니 여래장이 한량 없는 성품의 공덕을 갖춘 까닭이요.
셋째는 용대이니 능히 일체세간 · 출세간의 선인과를 만드는 까닭이라.

答四

앞에서는 대승법을 논하였으며, 여기서는 대승의를 설명하고 있다. (전자는 마음에 대한 총괄적 기술이요, 후자는 세부적 설명에 해당한다.) 그런데 우리의 마음은 언어로 형용할 수 있는 대상이 아니다. 그럼에도 불구하고 그 지시할 수 없는 마음의 속성을 『기신론』은 세 가지의 측면으로 구분해 설명하는 것이다. 첫째는 마음의 체대(體大)[5]로서 이는 마음 그 자체를 지시하는 것이다. 본문에서 '일체법이 진여평등하다'라고 하는 것은 대소고하(大小高下)의 차별이 존재하지 않는다는 의미로서, 마음의 본질을 '절대 하나'의 차원에서 설명한 것이다. 둘째는 마음의 상대(相大)[6]로서 우리 마음의 본질이 모든 언어적 규정을 넘어서 있으나, 그 규정할 수 없는 마음속에 무한한 공덕이 갖춰져 있음을 지적한 것이다. 마지막으로 용대(用大)는 쓰임과 작용의 측면을 강조한 것으로, 형체 없는 마음으로부터 모든 생명 작용이 비롯됨을 지시한 것이다. 가령 희로애락의 감정 작용이 일어나지 않은 것이 마음의 본래적 상태라면, 현실적 상황에 따라 개개인이 스스로의 마음 작용을 일으키는 것이 용대이다. 물론 우리는 마음을 선한 쪽을 쓸 수도 있고 악한 쪽으로 쓸 수도 있다. 그렇게 보자면 결국 불교적 차원에서 수행이라 함은 우리 본래의 마음을 선한 쪽으로 향하게 하여, 궁극에는 무명 망상을 제거하고 마음 본래의 진여일심을 회복하는 과정이 될 것이다.

5 체대에서 '대'는 마음의 의미로, '체대'는 '마음의 본체' 정도로 해석하면 큰 무리가 없다.

6 상대는 체대와의 관계성 속에서 다양한 방식으로 설명이 가능하다. 가령 물의 '젖는 성질'이 체대라면, 그 젖는 성질에 걸맞은 '물의 모습'이 상대이다. 기본적으로 상대가 형상으로 드러난 것이라면, 그 드러난 형상은 개인의 수행 정도와 무관하지 않다. 그러나 상대의 차별상은 본질적으로 대상을 인식하는 '나'의 분별심에 기인하는 것이다.

問五

인간의 삶은 운명예정인가 자유의지인가?

원문

一切諸佛本所乘故 一切菩薩皆乘此法 至如來地故

해석

일체 모든 부처님이 본래 탄 바인 까닭이며,

일체 보살이 모두 이 법을 타고 여래지에 이른 까닭이니라.

答五

인간은 대개 대상을 이것이냐 저것이냐로 사유한다. 선-악/시-비/미-추/생-사 등이 그 대표적 사례이다. 그러나 엄밀히 말해 어떠한 사물도 완벽한 선일 수 없으며, 마찬가지로 어떠한 사물도 완벽한 악일 수 없다. 단지 우리는 흑백론적 관점에서 대상을 그 같이 임의로 분류할 뿐이다. 가령 인간이 장미를 '아름답다'라고 규정할지라도, 그것이 장미 자체의 본질과는 전혀 무관하다. 그러나 우리는 자신의 인식 판단을 대상 자체의 본질과 쉽사리 등치시켜 버린다. 종교적 주제로서 논의될 수 있는 운명예정과 자유의지의 문제도 사실상 〈either~or〉의 관점에서 일방적으로 설명하는 것은 부적절하다. 일례로 자연에서 사계의 순환은 이미 예정된 듯 보이지만, 그 어떤 사계도 동일하게 반복되는 법이 없다. 마찬가지로 어제와 동일한 오늘, 오늘과 동일한 내일은 결코 존재할 수 없지만, 〈하루〉라는 형식을 떠나 있는 어제-오늘-내일은 어디서도 발견할 수 없다. 그렇게 보자면 '예정된 것'과 '자유로운 것'은 늘 서로가 같이 맞물려 있다. 예정된 것이 '정(靜)'이라면 자유로운 것은 '동(動)'이다. 우리가 길을 걸어갈 때 몸은 움직이지만 땅은 멈춰 있고, 다리는 움직이나 상체는 움직이지 않는다. 본문에서 일체제불과 보살이 '탄 바인 까닭'에서 〈타다〉는 수레의 의미이다. 즉 수레는 우리가 타는 것이며, 나아가 우리가 탄 그 수레가 각자를 목적지로 인도한다. 그 수레에 의해 우리는 목적지로 인도되며(운명예정), 동시에 우리가 원하는 목적지로 그 수레를 운행한다(자유의지). 여기서 수레가 우리 마음에 대한 비유—특히 앞서 말한 마음의 용대—임은 말할 나위 없다. 요약하자면 나를 에워싼 세계는 내 마음이 만든 세계이다. 그러나 그 세계 속에서 나는 내가 볼 수 있도록 예정된 것을 볼 뿐이다. 넓은 의미에서 보자면 운명예정과 자유의지는 우리의 분별지적 관점에 의해 그렇게 나뉠 뿐이다. 운명 예정이든 자유의지든 양자는 공히 방편일 뿐이며, 진여의 본질은 그 어느 것으로도 한정될 수 없다. 그러나 그 말할 수 없는 진여 본체를 말하기 위해 『기신론』은 언어적 방편에 기대고 있다. 모든 종교에서 논하는 궁극적 해탈은 이미 예정된 것이며, 인간은 그 예정된 절대 해탈을 향해 끊임없이 줄달음칠 뿐이다.

問六

부처와 중생, 열반과 생사의 관계를 어떻게 설명할 수 있는가?

원문

顯示正義者 依一心法有二種門 云何爲二

一者心眞如門 二者心生滅門 是二種門皆各總攝一切法

此義云何 以是二門不相離故

해석

바른 뜻을 보인다는 것은 일심의 법을 의지하여 두 가지 문이 있으니 무엇을 둘이라 하는가?

첫째는 심진여문이요,

둘째는 심생멸문이라.

이 두 가지 문이 각기 일체법을 총괄적으로 거두어들이니

이 뜻이 어떠한가.

이 두 문이 서로 떠나지 않는 까닭이니라.

答六

일심(一心)에 이문(二門)이 있다 함은 하나의 마음에 두 가지 측면이 혼재하고 있음을 의미한다. 이 말을 자칫 하나의 마음이 두 개로 나뉘어 있다고 오해할 수 있겠으나, 그보다는 한 마음의 두 가지 측면으로 이해하는 것이 좀 더 타당하다. (그로 인해 『기신론』에서도 '두 문이 서로 여의지 않는다'라고 못 박고 있다.) 한편, 여기서 말하는 二門은 부처와 중생, 열반과 생사 등 인식론적

으로 상호 대립되는 두 개의 영역을 각기 지시한다. 그런데 외형상 구분되는 두 개의 영역이 그 본질에서는 서로 분리되어 있지 않다. 비근한 예로 우리가 물을 떠나 별도로 존재하는 파도를 생각할 수 없으며, 파도가 바로 물이다. 이 말은 중생과 무관하게 부처가 별도로 존재하는 것이 아니라, 중생이 바로 부처라는 의미이다. 여기서 '중생'은 차별과 대립으로 표상되는 현상적 영역을 가리키며, '부처'는 일체 차별과 대립을 넘어선 절대 평등의 경지를 가리킨다. 그러나 역설적이지만 이 같은 중생과 부처의 구분은 우리의 분별 망상이 임의로 만들어 놓은 것에 불과하다. 그렇게 보자면 중생이 곧 부처요, 부처가 곧 중생이다. 바꾸어 말해 차별 가운데 평등이 있고, 평등 속에서 차별이 드러난다. 항상 움직이는 가운데 항상 고요하고, 항상 고요하면서도 항상 움직인다는 '동정일여(動靜一如)'의 경지를 분별적 인식으로 가늠하는 것은 사실상 불가능하다. 단지 이 구절에서는 우리가 살고 있는 〈지금-여기〉를 떠나 또 다른 열반의 경지를 추구하는 것이 무의미함을 역설하는 것이다.

問七

철학과 종교에서의 (절대) 진리란?

원문

心眞如者 卽是一法界大總相法門體 所謂心性 不生不滅
一切諸法 唯依妄念而有差別 若離妄念 卽無一切境界之相
是故一切法 從本已來 離言說相 離名字相 離心緣相
畢竟平等 無有變異 不可破壞 唯是一心 故名眞如
以一切言說 假名無實 但隨妄念 不可得故

해석

심진여란 것은 곧 이 일법계대총상법문체이니
이른바 마음의 성품이 생도 아니요 멸도 아님이니라.
일체 모든 법이 오직 망념을 의지하여 차별이 있으니
만약 망념만 여의면 곧 일체경계의 상이 없으리라.
이런 까닭으로 일체법이 본래부터 언설의 상을 여의었으며
이름의 상을 여의었으며
개념의 상을 여의어서
필경에 평등하여 변하고 달라짐이 없으며 파괴할 수도 없는 것이니
오직 이 한 마음인 까닭에 진여라고 이름 함이니라.
일체의 언설이 거짓 이름일 뿐이요 실체가 없는 것이니
다만 망념을 따랐을지언정 가히 얻을 수 없는 연고니라.

答七

불교에서는 절대 진리를 '진여'라 지칭하기도 한다. 글자 그대로 진실되고(眞) 변함없다(如)는 의미인데, 이 또한 하나의 임시적 이름에 불과하다. 본문에서 가명(假名)이라 함은 '진여'라는 이름에 상응하는 실체가 없다는 뜻이요, 따라서 우리가 진여라든가 부처, 각(覺), 열반 등 어떠한 명칭을 사용한다 할지라도 이는 한갓된 언어적 방편일 뿐이다. 방편의 목적은 그것이 방편임을 알아차리게 하는 데 있다. 예를 들어 우리가 '절대'라는 말을 내뱉는 순간 절대라는 개념 또한 사라져야 한다. ('나'라는 인식 주체가 인식의 대상으로 '절대'라는 개념을 떠올리는 이상, 절대는 항상 주관과 객관의 상대적 구도 속에서 사유된다.) 그렇게 보자면 절대는 절대라는 말조차 사라진 것이 절대이다. 그러나 '말'에 의존하지 않는다면 말조차 사라진 그 절대의 경지를 어떻게 지시할 수 있을 것인가? 불교나 노장이 절대 진리를 논할 때 흔히 부정어법에 기대고 있는 연고도 이와 무관하지 않다. 즉 우리는 절대 진리가 개념적으로 설명될 수 없음을 말할 수 있을 뿐이다.

問八

말과 이름의 본질은 무엇인가?

원문

言眞如者 亦無有相 謂言說之極 因言遣言

此眞如體 無有可遣 以一切法 悉皆眞故 亦無可立

以一切法皆同如故 當知一切法 不可說不可念 故名爲眞如

해석

'진여'라고 하는 것도 또한 형상이 없는 것이니

언설의 궁극을 칭한 것으로 말로써 말을 떠나보낸 것이라.

이 진여의 체는 가히 보낼 것이 없음이니

일체의 법이 다 참다운 까닭이며

또한 가히 세울 것도 없음이니

일체의 법이 모두 동일하게 여여한 까닭이라.

마땅히 알라

일체법은 가히 말할 수도 없고 가히 생각할 수도 없는 까닭에

그 이름을 진여라고 함이라.

答八

말과 이름의 본질에 대해서는 지금까지 다양한 관점에서 설명을 시도하였다. 그 같은 연장선상에서 본문은 말의 의미가 '말을 떠나보냄'에 있음을 천명한다. 가령 어떤 사람이 시끄러운 무리를 향해 '조용해'라고 말하는 것은 말로써 말을 잠재우기 위한 것

이다. 이 같은 논리를 확장한 것이 『금강경』에 등장하는 '즉비'적 사유이다.

> 이 경은 '금강반야바라밀'이라고 할 것이며, 너희들은 이 이름으로 마땅히 받들어 지녀야 할 것이다. 왜냐하면 부처님께서 말씀하시는 반야바라밀은 곧 반야바라밀이 아니기 때문에 반야바라밀이라 이름 하는 것이다.[7]

즉 (금강)반야바라밀이 '반야바라밀'이 아닌 것으로 부정되는 과정에서 반야바라밀의 실상이 드러난다. 반야바라밀이 반야바라밀이 아니라 함은 논리적으로 보건대 '반야바라밀'로 규정되는 언어적 지시성을 해체한 것이다. 진실된 의미에서의 반야바라밀은 반야바라밀이라는 이름으로 한정 짓거나 지시할 수 있는 것이 아니다. 그러나 한편에서 '즉비'적 사유가 『금강경』의 방편이라면, 그 방편의 참된 본질은 사물에 부여된 '이름'을 해체하기 위한 것이 아니라 이름에 의거하여 대상을 사유하는 우리 인간의 망상심을 타파하기 위한 것이다. 인간은 말과 이름에 기대어 세계를 인식한다. 그러나 말과 이름이라는 도구적 이성을 경유하지 않고 직관적으로 대상을 알아차리는 것이 가능할 것인가? 여기에 대한 답변을 일단 유보하고, 『금강경』이 제시하는 즉비적 사유의 마지막 단계를 살펴보자.

7 "是經, 名爲金剛般若波羅蜜, 以是名字, 汝當奉持, 所以者何…佛說般若波羅蜜, 卽非般若波羅蜜, 是名般若波羅蜜."「如法受持分」

佛說般若波羅蜜 (A)

卽非般若波羅蜜 (B)

是名般若波羅蜜 (C)

인용문의 마지막 구절인 "시명반야바라밀"에서 '是名'이 금강반야바라밀을 지시하는 것으로 간주하여 '단지 그 이름이 반야바라밀일 뿐이다'라고 해석해 볼 수 있다. 즉 우리의 대상 인식은 엄밀한 의미에서 대상의 이름에 대한 인식이다. 컵, 꽃, 연필, 구름, 나무 등은 모두가 이름이요 개념이며, '컵'이라는 이름 너머 존재하는 그 무엇을 우리는 결코 인식할 수 없다. 한편, 주어진 구문에서 '是名'을 전체 문장에 대한 술부로 간주하여 '(반야바라밀이라는 이름이 부정된 그 경계를) 우리는 반야바라밀이라 한다'로 해석해 볼 수 있다. 그러나 이렇게 해석한다 할지라도 그 주어진 함의가 앞의 경우와 크게 다르지 않다. 중요한 것은 대상을 본질적으로 사유하기 위해 우리는 대상의 이름을 떠나보내야 한다는 것이다. 이것이 『기신론』이 말하고자 하는 '인언견언(因言遣言)'의 철학적 함의이다.

問九

불교에서의 空이란?

원문

所言空者 從本已來 一切染法 不相應故 謂離一切法差別之相
以無虛妄心念故 當知眞如自性 非有相 非無相 非非有相 非非無相
非有無俱相 非一相 非異相 非非一相 非非異相 非一異俱相
乃至總說 依一切衆生 以有妄心 念念分別 皆不相應 故說爲空
若離妄心 實無可空故

해석

이른바 공이란 것은 본래부터 일체의 염법이 상응하지 않는 까닭이니
이르되 일체법의 차별상을 떠나 있으며
허망한 분별념이 없는 까닭이니라.
마땅히 알라 진여의 자성은 모양이 있는 것도 아니요
모양이 없는 것도 아니며
모양이 있는 것이 아님도 아니요, 모양 없는 것이 아님도 아니며
있고 없는 두 가지 모양도 아니며, 하나의 모양도 아니요
다른 모양도 아니며, 하나의 모양 아님도 아니요
다른 모양 아님도 아니며,
하나이니 다름이니 하는 두 가지의 모양도 아님이니라.
총괄해 말할진대 일체중생이 망상이 있음으로써 생각생각에 분별하여
모두 상응하지 못함을 의지했을 새 이런 까닭으로 공이라고 했거니와
만약 망심을 여의면 실로 공이라 할 것도 없는 까닭이니라.

答九

불교의 핵심 개념 중 하나인 空(Sunyata)은 다양한 방식으로 설명이 가능하지만, 여기서는『기신론』의 관점을 따르고자 한다. 본문에서 공을 말할 때 '일체 염법이 상응하지 않는다'고 함은 상대성이 끊어졌다는 의미이다. 염법은 세간법의 다른 이름으로 자와 타, 생과 사 등 대상을 인식하는 상대주의적 관점을 지칭하는데, 불교적 관점에서 보자면 차별은 망상심의 소치이다. 그에 반하여 「기신론」은 일체 망상심이 사라진 경지를 공으로 설명하고 있는데, 차별이 사라졌다 함은 내 마음 밖에 별도의 사물이 존재하지 않음을 암시하는 것이다. 바꿔 말하자면 보는 것도 내 마음이요, 보이는 것도 내 마음이니 우주 삼라만상이 내 마음의 드러난 모습 아닌 것이 없다는 의미이다. 가령 천강(千江)위에 천 개의 달 그림자가 어려 저마다 다른 모양을 나투고 있으나, 천월(千月)의 차이가 천강에 있을지언정 천상의 달은 그 모양이 줄어들거나 늘어난 적이 없다. (여기서 천강은 중생 망상심에 대한 비유이다.) 즉 원래 차별 없음에서 중생은 스스로 차별을 만들어내는 것이다. 달리 말해『기신론』은 중생의 망상심이 만든 차별의 세계가 원래 차별 없음에서 비롯되었음을 밝히려는 것이다. 차별 없는 '평등'의 상태를 불교에서는 공 혹은 진여라 억지로 이름 지어 부르는데, 양자는 이론적으로 보자면 일체의 상대성이 끊어진 경계이므로 말로서 설명하는 것이 불가능하다. 그런데 말로서 설명이 불가능하다면 정작 공이라는 이름은 말이 아니고 무엇인가? 이를 간파하듯 마명보살은 (인용문의 말미에서) 중생의 망상 분별심이 사라지면 염법에 상대하여 만들어진 '공'이라는 말조차 사라짐을 역설한다.

問十

중생이 '본래부처'라는 말이 어떻게 가능한가?

원문

此義云何 以一切心識之相 皆是無明 無明之相 不離覺性
非可壞 非不可壞 如大海水 因風波動 水相風相 不相捨離
而水非動性 若風止滅 動相卽滅 濕性不壞

해석

이 뜻이 어떠한고?
일체심식의 상이 전부 이 무명이니라.
무명의 상은 각성과 분리되지 아니하여
가히 무너지지도 아니하며
가히 무너뜨리지 못할 것도 아님이니
마치 대해의 물이 바람으로 인하여 파도가 일어나서
수상과 풍상이 서로 버리고 여의지 아니하나
물은 움직이는 성품이 아님이니
만약 바람이 그쳐 사라지면 움직이는 상은 곧 멸하나
젖는 성질은 무너지지 않는 것과 같은 까닭이니라.

答十

일반적으로 사람들은 중생이 무량아승지겁에 걸친 각고의 수행을 거쳐 궁극에는 성불한다고 믿는다. 그러나 『기신론』의 관점에서 보자면 이 같은 생각이 반드시 옳은 것은 아니다. 부처는 중생의 망상분별이 사라진 것이 부처다. 그런데 무명이 실체가 아닌 연고로 중생이 무명을 제거한 연후에 부처가 되는 것이 아니라, 중생이 그 자체로 부처다. 본문에서 사용하는 비유의 함의를 살펴보자면 바람이 무명이요, 파도는 무명으로 출렁이는 중생의 마음이며, 물은 불성이다. 즉 바닷물이 바람을 만나 아무리 요동친다 하더라도 물이 그 자체의 젖는 성질(濕性)을 유실하지는 않는다. 달리 말해 중생심이 아무리 망상으로 요동친다 할지라도 중생은 근본에서 여전히 부처이다. 그렇다면 무명은 존재하지 않는 것인가? 여기에 대한 『기신론』의 설명이 절묘하다. "무명의 상은 각성과 분리되지 아니하여, 가히 무너지지도 아니하며 가히 무너뜨리지 못할 것도 아님이니." 무명이 존재의 진실된 모습이 아닐진대 왜 무너지지 아니하는가? 무명은 실체가 아니기 때문이다. (즉 원래 없는 것을 없이할 수 없다.) 반면 무명을 무너뜨리지 못할 것도 아닌 연고는 무엇인가? 무명은 실재가 아니기 때문이다. 여기서 '무명지상'을 중생 혹은 중생계로 가정해 보자. 그렇게 보자면 우리가 몸담고 있는 현상 세계는 흡사 진리의 그림자처럼 허망한 것이지만, 동시에 파괴되거나 소멸될 수 있는 것도 아니다. 부처의 세계가 여여부동하듯 세간상도 상주(常住)한다. 그것이 『기신론』에서 말하는 '제일의제'(第一義諦)[8]의 요체이다.

8 불교에서의 '제일의제'란 세계와 내 마음이 둘이 아니라는 중도적 관점을 지칭한다.

問十一

각과 불각의 차이가 무엇인가?

원문

不覺心起 而有其念 念無自相 不離本覺
猶如迷人 依方故迷 若離於方 即無有迷
衆生亦爾 依覺故迷 若離覺性 即無不覺

해석

불각의 마음이 일어나서 그 분별이 있으나
분별념은 자체의 상이 없어서 본각과 분리되지 아니하나니
마치 길을 잃은 사람이 방위를 의지한 연고로 길을 잃었으나
만약 방위를 여의면 곧 '길을 잃음'이 없는 것과 같으니라.
중생도 또한 그러해서 각을 의지한 연고로 미혹했으니
만약 각성을 여의면 곧 불각이 없으리라.

答十一

불교는 깨달음의 종교이다. 그러나 불교에서 말하는 깨달음의 내용이 무엇인지를 논하는 것은 무의미하다. 왜냐하면 깨달음은 (굳이 말로서 설명하자면) 사유의 내용이 아닌 인식의 형식이기 때문이다. 『기신론』은 먼저 '불각(不覺)'한 마음이 일어나 분별념이 생긴다고 밝힌다. 그러나 연이어 분별념은 그 자체의 실재하는 상(相)이 없음을 지적한다. 자체상이 없는 고로 불각의 본질은 우리의 근본 본각을 떠나 있지 않다. (즉 내가 꿈속에 나비가 되었

다 하더라도 꿈이 실재가 아닌 이상 〈나〉의 본래 모습이 변하거나 사라진 것은 아니다.) 그런데 그 다음 문장의 함의는 한층 심오하다. 가령 불각을 '길을 잃음'에 비유할 경우, '미(迷)'는 이미 특정한 방위(기준)을 전제한 것이다. 그런데 그 기준은 절대 불변하는 것인가? 물론 그렇지 못하다. (예를 들어 동서남북 사방에서 '동'의 기준은 '서'에 대비해서 임의로 설정될 수 있을 뿐이다.) 그렇게 보자면 '길을 잃음'은 임의로 설정된 방위에 의거해서 파생되는 것이고, 그 방위 자체가 해체되면 '길을 잃음'이란 개념 또한 동시적으로 해체된다. 요약하자면 불각은 각에 대비해서 조건적으로 성립된다. 그러나 '각'이라는 말이 사라지면 '불각'의 개념도 동시적으로 소멸된다. 각과 불각의 상대성이 사라진 그 상태를 우리는 무엇이라 명명할 수 없다. 『기신론』은 무엇이라 언어적으로 지시할 수 없는 그 상태를 통해 각의 진실된 아우라를 환기시켜 내고자 하였던 듯하다.

問十二

인간이 본래 선하다면 왜 타락했나?

원문

所謂心性 常無念故 名爲不變

以不達一法界故 心不相應, 忽然念起 名爲無明

해석

소위 마음의 성품은 항상 분별념이 없는 까닭에 불변이라 이름 한다.

(중생이) 일법계를 통달하지 못한 까닭에

마음이 상응하지 못해서 홀연히 분별념이 일어나나니

무명이라 이름 한다.

答十二

중생이 본래 부처라면, 자성청정한 본래의 마음에서 어떻게 무명망상이 생하게 되었는가? 사실 이 문제는 에덴동산에 살던 아담과 이브가 왜 선악과를 따먹고 낙원에서 추방되었느냐는 기독교 원죄설의 문제와도 흡사하다. 본문에 의하면 '일법계' 즉 원래 하나인 진여일심의 자리를 통달하지 못한 연고로 〈홀연히〉 한 생각이 일어나고, 이 최초로 일어난 한 생각을 (근본) 무명이라 명한다. 그런데 일법계의 자리가 주객미분의 상태라면, 근본무명이란 주관과 객관이 서로 마주하면서 둘로 나뉘기 이전의 상태를 지칭한다.[9] 결국 이 같은 가설을 토대로 볼교에서 말하는 '무명'의 의미를 추론해 볼 수 있다. 즉 '삼계유심 · 만법유식'의 이치를 알지 못하고 내 마음 밖에 별도의 세계가 존재한다고 믿으며 여기에 집착심을 내는 것이 무명이다. 무명이 癡心(어리석음)이라면, 치심에서 다시 嗔心(노여움)과 貪心(탐욕)이 일어나니, 이름 하여 탐진치 삼독(三毒)이 된다. 한편, 본문에서는 진여일심에서 최초 일념무명이 일어나는 과정을 소상히 설명하지 않는다. 단지 '홀연'이라는 모호한 개념을 제시할 뿐이다. 한자에서 '홀연'은 '갑작스럽다'는 의미이며, 나아가 우리의 순수이성으로 가늠할 수 없다는 의미이기도 하다.[10] 여기서 기신론은 우리가 관념론적으로 제기할 수 있을 법한 문제의 방향을 슬쩍 비틀어 버린다. 즉 원래 부처인 중생이 왜 타락했는가를 규명하려 하기보다, 무명번뇌로 요동치는 중생계를 기정사실로 받아들이면서 이로부터 깨달음에 도달하기 위한 구체적이며 다양한 방편을 제시하는 것이다. 이와 더불어 진여일심에서 최초 일념무명이 일어나는 사건이 실상 그 뿌리가 없는 것이라면, 인류의 타락을 규명하기 위해 아득히 먼 옛날로 소급해 올라갈 필요가 없다. 무명은 순간순간 홀연히 생하는 것이며, 따라서 〈지금-여기〉에서의 매 순간이 바로 무명을 타파하고 원래의 진여일심을 회복하기 위한 수행의 장이 되는 것이다.

9 『기신론』에서는 이를 순차적으로 설명하고 있는데, 근본무명을 因으로 해서 무명업상이 일어나고, 무명업상에서 能見(주관)이 생하며, 능견에 대비해서 경계상(객관)이 출현한다.

10 Yoshito S. Hakeda, *The Awakening of Faith*, pp. 50-51.

問十三

세계는 어떻게 탄생하게 되었나?

원문

以有境界緣故 復生六種相 云何爲六

一者智相 依於境界 心起分別 愛與不愛故

二者相續相 依於智故 生其苦樂 覺心起念 相應不斷故

三者執取相 依於相續 緣念境界 住持苦樂 心起著故

四者計名字相 依於妄執 分別假名言相故

五者起業相 依於名字 尋名取著 造種種業故

六者業繫苦相 以依業受果 不自在故

해석

경계연이 있는 연고로 다시 여섯 가지 상을 생하니

어떤 것이 여섯인가?

첫째는 지상이니 경계를 의지해서

마음이 사랑함과 사랑하지 않음에 대한

분별을 일으키는 연고니라.

둘째는 상속상이니 지상에 의지하는 연고로

고락을 알아차리는 마음을 내어서,

분별심을 일으켜 상응하여 끊이지 않기 때문이다.

셋째는 집취상이니 상속상을 의지하여 경계를 반연해 생각하여

고락에 머물러서 마음에 집착을 일으키기 때문이라.

넷째는 계명자상이니 허망한 집착에 의하여 거짓된 명언상을

분별하는 연고니라.

다섯째는 기업상이니 명자를 의지해서 이름을 따라 취착하여 가지가지 업을 짓기 때문이라.

여섯째는 업계고상이니 업으로 인한 과보를 받아서 자재하지 못한 연고니라.

答十三

불교에서 말하는 세계는 우리의 '식'을 떠나 있지 않다. 그렇기 때문에 세계를 세계 자체로서 이해한다는 말은 성립될 수 없으며, 그보다는 '식(識)'에 대한 심층적 고찰을 통해 그로부터 파생되는 세계의 본질을 규명할 수 있다. 앞서 언급한 근본 무명을 因으로 하여 세 종류의 지말 무명이 일어나는데, 첫째가 무명업식으로 이를 진망화합식(眞妄和合識) 혹은 아뢰야식이라 명한다. 무명업식에서 다시 전식(轉識/주관)과 현식(現識/객관)이 갈라져 나오는데 여기까지가 소위 말하는 8식, 즉 무의식 경계이다. 한편 제8식인 무의식을 의지하여 제7식인 잠재의식이 일어나는데, 후자는 전자에 비해 분별심이 강하며, 특히 因이 되는 8식을 '나'라고 굳게 믿고 집착한다. 그다음이 상속상으로 유사한 생각이 반복되게 이어지는 것이다. 예를 들어 형광등의 불빛은 엄밀히 말해 (점멸이 간단 없이 이어지기 때문에) 한순간도 동일한 빛이 지속되는 법이 없으나 유사한 빛이 간단없이 이어지면서 점멸을 반복하기 때문에 우리는 하나의 불빛이 동일한 상태를 계속 유지하고 있는 것으로 오인하는 것이다. 상속상의 이 같은 속성으로 인해 중생은 '나'와 '세계'가 실재하는 것으로 인식하며 거기에 더욱 집착한다. 이를 집취상이라 명하며, 그다음이 계명자상으로 대상에 이름을 붙여 서로 구분하는 단계로서, 이로부터 선-악/미-추/시-

비 등의 차별심이 수반된다. 일단 차별심이 생하면 나와 다른 대상을 '악'으로 규정하여 선과 정의라는 명분하에 상대와 투쟁하기 시작한다. 이를 일컬어 기업상이라 칭한다. 끝으로 업을 일으키면 반드시 자신이 범한 업에 의해 장애와 고통을 받게 되는데, 이것이 업계고상이다. 이상을 현대 심리학적 용어로 치환해 말하자면 〈무의식-잠재의식-현재의식〉의 세 개 층위와 개념상 유사하며, 이는 우리 마음의 구조를 설명하기 위한 유용한 해석학적 틀이 될 수 있다. 그런데 여기서 『기신론』이 주목하고자 하는 것은 원래 자성청정한 우리 마음에서 홀연 일념무명이 생하여 그로부터 중중무진한 중생계가 펼쳐진다는 일련의 시나리오다. 그러나 근본을 살펴보면 중생이 육도윤회를 반복하는 생사의 세계가 결국 마음의 조화에서 비롯되는 것이며, 설령 삼천대천세계가 목전에서 일어나고 사라진다 할지라도 그것이 우리의 현전 일념을 떠나 별도로 존재하는 것이 아님을 밝히는 것이다.

[참고]

<table>
<tr><td rowspan="3">제8식 (阿梨耶識)
무의식 영역</td><td>무명업상(無明業相)</td></tr>
<tr><td>능견상(能見相)</td></tr>
<tr><td>경계상(境界相)</td></tr>
<tr><td rowspan="2">제7식 (末那識)
잠재의식 영역</td><td>지상(智相)</td></tr>
<tr><td>상속상(相續相)</td></tr>
<tr><td rowspan="4">제6식 (分別事識)
현재의식</td><td>집취상(執取相)</td></tr>
<tr><td>계명자상(計名字相)</td></tr>
<tr><td>기업상(起業相)</td></tr>
<tr><td>업계고상(業繫苦相)</td></tr>
</table>

중국 현대문학 신론

전통으로 현대 읽기

제4장

노장 철학과 해체론적 사유

노장 철학에 관하여 논하기에 앞서 우선 아래의 인용문을 살펴보자.

> 건축 작품, 예를 들어 그리스의 신전은 아무런 대상도 모사하고 있지 않다. 그것은 수많은 틈이 떡 벌어져 있는 바위 계곡 가운데 서 있을 뿐이다. 그러나 이 신전은 신의 모습을 숨겨 간직하고 있으며, 그 숨겨진 간직 속에서 열려진 주랑을 통해 그것을 성스러운 영역 가운데로 드러내고 있다. **신전이 거기 있음으로써 신은 신전 가운데 현존한다.** 신의 이러한 현존은 그 자체가 성스러운 영역의 확장이자 동시에 경계지움이다 … 神像이란 신을 현존케 해줌으로써 그 속에서 신 자신이 존재하게 되는 하나의 예술작품이다. 언어 예술 작품도 마찬가지이다.[11] (강조는 인용자)

11 하이데거, 오병남 등 공역, 『예술작품의 근원』, 예전사, 1996, 49-51쪽.

우리는 일반적으로 신(神)이 무소부재하다고 하는데, 인용문은 왜 신전이 있음으로써 신이 신전 가운데 현존한다고 말하는가? 신전 바깥에는 과연 신이 존재하지 않는가? 결국 이 질문은 개별과 보편, 유와 무의 관점에서 다시 사유되어져야 한다. 즉 불교나 도가적 관점에서 보자면 신이 신전에만 존재하는 것이 아니지만, 인간은 〈신전〉이라는 **시각적인** 상(**相**)을 보고 그로부터 신이 현전함을 느끼게 되는 것이다. 그렇게 보자면 〈신〉 혹은 〈신성〉라는 개념도 〈인간〉 혹은 〈세속〉이라는 개념과의 상대성 속에서만 사유 가능할 것이다. 달리 말해 〈절대 진리〉를 말하는 경우에조차 필연코 그 '절대'는 〈중생〉의 관점에서 상대적으로 기술될 수밖에 없다. 신전이 있어서 신이 거기에 현전한다는 것도 엄밀히 말하자면 인간의 관점에서 서술한 것이다. 본 장에서 다루고자 하는 노장 철학은 이 같은 문제를 다양한 문학적 비유를 통해 심층적으로 논의하고 있다. 여기서는 먼저 도가 사유의 핵심이 담겨 있는 『도덕경』1장을 자세히 살펴본다.

1. 언어와 실재의 문제

道可道非常道 / 名可名非常名
無名天地之始 / 有名萬物之母
常無欲觀其妙 / 常有欲觀其徼
此兩者同出而異名 / 同謂之玄
玄之又玄 / 衆妙之門

「觀妙章」

> 도라 할 수 있는 도는 상도가 아니며
> 이름 할 수 있는 이름은 상명이 아니다.
> 무명은 천지의 바탕이며
> 유명은 만물의 모체이다.
> 상무로서 그 묘함을 보고
> 상유로서 그 실제를 본다.
> 이 두 가지는 함께 나왔으나 이름이 다르다.
> (이 두 가지가) 같음을 일컬어 현이라고 하며
> 현하고 또 현하니
> 모든 조화의 드나드는 문이라.

시의 첫머리에서 노자는 '도라고 할 수 있는 도는 상도가 아니'[12] 라고 했다. 그렇다면 노자는 상도, 즉 (절대) 진리를 말했는가? 물론 그렇지 아니하다. 그보다는 상도를 말할 수 없음을 말했다. 『도덕경』에 의거하면 논리적으로 '추론'해서 사유하는 것은 전부 상도가 아니다. 예를 들어 우리가 '콩'을 '팥'과 유사한 것으로 이해할 때, 내가 실제로 인식하는 것은 '콩'이 아니다. 이러한 것을 불교에서는 비량(比量) 인식이라고 하는데, 엄밀히 말해서 우리가 언어적 매개를 통해 대상을 이해하는 것은 전부 비량인식에 해당한다. [반면 언어적 매개를 경유하지 않은 상태에서 대상을 있는 그 자체로 아는 것을 현량(現量) 인식이라고 한다.] 그렇게 보자면 절대 진리는 어떤 의미로든 우리의 개념적 인식[13]을 넘어서 있다. 즉 진리라고 할 수 있

12 여기서는 常道를 별도로 번역하지 않는다. 축자적으로는 '항상된 도'라고 풀이할 수 있겠으나, 그것을 서구 형이상학에서 말하는 절대불변의 진리 개념과 등치시키는 것은 적절치 않을 것이다.

13 노장적 관점에서 '개념'은 常道가 사물화된 것이며, 따라서 언어는 말과 이름 너머를 가리키기 위한 방편일 뿐이다.

는 것은 진리가 아니다.

그다음에 등장하는 '무명천지지시'에서 '무명'은 상대성이 사라져 이름 붙일 수 없는 '절대 하나'의 상태를 지칭하는데, 그 절대 하나의 상태가 하늘과 땅의 바탕이 되는 것이다. 나아가 노장의 보편 개념이 어떤 의미로든 자기 규정성을 용인하지 않는 것이라면, 무명을 개념화시키는 것은 『도덕경』의 종지에 위배된다. 한편, 이와 대구를 이루는 '유명만물지모'에서 만물은 현상세계를 지칭한다. 즉 만물은 상대적으로 서로 구분 지어진 것이며, 구분과 차이는 '이름'에 의해 생겨난다. 실제로 자연은 하나의 자연일 뿐이지만, 거기에 이름을 붙이는 순간 자연은 오만가지 잡다한 사물의 집합이 되어 버린다.

'상무욕관기묘/상유욕관기요' 부분은 해석학적 관점에서 다소 논란의 소지가 있다. 만일 '妙'를 본체론적 개념으로 보고 '徼'를 현상론적 의미로 파악할 경우, 상무로서 '묘'(본질)를 관하고 상유로서 '요'(현상)를 인식한다는 논리가 성립한다. 그러나 이렇게 해석할 경우 자칫 본체와 현상이 상호 단절되는 이원론적 사유로 오인될 수 있는 개연성을 수반한다. 그렇기 때문에 앞 구절의 '묘'를 현상론적 개념과 연결시키고, '요'를 본체론적 의미로 파악하는 편이 오히려 설득력이 있다. 즉 드러난 것에서 감춰진 것을 보고, 감춰진 것이 가장 잘 드러남을 아는 것이다.[14]

끝으로 양자는 뿌리가 같으나 명칭이 다르다고 하였다. 여기서 '양자'가 지시하는 내용은 유/무, 주관/객관 등으로 자유롭게 상정해 볼 수 있다. 단 핵심은 겉으로 대비되는 두 개의 개념이 실상은

14 예를 들어 우리가 일상에서 말하고 듣지만 그 말이 어디서 나오는지는 알 수 없으며, 사람의 마음은 감춰져 있으나 감춰진 마음이 겉으로 가장 잘 드러난다.

하나의 마음에서 출현했다는 것이다. 그러니 주관이라 해도 그르치고 객관이라 해도 그르치며, 유라고 할 수도 없고 무라고 할 수도 없다. 그리하여 종국에는 비유비무(非有非無)가 되는 것이며, 그 무엇이라 말할 수 없는 도가 바로 모든 조화가 드나드는 문(門)이 된다.[15]

2. 장자 철학

장자 철학의 기본 종지를 잘 이해하기 위해서는 『장자』 내편의 구성 체재를 꼼꼼히 살펴보는 것이 필요하다. 무엇보다 장자가 첫 장을 「소요유(逍遙遊)」로 설정하고 있음은 시사하는 바가 크다. '소요유'란 '속박에서 벗어난 절대 자유의 경지'를 지칭하는 개념인데, 이를 뒤집어 말하자면 '인간이 무엇인가에 속박된 부자유한 존재'라는 함의가 전제돼 있다. 이러한 관점에서 보자면 장자 철학이 추구하는 것은 어떤 의미로든 '자유'의 문제와 무관하지 않을 것이다.

장자는 기본적으로 인간이 세 겹의 감옥에 둘러싸여 있다고 보았다. 첫째는 말과 이름의 감옥이며, 둘째는 육체의 감옥이고, 세 번째가 '나'라는 생각의 감옥이다. 특히 이 세 번째의 감옥을 불교에서는 '아상'이라 칭하는데, 엄밀한 의미에서 전술한 두 개의 감옥은 〈아상〉의 개별화된 측면과 다름없다. 본 장에서는 장자가 이 세 겹의 감옥을 차례로 해체하면서 인간의 본래적 자유를 복원하는 논리를 살

15 불교적으로 말하자면 이 門은 바로 우리의 眞如一心이 될 것이다. 즉 내 마음이 움직이면 세계가 움직이며, 따라서 浮動하는 세계는 바로 不可言說한 내 마음의 모습과 다름없다. 이름 하여 萬法唯識이요, 三界一心인 것이다.

펴본다. 물론 이 세 겹의 감옥이 장자의 관점에서 보자면 인간 스스로가 망상 분별심으로 조작한 것임은 두말할 나위가 없다.

(1) 말과 이름의 감옥

앞서 『도덕경』에서 간략히 살펴보았듯이 노장사상은 기본적으로 언어 철학이라 해도 과언이 아니다. 바꾸어 말하자면 도가는 기본적으로 인간을 에워싼 세계가 말과 이름으로 구성돼 있다고 가정했던 듯하다. 예를 들어 '세계'를 시간과 공간이란 개념으로 치환해서 사고할 경우 시간을 구성하는 기본 단위—과거·현재·미래—도 하나의 이름이요, 공간을 구성하는 기본단위도 말과 이름을 떠나 있지 않다. 그러한 관점에서 보자면, 대상에 대한 우리의 인식은 항상 언어적 맥락에서 이뤄진다. 달리 말해 갑이 을을 지각하기 위해서는 양자 사이에 필히 언어적인 매개가 개입되지 않으면 안 된다. 그런데 만일 갑과 을을 매개하는 말과 이름이 목전 대상의 형식과 내용을 **언어 자체의 논리로써** 뒤틀고 변형시켜 버린다면 정작 우리가 인식하는 것은 무엇인가?

가령 내가 지금 바라보는 빨간 장미가 '빨간색'과 '장미'라는 두 가지 관념화된 사실 외에 여타의 정보를 제공할 수 있는가? 엄밀히 말하자면 빨간 장미는 그것이 **빨간 장미 아닌 것이 아님**을 우회적으로 천명하고 있을 뿐이다. 물론 그로 인해 빨간 장미는 노란 국화, 흰 백합 등 다른 모든 꽃들과 구분된다. 그런데 장자가 정작 문제 삼고자 하는 것은 〈빨간 장미〉라는 이름이 사실은 아무것도 지시하지 않으며, 나아가 그 어느 것도 지시할 수 없다는 사실이다. 「제물론」의 다음 구절을 살펴보자.

> 사물마다 저것 아닌 것이 없으며, 사물마다 이것 아닌 것이 없다. '저것'의 입장에서는 [이것이] 보이지 않고, 스스로를 알려고 하면 그것을 알 수 있다. 그래서 '저것은 이것에서 나오고 이것은 또한 저것에서 말미암는다'라고 말한다. [말하자면] 저것과 이것이 동시에 성립한다는 주장이다. 비록 그렇지만 생함이 있음에 멸함이 있고, 멸함이 있음에 생함이 있으며, 가함이 있어 불가함이 있다.[16]

상기 인용문에 의하면 존재하는 모든 것은 이것이면서 동시에 저것이며, '이것'은 엄밀히 '저것'에서 나온다. 그렇게 보자면 이것이라는 기표에는 과연 거기에 상응하는 기의가 있는가? 나아가 만일 우리가 일상에서 사용하는 모든 언어적 기표(이름)가 고정된 기의를 갖고 있지 않다면, 인간의 말이 〈자연의 소리〉와 구분될 수 있는 근거가 무엇인가? 물론 장자의 입장에서는 그 같은 구분 자체가 애당초 허무맹랑한 것이다.

> 대저 말은 바람 소리가 아니다. 말하는 자가 말을 함이니, 그 말한 바가 정해진 바 없다. [그렇다면] 과연 말이 있는 것이냐, 그 일찍이 말이 없는 것이냐. 그들은 새 울음소리와 다르다고 하지만 또한 구분이 있는 것인가, 아니면 구분이 없는 것인가?[17]

그러나 이쯤에서 장자의 의도를 조심스럽게 추론해 보는 것이 필요할 것이다. 달리 말해 장자가 언어적 지시성을 해체하려는 시도

16 物无非彼, 物无非是, 自彼則不見, 自是則知之, 故曰彼出於是, 是亦因彼, 彼是方生之說也. 雖然, 方生方死, 方死方生, 方可方不可.

17 夫言非吹也, 言者有言, 其所言者特未定也, 果有言邪, 其未嘗有言邪, 其以爲異於鷇音, 亦有辯乎, 其無辯乎.

가, 그 자체로 인간의 삶에서 말과 이름의 무용함을 역설하는 데 있지 않다. 기실 「제물론」의 논지를 꼼꼼히 살펴보면 장자는 언어의 본질에 대한 올바른 인식을 통해 우리가 비로소 언어의 감옥에서 벗어나, 대 자유를 향해 한 걸음 다가설 수 있다고 믿었던 듯하다. 이 같은 가정은 장자가 '백마비마론'을 논파하는 대목에서 비교적 선명하게 드러난다.

> 손가락으로 손가락이 손가락 아님을 밝히는 것은, 손가락 아닌 것으로 손가락이 손가락 아님을 밝히는 것만 같지 않고, 말로써 말이 말 아님을 밝히는 것은, 말이 아닌 것을 가지고 말이 말 아님을 밝히는 것만 같지 않다. 천지가 하나의 손가락이고, 만물이 한 마리의 말이다.[18]

논쟁의 함의를 꼼꼼히 살펴보면, 장자와 동시대 인물로서 당시 명가(名家) 학파의 거두였던 공손룡은 '이름'의 의미를 끝까지 추구한 나머지 종국에는 '백마가 말이 아니'라는 궤변으로 마감한다. 그런데 장자는 오히려 천지만물이 '일마(一馬)'가 될 수 있다고 하였다. 결국 이를 통해 장자는 이름을 사용하되 그 이름에 걸림이 없는 자재한 경지를 드러낸다. 이 같은 추론을 방증하듯 장자는 "길은 사람이 걸어 다녀서 만들어지고, 물(物)은 사람들이 불러서 그렇게 이름 붙여지게 된 것이다."[19]라고 단언한다. 기실 우리가 동쪽을 서쪽이라 하고 서쪽을 동쪽이라 한들 동-서가 뒤바뀔 리 있겠는가. 그럼에도 불구하고 동-서라는 이름으로 인해 공간의 질서가 또한 유지

18 以指喩指之非指, 不若以非指, 喩指之非指也, 以馬喩馬之非馬, 不若以非馬, 喩馬之非馬也, 天地一指也, 萬物一馬也.
19 道行之而成, 物謂之而然.

되는 것 아니겠는가. 참고로 위진시대 도가계열 문인이었던 도연명(陶淵明 365-427)은 「오류선생전(五柳先生傳)」이란 자전적 성격의 산문에서 '(선생은) 독서를 좋아하지만 **깊은 해석을 구하지는 않았다**'고 서술하고 있는데, 이 구절이 당시 문장의 자구적 해석에 매몰되었던 유가의 학풍을 간접적으로 조롱하고 있는 것임은 명확하다.

(2) 육체의 감옥

장자가 논파하고자 한 첫 번째 감옥이 다소 사변적인 것이었다면, 두 번째 감옥은 보다 감각적인 것이다. 「제물론」에서는 거처(住), 맛(味), 아름다움(美)을 그 사례로 제시하고 있다.

> 사람은 고기를 먹고, 사슴은 풀을 먹으며, 지네는 뱀을 맛있어하고, 솔개와 까마귀는 쥐를 좋아한다. 넷 가운데 어느 것이 올바른 맛을 아는가 … 모장과 이희는 사람들이 아름답다고 하는 이들이지만 물고기가 보고는 깊이 숨어들고, 새가 보고는 높이 날아오르며, 순록과 사슴이 보고는 급히 달아난다. 넷 가운데 어느 것이 천하의 올바른 미모를 아는가.[20]

인용문에서 장자가 기대고 있는 논리는 어찌 보면 단순 명료하다. 가령 '맛'을 예로 들 경우, 우리가 사량 분별하는 맛의 절대적 기준은 존재하지 않는다는 것이다. 그럼에도 불구하고 인간에게 '맛에 대한 판단'(味識)만큼 확실한 것은 없어 보인다. 물론 이러한 기현상

20 毛嬙麗姬,人之所美也, 魚見之深入, 鳥見之高飛, 麋鹿見之決驟, 四者孰知天下之正色哉.

으로 인해 문제의 심각성은 증폭된다. 즉 대상에 대한 감각적 확신의 강도에 비례해서, 보이지 않는 감옥의 벽은 더욱 두터워지는 것이다. 참고로 이 주제와 관련해서는 불교 유식의 논리를 부분적으로 차용해도 좋을 것이다.

유식은 인간의 감각적 인식과 관련하여 근(根)-진(塵)-식(識)의 개념을 상정한다. 가령 안이비설신(眼耳鼻舌身)으로 대변되는 다섯 가지 감각기관은 다섯 가지 감각 대상과의 관계성 속에서 우리에게 지각되는 것이다. 물론 그 저변에는 제반 감각적 인식에 대한 통합 주체로서의 第六識(현재의식)이 은밀히 작동하고 있다. 이를 도식으로 정리하면 아래와 같다.

根(주관)	塵(객관)	識(인식)
眼	色	眼識
耳	聲	耳識
鼻	香	鼻識
舌	味	舌識
身	觸	身識
意	法	意識

여기서 관건이 되는 것은 〈근-진-식〉 삼자가 항시 동시적으로 작동한다는 것이다. 달리 말해 '설식'은 필히 **'혀'(설)와 '맛'(미)의 관계성을 통해** 조건적으로 생성된다. 물론 장자가 「제물론」에서 문제 삼고 있는 것은 '혀'와 '맛'이 아니라, 〈맛에 대한 판단〉(설식)이다. 즉 설식은 설근과 미진의 가합(假合)에 의해 조건적으로 생성되는 것이며, 따라서 인식 주체의 감각 기관이나 감각의 대상 어디에도 맛의 호불호(好不好)를 판단할 수 있는 실체론적 근거는 발견되지 않

는다.[21] 그렇게 보자면 미(美)·식(食)·주(住)에 대한 인간의 제반 감각적 확신은 어찌 보면 가장 주관적인 가치 판단이다. 불교 유식에서는 이를 인간을 에워싼 십팔경계(十八境界)로 통칭하고 있으며, 이 같은 논의의 연장선상에서『금강경』은 '(무릇) 형상 있는 것은 다 허망하니 만일 모든 형상이 형상 아님을 보면 곧 여래를 볼 것이라'[22]고 단언한다. 여기서 '범소유상 개시허망'의 근거가 대상 사물에 있는 것이 아니라, 이를 임의로 조작하고 판단하는 인식 주체에 있음은 말할 나위 없다.

(3) 아상의 감옥

인간이 궁극적인 자유로 나아가기 위해서는 또 하나의 철 방 감옥을 통과하지 않으면 안 된다. 이름 하여 '아상'의 감옥이다. 기실 앞서 기술한 두 개의 감옥도 어찌 보면 아상의 갈래 범주에 지나지 않는다. 그만큼 '나라는 생각'의 감옥은 광범위하며 근원적이다. 여기서는 먼저 장자가 해체하고자 하는 '아상'의 함의를 개념적으로 살펴보는 것이 필요할 듯하다.

> 인체는 백 개의 뼈와 아홉 개의 구멍과 여섯 장기를 모두 갖추고 있는데, 나는 누구와 더불어 더 친밀한가. 너는 모두를 좋아하는가. 아니면 그중 특정한 것을 사사로이 좋아하는가. 이와 같을진대 그들

21 가령 설식의 조건이 되는 '혀'와 '맛'은 〈소금〉을 예로 들 경우 혀가 소금을 만나 짠맛(설식)을 지각하는 일련의 과정으로 이해할 수 있다. 그런데 여기서의 요지는 '짠맛'이 혀나 소금 어디에도 존재하지 않으며, 설근의 조건이나 상태가 변함에 따라 소금의 맛은 얼마든지 다른 형태로 지각될 수 있다는 것이다. 따라서 '소금에 짠맛이 있다'라는 명제는 옳지 않다.

22 凡所有相, 皆是虛妄, 若見諸相非相, 卽見如來. (「如理實見分」)

> 모두가 신첩이 될 것인가. 그들 신첩은 서로를 다스리기에는 부족한가? 아니면 차례로 돌아가며 서로 군신이 되는 것인가? 거기에 참다운 주인(眞君)이 존재하는 것인가?[23]

인용문에서 장자가 지적하고자 하는 것은 내가 생각하는 '나'가 과연 무엇인가의 문제이다. 달리 말하자면 내 심신을 주재하는 근원(일차원인)으로서의 '나'는 일신(一身) 어디에서도 찾을 수 없다. 만일 내 몸속에서 나를 찾을 수 없다면, 내 몸 바깥에서 나를 찾는 것은 더욱 불가능하다. 그러나 내 육신의 안팎에서 나를 찾을 수 없다 할지라도 내가 지금-여기 존재한다는 사실 그 자체는 부정될 수 없지 않은가. 결국 장자는 윗글에서 나의 있음이 나라는 생각 속에 있지 않음을 암시하려 한 듯하다. 즉 '나'는 사량 분별로 인식될 수 없는 것이 '나'다. 물론 사유 주체로서의 나가 부정/해체된 '나'를 어떠한 의미로든 개념화시키는 것은 불가능하다. 그로 인해 장자는 논지를 전개하면서 일관되게 침묵·차연·부정의 서사 기법에 의존한다. 비근한 예가 '천뢰'(하늘의 피리소리)를 설명하는 대목이다.

> (남곽)자기가 말했다. "언아, 너의 질문이 참으로 훌륭하구나. 지금 나는 나 자신을 잃어버렸는데, 너는 그것을 알고 있느냐. 너는 인뢰는 들었어도 아직 지뢰는 듣지 못했을 것이며, 지뢰는 들었어도 아직 천뢰는 듣지 못했을 것이다…… 무릇 (바람이) 온갖 물상에 불어 각자가 하나의 개체가 되거늘, 모두 스스로 소리를 취했다고 하나 **정작 소리를 내게 하는 것은 누구인가?**"[24] (강조는 인용자)

23 百骸·九竅·六藏, 賅而存焉, 吾誰與爲親, 汝皆說之乎, 其有私焉, 如是皆有爲臣妾乎 其臣妾 不足以相治乎 其遞相爲君臣乎 其有眞君存焉.

24 子綦曰, 偃 不亦善乎, 而問之也, 今者吾喪我, 汝知之乎, 汝聞人籟 而未聞地籟,

인용문에 의하면 우리가 현실에서 듣고 지각하는 모든 소리는 소리 없는 바람에서 비롯된 것이다. 그런데 가령 바람이 나뭇잎을 스치면서 그 어떤 소리를 일으킨다면, 과연 소리를 내는 주체는 누구인가? 아마도 여기서 장자는 나뭇잎이 내는 소리의 근원이 실상은 소리 없는 바람에 뿌리내리고 있음을 암시하고자 한 듯하다. 그로 인해 만일 나뭇잎이 '내가 홀로 소리를 낸다'라고 한다면 장자는 그 즉시 '나뭇잎'의 아상을 해체할 것이다. 그러나 나뭇잎 없이 바람이 홀로 소리를 낼 수도 없지 않은가. 그렇다면 결국 관건은 우주 삼라만상이 각자의 소리를 만들어내는 그 현상적 진실에 덧붙여, 그들 소리가 '소리 없음'에서 비롯되고 있음을 본질 직관하는 것이다. 일례로 내가 제자리를 맴돌다 멈춰 설 때 세계가 빙글빙글 돌아간다 할지라도 실상은 〈내〉가 돌아가고 있는 것이 아니겠는가. [「반야심경」의 논리로 말하자면 세계는 자체로 '불생불멸(不生不滅), 불구부정(不垢不淨), 부증불감(不增不減)'이다.]이 같은 현상계의 '차이'와 본체계의 '차이 없음'을 통합적으로 논증하기 위해 장자는 숫자의 비유를 사용한다.

> 이미 하나인데 또 말이 있을 수 있는가. 이미 이것을 '하나'라고 일컬었으니 또한 말이 없을 수 있겠는가. 하나인 것과 [하나라고 표현한] 말은 둘이 되고, 이 둘과 하나는 셋이 된다. 이로부터 계속해 나간다면 계산을 잘하는 자라도 셈할 수 없는데 하물며 보통사람이겠는가. 그러므로 무에서 유로 나아가 셋에 이르니, 하물며 유에서 유로 나아가는 경우이겠는가.[25] ([ ]는 인용자)

汝聞地籟, 而未聞天籟夫......夫吹萬不同, 而使其自己也, 咸其自取, 怒者其誰邪.

25 旣已爲一矣.且得有言乎, 旣已謂之一矣,且得無言乎, 一與言爲二,二與一爲三. 自此以往,巧曆不能得,而況其凡乎, 故自无適有以至於三,而況自有適有乎.

인용문이 예시하듯 원래 없던 '하나'가 우리의 인식 범주로 들어오는 순간 즉시 셋[26]으로 벌어진다. [이 '하나'는 순수 일자(一者)로서 무이다.] 달리 말하자면 '적멸(寂滅)'은 언제든지 오만상으로 목전에 출현할 수 있다. 그러나 장자는 오만상의 소이(所以)를 나의 주관 인식으로 돌린다. 그렇게 보자면 세계가 고요해지니 내 마음이 고요하다는 논리는 없다. 오히려 내 마음이 분별을 거둬들이는 순간 오만상은 일상(一相)으로 통합된다. 그것이 제물의 논리이다. 그런데 분별이 사라질 때 소요하는 '나'는 (여전히) 소요의 주체로 남아 있을 수 있는가? 물론 노장이나 불교에서 '무아'란 **나라는 생각으로부터의 자유로워짐**이니, 소요하는 '나'가 데카르트적 사유 주체로 존재할 리 만무하다.

21세기를 살고 있는 현대인에게 장자는 난해하다. 그 논리가 난해하기도 하거니와 정작 장자가 추구하는 대자유의 경지가 '나'의 현실 삶과 어떤 식으로 접목될 수 있을지도 가늠하기 어렵다. 그럼에도 불구하고 필자가 보건대 장자의 대자유가 그 심층으로 들어갈수록 소위 인류의 위대한 사상과 맥이 닿아 있음을 어렴풋이 직감한다. 참고삼아 앞선 '천뢰'와 유사한 비유가 「요한복음」(3:8)에 등장하여 이를 일부 소개한다.

> 바람이 임의로 불매 네가 그 소리는 들어도 어디서 와서 어디로 가는지 알지 못하나니 성령으로 난 사람도 다 그러하니라.

인용문은 예수님께서 당시 유대의 관원이었던 니고데모(Nicodemus)

26 여기서 '셋'은 '하나'와 '하나라는 말' 그리고 '원래 말이 붙어 있을 수 없는 순수 일자'를 통칭하는 것이다.

에게 하신 말씀을 기록한 글이다. 여기서 바람은 헬라어인 프뉴마(pneuma)에 대한 번역으로, '바람' 혹은 '성령'이라는 뜻을 내포하고 있다. 상기 인용문에는 크게 세 가지 내용이 함축돼 있는데, 첫째는 '바람이 임의로 분다'는 것이고, 둘째는 '바람이 소리를 낸다'는 것이며, 마지막이 '성령으로 난 사람도 다 그러하다'는 말이다. 이들 세 가지의 사태는 외견상 의미론적 연결고리가 결여되어 있으나, 예수님의 비유를 「제물론」에 등장하는 '천뢰'의 함의와 상호 텍스트적으로 읽노라면 그 감춰진 의미가 보다 명료하게 드러난다.

우선 '바람이 임의로 불매 어디서 와서 어디로 가는지 알지 못한다'고 함은 존재의 초월적 본질을 암시한 것이다. 즉 궁극적 실재는 '앎'의 대상이 될 수 없다. 그런데 본문은 바람의 비유를 사용하면서 다시 '소리'를 언급했다. 물론 이는 문맥상 바람의 소리가 되어야 마땅하다. 그러나 「제물론」의 우화에서 보았듯이 바람 자체는 본래 소리가 없다. 단지 바람이 물상을 만나 가지각색의 소리를 만들 뿐이다. 그렇다면 신약의 이 구절 또한 논리적으로 볼 때 하나님의 형상으로 지음 받은 인간이 각자의 달란트에 기대어 자신의 소리를 발하는 것으로 해석됨이 마땅하다. 그런데 흥미로운 것은 마지막 구절이다. '성령으로 난 사람도 다 그러하니라.'

신학적으로 이 구절을 어떻게 해석할 것인가는 별도로 치더라도, 외견상으로 보건대 예수님도 분명 個體('성령으로 난 사람')의 대자유를 바람에 빗대어 암시하신다. 물론 이 구절을 형식 논리로 접근하면 거기에는 분명 자기모순이 발견된다. 즉 유한하고 한정적인 〈개아〉가 어찌 걸림 없는 바람의 대 자유를 향유할 수 있겠는가. 그러나 성경이 사용하는 '자유로운 개인'의 함의는 필자가 보건대 앞서 언급한 '아상으로부터의 자유'라는 측면에서 이해됨이 합당하다. 그렇게 보자면 '성령으로 난 사람'은 십자가의 보혈을 통해 내

속에 하나님의 영(靈)이 임재하는 사건을 암시하는 구절이다. 그러나 관건은 '나'를 통해 소리 없는 바람이 모습을 드러낸다는 삼위일체(三位一體)적 논리이다. 만일 '소리'로써 '소리 없음'을 현전케 한다는 이 발상으로부터 순수 이성의 한계가 암묵적으로 노정된다면, 순수 이성의 종언은 필경 존재를 새롭게 사유하기 위한 '눈'을 부득불 요청하지 않을 수 없다. 노장사상의 현대성은 아마도 이러한 맥락에서 그 의미가 새롭게 조명될 수 있을 것이다.

제5장

주역의 세계관

천지수화(天地水火)의 철학적 함의

1. 경(經)의 구성 체재

『주역』은 괘상(卦象)과 괘상을 설명하는 경문으로 이뤄져 있다. 경문은 괘의 총체적 의미를 판단하여 지었다는 괘사(卦辭)[27]와 괘사의 주석에 해당하는 단전(彖傳), 괘의 상을 전체적으로 설명한 대상전, 육효에 대한 개별적 서술인 효사, 그리고 각 효사의 주석에 해당하는 소상전으로 구성된다. 이상을 간략히 정리해 보면 아래와 같다.

① 괘상 (괘의 그림)

② 괘사

③ 단전

27 괘사는 彖辭 혹은 彖經이라고 지칭하기도 한다.

④ 대상전

⑤ 효사

⑥ 소상전[28]

대성괘의 해석에서 관건이 되는 것은 괘와 효, 그리고 육효 상호 간의 관계성을 적절히 설정하는 것인데, 이 문제에 관해서는 별도의 구체적인 설명이 필요할 듯하다.

2. 괘와 효의 구조

사상사적으로 보자면 주역 철학은 한대 이후 오행(五行)사상과 결합되면서 해석학적으로 훨씬 풍부하고 다양해진다. 기본적으로 『주역』의 대성괘는 여섯 효로 구성돼 있지만 동시에 두 개의 소성괘가 결합된 것이기도 하다. 따라서 소성괘(8괘)의 괘덕과 상징, 그리고 내-외괘의 관계성에 입각하여 괘사와 효사에 대한 해석학적 다양성을 열어두지 않으면 안 된다. 기본적으로 효의 속성을 이해하기 위해서는 다음의 기본 개념에 대한 이해가 선행되어야 한다.

(1) 正

대성괘에서 1-3-5는 양위(陽位), 2-4-6은 음위(陰位)이다. 이 경우 양위에 양효 혹은 음위에 음효가 오면 정을 얻었다 하고(得正), 그렇지 못할 경우 정을 얻지 못한 것이다(不正). 많은 경우 득정이 긍정

28 단 64괘중에서 건-곤 괘는 예외적으로 전술한 구성 체재를 따르지 않는다.

적으로 해석될 수 있으나, 양위에 양효가 와서 강함이 거듭되거나(重剛), 음위에 음효와 와서 지나치게 소극적인 것이 부정적으로 해석될 수도 있다. 따라서 정과 부정에 대한 최종적 판단은 전체 괘와의 관계성 속에서 결정되어야 한다.

(2) 中

대성괘에서 2효와 5효는 中의 자리이며 대부분의 경우 득중(得中)은 『주역』에서 길상하다. 중과 정을 함께 얻는 경우 중정(中正)이라 하며 대표적인 예로 중천건의 구오, 중지곤의 육이가 있다.

(3) 應

대성괘에서 응(應)은 1-4, 2-5, 3-6효의 관계에 의거해서 판단한 것이다. 여기서 두 효가 음-양 관계로 이뤄지면 정응(正應)이라 하고, 음-음/양-양으로 이뤄지면 적응(敵應) 혹은 무응(無應)이라 칭한다. 초효와 4효에 대해서는 대체로 **초구-육사**의 관계로 응을 이루는 것이 좋은데, 이 경우 조정의 관리가 재야에서 좋은 인재를 발탁하는 것으로 해석해 볼 수 있다. 반면 **초육-구사**로 응을 이룰 경우는 조정의 관리가 소인에게 유혹을 받는 형국으로 해석될 수 있으며, 이런 것은 부정적 사례에 해당한다. 응에서 가장 중요한 것은 2효와 5효이다. 양자의 관계는 관리-인군, 제자-스승 등 여러 관점에서 해석될 수 있으며, 보편적으로 가장 무난한 경우가 강직한 신하(구이)와 유순한 인군(육오)으로 응을 이룰 경우이다. 마지막으로 3효-상효는 대부분 부정적 관점에서 해석된다. 왜냐하면 상효가 이미 실질적인 권력을 갖고 있지 않은 상황에서 3효와 응을 이룰 경우, 5효의 입장에서는 권력의 '누수'로 비춰질 수 있기 때문이다. 상효의 입장에서도 3효의 유혹을 받아 자신의 위상이 훼손되는 형국으로 해석될 소지가 있다. 요약하자면 대성괘의 해석에서 응이 긍정적일 수도 있고 부정적인 경우도 있다. 따라서 일률적으로 응/무응을 호불호의 관점에서 판단하는 것은 부적절하다.

(4) 比

비는 서로 이웃한 효끼리의 관계를 지칭하는 말이다. 비의 경우 4-5효, 5-상효의 관계가 중요한데 기본적으로는 음효가 아래에, 양효가 위에 있는 것이 무난하다. 양효가 음효 위에 있을 경우를 승(承)이라고 칭하고, 그 반대의 경우를 승(乘)이라 명한다. 전자는 '받든다'는 의미이고, 후자는 '올라탄다'는 의미이다.

(5) 主爻

주효는 주어진 대성괘 전체를 지배하는 효를 지칭하는 용어로, 많은 경우 5효가 괘의 주효가 되는 경우가 많다. 반면 2효가 음효로서 중과 정을 모두 얻어 괘의 주효가 되는 경우도 드물지 않다. (예. 중지곤 괘의 육이) 『주역』 경문에서 괘사, 단전 및 대상전은 주효를 중심으로 쓰인 경우가 많다.

3. 대성괘 해설

본 장에서는 주역의 사유 논리를 구체적으로 살펴보기 위해 64괘

중에서 건(乾)-곤(坤)-감(坎)-리(離) 네 개의 대성괘를 선별하였다.[29] 주지하다시피 건과 곤은 64괘 중 유일하게 양효와 음효로만 구성된 순체(純體)이며, 두 괘를 제외한 나머지 62개의 괘는 전부 양효와 음효의 결합으로 이뤄져 있다. 그런 관점에서 보자면 이 둘은 주역이라는 광활한 세계로 들어가기 위한 형이상학적 문(門)이라 해도 과언이 아니다. 한편, 감-리괘는 각기 물과 불을 상징하며 이는 우주 생성에서의 두 가지 근원적인 작용성(昇降)과도 관계가 있다. 물론『주역』의 경문은 하늘, 땅, 물, 불에 대한 단순한 자연과학적 서술을 넘어 인사와 천 리를 두루 아우르는 심오한 우주론적 원리를 제시한다. 여기서는 이들 네 개의 괘에 대한 개별적인 분석과 더불어 괘와 괘 상호 간의 관계적 의미를 '배합'(配合)[30]의 관점에서 조명해 볼 것이다.

(1) ䷀ 중천건(重天乾) : 위대한 창조

건은 시간적으로 보자면 4월괘에 해당한다. (양력으로는 6월에 해당할 것이다.) 괘에 음효가 없음은 건괘의 非물질적 속성—정신, 시간 등—을 암시하는 것이며, 따라서 공간에서의 어떤 고정된 조건에 구애받지 않는 것으로 볼 수 있다.[31] 자연과학적으로 말하자면 건

29 선별한 네 개의 대성괘 해설과 관련해서는 주로 다음의 저서들을 참조하였다. 『周易傳義大全』;『易經來註圖解』; 智旭, 金呑虛 譯,『周易禪解』, 敎林; 김석진, 『대산주역강의』, 한길사, 1999; 김수길, 윤상철 공저,『주역입문』, 대유학당, 1997; *The I Ching*. The Richard Wilhelm Translation rendered into English by Cary F. Baynes. Princeton University Press, 1950.

30 『주역』에서 배합괘는 여섯 효 모두 서로 반대되는 음양효로 바꾸어 만든 괘이다. 배합괘의 사례로는 중천건 괘의 용구와 중지곤 괘의 용육을 들 수 있으며, 중수감괘와 중화리괘도 배합괘에 해당한다. 김수길 등,『주역입문』, 대유학당, 1997, 126-7쪽 참조.

31 주역 철학에서 건은 하늘을 상징하며 하늘은 시간, 운동, 정신, 형이상 등의

괘는 운동성을 나타낸다. 그런데 운동의 토대는 시간이며, 상하로 겹쳐져 있는 두 개의 건괘는 시간의 지속성을 나타내기도 한다. 엄밀한 의미에서 하늘은 하나이다. 반면, 건괘에서 겹쳐진 두 개의 하늘은 시간의 지속성을 암시하기 위함이다.(하나의 하늘이 다른 하나의 하늘로 대체되면서 순환이 지속된다.) 결국 '하늘'로 대변되는 우주의 작용은 강건하고 간단없이 이어지면서 영원하다. 이것이 건이 두 개 겹쳐진 중천건괘의 철학적 함의이다.

건괘의 괘사인 '원형이정(元亨利貞)'은 주효인 구오를 토대로 기술되었다. 여기서 '원형'은 창조(시작)의 개념과 연결되는데, 좀 더 세부적으로 '원'이 기원에 해당한다면 '형'은 원의 정신적인 부분에 형체를 제공하는 것이다. 한편, '이정'은 보존과 관계되는 개념이다. 다시 설명되겠지만 '이'가 자신에게 합당한 것을 수확한다는 의미를 내포하고 있다면, '정'은 그러한 원리를 파악해서 사물의 지속성을 가능케 하는 힘이 된다. 결국 원-형-이-정은 우주의 간단없는 순환을 압축적으로 드러내는 개념이며, 넷은 엄밀한 의미에서 '하나'가 자기 분화한 모습이나 다름없다. 건괘의 문언전(文言傳)에서는 원형이정을 오행(五行) 및 오덕(五德)과 연결시켜 사유하고 있는데, 이를 통해 건괘에 등장하는 우주론적 원리가 자연과 인사를 포괄하는 광범위한 개념으로 재해석된다. (아래 도표 참조)

개념과 연결되고, 곤은 땅을 상징하며 땅은 공간, 물질, 육체, 형이하 등의 개념과 연결된다.

四德	元	亨	利	貞	
四時	春	夏	秋	冬	
五行	木	火	金	水	土
方位	東	南	西	北	中央
五常	仁	禮	義	智	信

(*도표에서 토, 중앙, 신은 〈중〉의 개념이므로 독립된 항목으로 고려하지 않아도 무방하다.)

건괘의 효사(①)[32]는 하나의 대상을 여섯 가지 다른 관점에서 서술한 것—혹은 시간적 추이를 전제로 '발전'의 의미가 가미된 개념—으로 해석 가능하다. 그런데 주역적 사유에서 '상에 매달린 글'(繫辭)을 **고정된 개념**으로 파악하는 것은 적절치 않다. 가령 초구의 '잠룡'은 축자적으로는 '숨어 있는 용'이지만, 그 본질은 하늘 높이 비상하고 있는 '비룡'의 계기와 결코 분리되어 있지 않다. 더불어 잠룡을 수신의 단계로 파악할 경우 비룡은 자연스럽게 치국/평천하의 문제와 연결되면서 서로가 본-말의 관계를 형성하게 된다. 나아가 건괘의 육효를 천도의 운행과 관련지어 해석한다면, 잠룡은 생명의 기운이 대지 위로 용솟음쳐 오르기 직전의 단계에 해당할 것이다. 이처럼 어떠한 방식으로 효사의 의미를 파악하든 경문에 대한 최종적 해석은 유보될 것이며, 그렇기 때문에 결국은 해석자와 『주역』 경문의 관계론적 맥락에서 주어진 개념의 의미가 **조건적으로** 생성될 수밖에 없다.

건괘 육효에서 구사가 처한 상황은 특이하다. 괘의 여섯 효를 천

32 괄호 속 숫자는 인용 번호 지칭. 원문과 우리말 번역은 각 장의 후미에서 일괄적으로 제시함.

지인 삼재(三才)의 관점에서 보자면 구사는 인위(人位/3-4효)의 꼭대기에 위치하고 있다. 이 상황에서는 양자택일안이 존재한다. 하나는 위로 올라가 하늘과 합하든지, 혹은 아래에 남아 있는 것이다. 그러나 둘 중에서 어느 것이 옳다고 말할 수는 없다. 본인이 자유롭게 선택할 문제인 것이다. 그로 인해 효사는 미확정적 언어('或')를 사용하고 있으며, 설령 위로 오르지 못한다 할지라도 '허물이 없다'라고 말하는 것이다.

용구는 '모든 효가 양일 때'라는 의미이며, 유독 건괘와 곤괘에만 용구-용육이 있다. 용구의 효사는 '뭇 용을 보되 머리함이 없으면 길하다.'라고 말한다. 여기서의 함의는 '양강'(羣龍)한 것을 '음유함'(无首)으로 써야 한다는 것이다. (달리 말해 노양은 음으로 들어가고, 노음은 양으로 들어가야 한다.) 이는 하도의 논리이기도 한데, 이 같은 음양의 교합 작용을 통해 자연의 흐름이 간단 없이 이어질 수 있다. 불교적으로 말하자면 무시무종(無始無終)의 논리인 것이다.

한편, 단전(②)에는 몇 가지 중요한 개념이 등장한다. 먼저 자시(資始)의 함의에 주목해 볼 필요가 있는데, 이는 만물이 건에서 **비롯한다**는 것이다. 그다음에 등장하는 "대명종시 육위시성 시승육룡이어천"은 그 주체를 '성인'으로 보는 것이 문맥상 합당하다. 즉 성인은 종시(終始)의 도리를 잘 이해하고, 시간의 때(六位)에 의거해서 적절히 처신하는 자이다. 달리 말해 잠룡해야 할 때 잠룡하고 비룡해야 할 때 비룡할 수 있는 자가 성인이다. 그것이 유교나 노장에서 말하는 시중의 도리인 것이다. 전반적으로 단전은 우주의 도(元亨)가 인간에게 구현된 것을 상징적으로 표현하고 있는데, 이를 통해 천도와 인도의 관계를 유추해 볼 수 있다. 즉 천도가 건괘의 괘상을 통해 우주의 간단 없는 움직임을 표상한다면, 성인은 이를 바탕으로 모든 것이 정해진 시간에 발생할 수 있도록 시간의 흐름에 '마디'(節)를 부여할 수 있어야 한다. 단전의 마지막 구절은 부분과 전체의 관계를 서술한다. 즉 건이 '뭇 사물 위에 우뚝 설 때 만국이 비로소 평화롭게' 된다. 이름 하여 〈귀일(歸一)〉 사상인 셈이다.

한편, 문언전의 '육효발휘 방통정야'(③)는 괘와 효, 부분과 전체의 유기적 상관관계를 암시한 말이다. 즉 괘 전체의 의미가 여섯 효 하나하나의 의미를 통해 더욱 잘 드러나게 되며, 동시에 개별 효의 의미는 전체 괘와의 관계성 속에서 성립되는 것이다. 다음으로 등장하는 '부대인자~황어귀신호'(④) 부분은 건괘 구오 효사에 대한 부연 설명에 해당한다. 공자는 여기에서 성인이 하늘과 하나 된 존재임을 밝히는데, 건괘의 마지막 구절에서 공자는 거듭 성인의 덕목을 밝힌다. 그것은 다름 아닌 '진퇴존망(**進退存亡**)'을 아는 지혜이다.(⑤) 나아갈 때와 물러갈 때를 안다는 것은 건괘 효사로 말하자면 잠룡해야 할 시기에 잠룡하고, 비룡해야 할 시기에 비룡하는 것이다. 그렇지만 중요한 것은 외형적으로 드러난 잠룡과 비룡의 '차이'가 아니다. 공자가 말하고자 한 것은 시중의 도리이다. 범부는 잠룡과 비룡의 외형적 차이에 주목하지만, 성인은 잠룡즉비룡(潛龍卽飛龍)이요 비룡즉잠룡(飛龍卽潛龍)이다. 그렇기 때문에 역(易)은 항상 움직이되(變化) 움직인 바가 없는(不易) 여여부동의 세계를 전제하고 있는 것이다.

자연으로 보자면 건괘는 신성의 강하고 창조적인 힘을 지칭하며, 인간으로 보자면 성인이나 인군의 창조적 행위를 상징한다. 물론 자연과 별도로 인간이 존재하는 것이 아님을 전제한다면 양자 간에 친연성을 상정하는 것은 전혀 어색하지 않다. 『주역』에서 하늘은 '성(誠)' 그 자체이지만 인간은 **성인을 통해** 하늘의 섭리를 가늠할 수 있다. 그러한 의미에서 구이 효사의 '이견대인(利見大人)'은 우리 모두에게 해당할 수 있는 말이다. 건도의 작용과 관련하여 또 하나 주목할 부분은 끊임없는 변화와 발전의 원리이다. 그러나 건도의 변화와 발전은 하나의 잠재태로서만 존재한다. 그것이 구체적인 개별체의 모습을 획득하기 위해서는 곤도의 작용에 전적으로 의존하지 않으면 안 된다. 결론적으로 건의 작용은 추상의 영역에 국한된다.(이를 굳이 다른 개념으로 표현하자면 '시간성'과 연결될 수 있다.) 그리고 그 정신적 충동은 곤에 이르러 물질의 형상을 띠고 출현한다. 달리 말해 **시간의 공간화**가 이뤄지는 것이다.

인용문

1. 初九 潛龍 勿用. 九二 見龍在田 利見大人. 九三 君子終日乾乾 夕惕若 厲 无咎. 九四 或躍在淵 无咎. 九五 飛龍在天 利見大人. 上九 亢龍 有悔. 用九 見羣龍 无首 吉.

   초구 잠겨 있는 용이다. 행동하지 마라. 양이 아래에 있다.
   구이 나타난 용이 밭에 있다. 대인을 봄이 이롭다.
   구삼 군자는 종일 열심히 일하며, 저녁에는 두려운 듯 반성한다.
   위태로우나 허물이 없다.
   구사 어쩌다가 뛰려고 시도해 보지만, 여전히 못에 머물러 있다.
   구오 나는 용이 하늘에 있다. 대인을 봄이 이롭다.
   상구 교만한 용이 후회가 있다.
   용구(모든 효가 양일 때) 뭇 용을 보되 머리함이 없으면 길하다

2. 彖曰大哉 乾元 萬物資始 乃統天 雲行雨施 品物 流形 大明終始 六位時成 時乘六龍 以御天 乾道變化 各正性命 保合大和 乃利貞 首出庶物 萬國 咸寧

단에 말하길 광대하구나, 건의 원대함이여.

만물이 (건에서) 비롯하고, 이로써 우주를 거느리도다.

구름이 일어나고 비가 베풀어서, 뭇 사물이 (각자의) 형상을 이루어 나간다.

끝과 처음을 뚜렷이 밝힌다. 여섯 위가 때에 순응하여 이루어진다.

때에 맞춰 여섯 용을 타고서, (용이 모는 수레를 타고 달리듯이) 하늘로 나아간다.

건의 도는 변화하면서, 개체들의 본성과 운명을 바르게 하여,

큰 조화를 보존하고 모은다. 이것이 이롭고 정고하게 하는 것이다.

(건의 창조능력이) 뭇 사물들 위에 우뚝하여, 만국이 모두 평화롭게 된다.

3. 六爻發揮 旁通情也 時乘六龍 以御天也 雲行雨施 天下平也

육효가 펼쳐져서 (하나하나의 효가) 두루 뜻에 통하고,

때에 맞춰 여섯 용을 타고서 하늘을 어거하며,

구름이 행하고 비가 베푸니, 천하가 태평하니라.

4. 夫大人者 與天地合其德 與日月合其明 與四時合其序 與鬼神合其吉凶 先天而天弗違 後天而奉天時 天且弗違 而況於人乎 況於鬼神乎

무릇 대인은 천지와 그 덕을 합하며, 일월과 그 밝음을 합하며,

사시와 그 순서를 합하며, 귀신과 그 길흉을 합한다.

하늘에 앞서 해도 하늘이 어기지 아니하며,

하늘을 뒤따라도 하늘에 순응한다.

하늘도 그를 어기지 않을진대, 하물며 사람이랴, 하물며 귀신이랴.

5. 亢之爲言也 知進而不知退 知存而不知亡 知得而不知喪 其唯聖人乎 知進退存亡而不失其正者 其唯聖人乎

'항'이라는 말은 나아갈 줄 알고 물러날 줄 모르며,
존속함은 알지만 소멸하는 것을 모르며,
얻을 줄만 알며 상실할 것은 모르는 것을 말한다.
오직 성인뿐이로구나. 진퇴존망을 알면서도
그의 바름을 잃지 않는 자. 오직 성인뿐이로구나.

(2) ䷁ 중지곤(重地坤) : 포용의 미학

곤의 덕(德)은 포용과 순종이며, 곤의 상(象)은 땅이다. 중지곤 괘에서 소성괘인 곤이 중첩된 것은 땅의 견고함과 광대함을 동시적으로 암시한다. 이를 통해 대지는 만물을 싣는다. 건괘와의 관계에서 보자면 곤괘는 건의 완벽한 보완이다. 즉 **곤을 통해 건이 완성되는 것**이다. 이것이 『주역』에서 말하는 '배합'의 함의이다. 그러한 의미에서 건괘와 곤괘를 이원론적으로 보는 것은 부적절하며, 이를 굳이 개념적으로 말하자면 '불이(不二)'가 될 것이다. 그럼에도 불구하고 양자 사이에는 위계가 성립한다. 즉 건괘만큼 곤괘도 중요하지만, 곤은 반드시 건에 의해서만 작동된다. 달리 말해 곤이 건에 순응할 때 비로소 선이 구현되는 것이다. 만일 곤괘가 이러한 위계를 무시하고 건괘와 맞서고자 할 때, 그것은 악이 된다. 뒤에서 살펴볼 곤괘의 상육은 이러한 내용을 상징적으로 암시하고 있다.

한편, 건괘는 시간을, 곤괘는 공간을 상징한다. 그로 인해 건괘의 잠재성이 곤괘에서 구체화되는데, 이로부터 '암말'(牝馬)의 비유가 등장하는 것이다.(①) 말은 원래 건의 상인데, 곤에서 빈마를 쓴 것

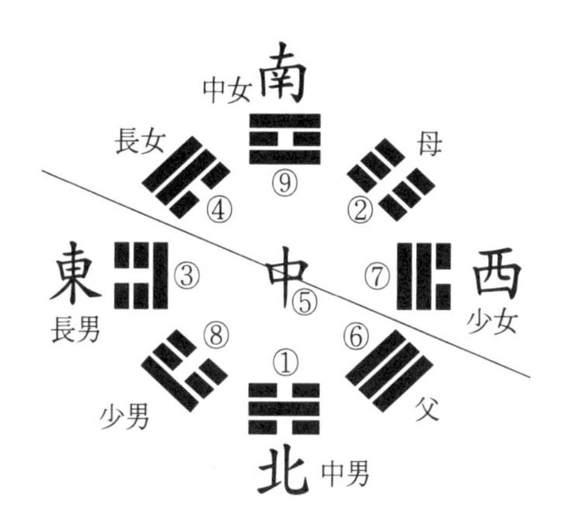

[문왕팔괘도]

은 곤이 건의 짝임을 강조하기 위한 측면이 있다. 한편 '군자유유왕'은 우주적 원리에 의해 음-양이 서로 연결됨을 암시하는 구절이다. 즉 군자의 갈 바가 민중이라면, 민중의 갈 바는 군자이다. (혹은 양의 갈 바가 음이라면 음의 갈 바는 양이다.) 전반적으로 곤괘의 괘사가 강조하는 것은 '수용'과 '순종'의 미덕이다. 즉 '자신의 의지로 행하려 하지 말고, 하늘의 뜻에 맡기라'는 의미이다.[33] 괘사의 마지막 구절인 '서남득붕 동북상붕'의 함의는 문왕팔괘도(文王八卦圖)의 배열 구조를 참조하면 잘 드러날 것이다. 문왕도에서 서남쪽은 계절로는 '여름에서 초가을'에 해당하며 곤은 딸들 사이에 둘러싸여 있다. 즉 이는 음방에 해당하며, 이로 인해 괘사에서는 '득붕'이란 말이 등장한다. 반면 동북쪽은 계절로는 '겨울에서 초봄'에 해당하며, 이는 양방이다. 즉 곤괘의 관점에서 보자면 무리와 떨어져서 '홀로'

33 기독교적으로 보면 순종이 곧 믿음이며 믿음은 인간이 행할 수 있는 최상의 자유의지가 될 것이다.

있는 시간이 되는 셈이다. 주역 철학의 관점에서 보자면 노동과 생산에 종사하는 기간 못지않게 깊은 침묵 속에 잠겨 있는 시간도 매우 중요하다. 이러한 계기를 통해 '나'는 비로소 자신을 깊이 돌아보고 성찰할 수 있기 때문이다.

단전(②)에서 공자는 곤괘를 설명하면서 '만물자생 내순승천'의 개념을 제시한다. 여기서 '자생(資生)'은 건괘의 '자시(資始)'에 대비되는 개념이며, 이는 하늘의 도를 순종하여 잇는 거룩한 행위이다. 한편 '함홍광대'에서 '빛'(光)과 '큼'(大)은 모두 건덕과 관련된다. 바꾸어 말하자면 이는 곤 속에 이미 건의 덕이 감춰져 있음을 암시하는 것으로 이해할 수 있다. 단전의 마지막 구절은 순종의 미덕(安貞之吉)을 재차 역설하고 있다. 그리고 이를 통해 땅은 하늘과 더불어 영원(**應地无疆**)할 수 있는 것이다.

곤괘의 여섯 효사(③)를 개략적으로 살펴보자면, 중지곤의 主爻는 육이인데 육이 효의 경우 건에 순응해서 모든 것이 무위로서 이루어진다. 그리하여 '직방대 불습무불리'가 되는 것이다. 여기서 직과 방은 자연에 내장되어 변하지 않는 일정한 법칙 같은 것을 가리킨다. 그리하여 땅에 사는 모든 생명은 그 법칙에 의거해서 성장하는 것이다. 그렇게 보자면 '곤'은 자신의 생명을 보존하기 위해 스스로 어떠한 주체적 의도를 가질 필요가 없다. 단지 그 법칙이 이미 '나'의 생명 속에 잠장되어 있음을 믿고 따르면 그뿐이다. 어찌 보면 유가나 도가 사상은 모두 이러한 전제를 수용하고 있다. 가령 『대학(大學)』에서 '배움'의 지상목표는 내 속의 '밝은 덕'(明德)을 밝히는(明) 것이며, 명명덕의 과정에서 외적인 것이 개입될 소지가 없다. 한편, 육삼과 육오는 모두 절제와 감춤의 미학을 암시하고 있다. 육삼의 '무늬를 감춤'(**含章**), 그리고 육오의 '노란 치마'(**黃裳**)는 모두 자신의 재능이나 아름다움을 속으로 감추는 것을 의미한다. 그러나 아름다움은 감출수록 더욱 드러난다. 그리하여 육삼은 '함장'을 통해 '무성유종'에 이를 수 있고, 육오는 '아름다움의 극치'(元吉)에 도달한다.

한편, 곤문언전(④)에서는 용육을 제외한 나머지 여섯 효의 의미를 부연 설명하였다. 초육에서 공자는 '이상견빙지'를 '순(順)'의 개념으로 재해석한다. 이는 어떠한 현상을 방치해 뒀을 때 그것이 얼마나 극단까지 나아갈 수 있는가를 암시하는 말이다. 그로 인해 군자는 불선의 기미를 미리 파악하여 그것이 일정한 세력을 형성하기 이전에 미리 방안을 강구하고자 한다. 그렇게 보자면 『주역』은 '기미(幾微)'의 학문과 다름없다. 육삼에서는 곤도를 '신하의 도리'와 연결시키고 있다. 신하는 일을 완성하되 자기의 이름을 드러내지 않는다. 그렇기 때문에 '대(代)'가 육삼 효사의 핵심적 개념이 되는 것이다. 즉 천도를 **대신하여** 완성한다. 육사는 음위에 음효가 왔으니 언행을 극히 신중하게 해야 할 시기이다.(음은 수동성과 관련된다.) 그로 인해 문언전은 '현인의 은둔'을 말하고 있다. 그러나 천하가 무도(無道)할 때 현인이 은둔하는 것은 일신의 안위를 위해서가 아니라 도를 보존하기 위함이다. 시중의 도리에 따르면 이러한 시기에는 나아가지 않고 근신함이 오히려 가장 적극적인 처세의 행위가 될 수 있다. 육오에서 '황중'은 내적인 성숙을 암시하며, '통리'는 그 내적 수양이 외적으로 발현되는 것이다. 이는 내성외왕의 원리와 크게 다르지 않다.

곤괘의 상육(⑤)은 여러 관점에서 해석될 수 있는 소지를 안고 있다. 그로 인해 곤문언전에서는 상육에 대한 비유적인 해설이 등장한다.[34] 효의 위치로 보면 상육은 음이 극에 도달한 형국인데, 음의 세력이 강성해져서 양과 대등해지려 하면 필히 '싸움'이 발생한다. 그

34 智旭, 金呑虛 옮김, 『周易禪解』, 敎林, 150-151쪽 참조.

렇다고 하더라도 음이 양과 완전히 단절된 것은 아니며, 그로 인해 '용'이라 칭했다.(용은 陽物이다.) 다음에 등장하는 '유미리기류야 고칭혈언'은 전술한 부분에 대한 부정이며 보완이다. 즉 '음중양(陰中陽)'의 도리를 전제한다 할지라도 음이 양과 동일시될 수는 없다. 이로 인해 '혈(血)'이라 칭했다. 여기서 '혈'은 음적인 상태를 암시한다.(반면 '氣'는 양적인 것을 지시한다.) 마지막으로 '현황'은 하늘 기운과 땅 기운이 뒤섞인(天地之雜) 상태이다. 그러나 뒤섞인 가운데서도 여전히 하늘과 땅은 서로 구분된다.

상육 효사에 대한 문언전의 해석은 어찌 보면 하나의 대상을 본체론적 관점(태극)과 현상론적 관점(양의)에서 동시적으로 고찰한 것이다. 즉 '위기혐어무양야 고칭룡언'은 음양이 태극으로 수렴됨을 강조한 것이고, '유미리기류야 고칭혈언'은 태극이 음양으로 갈라짐을 언급한 것이다. 그러나 1→2로 나아가든 2→1로 수렴되든 그 본질은 하등 차이가 없다. 색즉공이고 공즉색일 따름이다. 단지 마음이 요동치매 차이와 구분이 만들어지는 것이다. 이것이 아마도 상육 효사에서 말하는 '싸움'(戰)의 상징적 함의가 아닐까 싶다.

끝으로 건괘와 곤괘를 관계론적 맥락에서 살펴보면 양자는 흡사 동전의 양면과 같다. 어떤 의미에서 둘은 합쳐서 하나가 되는 것이며, 양자를 분리적으로 사유하는 것은 온당치 못하다. 단지 우리의 이해를 돕기 위해 하늘-땅, 시간-공간, 정신-육체 등의 개념적 구분이 이뤄지는 것이다. 건괘 효사를 살펴보면 초구에서 상구까지의 각 효는 **시간적 발전성**의 관점에서 기술되고 있다. 반면 곤괘의 경우는 개별 효가 상호 분리되어 **공간적으로 나열된** 측면이 강하다. 『주역』에서 건괘와 곤괘를 상보적으로 읽어낼 수 있는 여지는 항존한다. 그럼에도 불구하고 양자를 매개하여 둘로서 하나를 사유할 수 있는 것은 결국 해석자의 몫이다.

인용문

1. 坤 元亨利牝馬之貞 君子 有攸往 先迷後得主 利西南得朋 東北喪朋 安貞 吉

   곤은 元하고 亨하고 利하고 암말의 貞함이니, 군자가 갈 바를 둠에
   앞서면 길을 잃고, 뒤따르면 (인도할) 주인을 얻는다.
   서남에서 친구를 얻고, 동북에서 친구를 잃음이 이롭다.
   貞을 편안하게 함이 길하다.

2. 彖曰 至哉 坤元 萬物資生 乃順承天 坤厚載物 德合无疆 含弘光大 品物 咸亨 牝馬 地類 行地无疆 柔順利貞 君子攸行 先迷失道 後順得常 西南得朋 乃與類行 東北喪朋 乃終有慶 安貞之吉 應地无疆

   단에 말하길 지극하구나, 곤의 원이여.
   만물이 (이에) 바탕을 두어 생겨나도다.
   이로써 순히 하늘의 도를 이으니, 곤이 두터워 만물을 싣는다.
   덕은 무강함과 합한다. 널리 (만물을) 안고 크게 빛나게 하니,
   뭇 사물이 모두 형통함을 얻는다.
   암말은 땅에 속한 무리이니, 땅을 다님에 한정이 없다.
   부드럽고 온순하며, 貞하여 利롭게 하는 것이, 군자의 행하는 바다.
   앞서면 길을 잃고, 순종함으로 뒤따르면 '항상함'을 얻는다.
   '서남득붕'은 무리와 더불어 간다는 것이고,
   '동북상붕'은 마침내는 경사로움이 있다는 것이다.
   정을 편안하게 여기는 것의 길함은, 땅의 무강함에 상응하는 것이다.

3. 初六 履霜 堅氷至 六二 直方大 不習 无不利 六三 含章可貞 或從王事 无成有終 六四 括囊 无咎 无譽 六五 黃裳 元吉 上六 龍戰于野 其血玄黃 用六 利永貞

초육 서리를 밟으면 굳은 얼음이 이른다.
육이 곧고, 바르고, 크다. 익히지 않아도, 이롭지 않음이 없다.
육삼 빛나는 무늬를 감추고 인내할 수 있다.
혹 왕을 따라 일을 해서 이룸은 없되 마침은 있느니라.
육사 주머니를 잡아매듯이 하라. 허물도 없고 명예도 없다.
육오 노란 치마. 크게 길하다.
상육 용이 들에서 싸우니, 그 피가 검고 누르다.
용육(모든 효가 음일 때) 영원토록 바르게 함이 이롭다.

4. 積善之家必有餘慶 積不善之家必有餘殃 臣弑其君 子弑其父 非一朝一夕之故 其所由來者 漸矣 由辯之不早辯也 易日 履霜堅氷至 蓋言順也

착한 것을 쌓는 집은 필히 풍족한 경사로움이 있다.
불선을 쌓는 집은 필히 많은 재앙이 있다.
신하가 임금을 죽이고, 아들이 아버지를 죽임은
일석일조에 그 원인이 생긴 것이 아니다.
그 말미암아 온 바는 점진적으로 그렇게 된 것이니,
분별해야 할 것을 일찍 분별하지 못했기 때문이다.
역에 "이상견빙지"라 함은, 대개 "順"을 말함이다.

直 其正也 方 其義也 君子敬以直內 義以方外 敬義立而德不孤 直方大不習无不利 則不疑其所行也

직은 바름이오, 방은 의로움이오,
군자는 경으로써 마음을 곧게 하고,
의로써 태도를 방정하게 한다. 경과 의가 섬에, 덕은 외롭지 않다.
"직방대불습무불리"는 그 행하는 바를 의심하지 않는 것이오.

陰雖有美 含之 以從王事 弗敢成也 地道也 妻道也 臣道也 地道 无成而代有終也

음이 비록 아름다움이 있으나 그것을 감춘다.
왕의 일에 참여하더라도, 감히 (자기가) 이루려고 하지 않는다.
(이것은) 땅의 도고, 아내의 도며, 신하의 도다.
땅의 도는 이룸은 없되, 대신하여 완성하게 한다.

天地變化 草木蕃 天地閉 賢人隱. 易曰 括囊无咎无譽 蓋言謹也

천지가 변화하면 초목이 번성하고, 천지가 폐하면 현인이 은둔한다.
역에 이르길 '괄낭무구무예'라 하니, 대개 삼감을 말한 것이다.

君子 黃中通理 正位居體 美在其中而暢於四支 發於事業 美之至也

군자가 누른 중덕을 지녀서 이치에 통달한다.
위에 바르고 체에 머무르며,

아름다움이 그 안에 있어 사지에 빛나며, 사업에서 발현되니, 이는 아름다움의 지극함이다.

5. 陰疑於陽 必戰 爲其嫌於无陽也 故稱龍焉 猶未離其類也 故稱血焉 夫玄黃者 天地之雜也 天玄而地黃

음이 양을 의심하면 반드시 싸움이 있나니.
양이 남아 있지 않을 것이라고 생각하지 않도록 '용'을 언급했다.
오히려 그들의 무리로부터 이탈함이 없음을 밝히기 위해서
'혈'을 언급했다.
무릇 검고 누르다는 것은 하늘과 땅이 뒤섞였다는 것이다.
하늘은 검고 땅은 누르다.

(3) ䷜ 중수감(重水坎) : 고난의 의미

감괘는 물을 상징하며 물은 위에서 아래로 흐르는 성질을 가지고 있다. 달리 말해 물은 하늘에서 生하여 땅에 있는 만물에게 생명을 부여한다. 반면 불은 땅에서 生하여 하늘로 올라간다.[35] 괘상으로 보자면 감괘는 일양이 음효에 둘러싸여 있으니, 양이 곤경에 빠진 형국이다. 그런데 역설적이지만 곤경에서 벗어나는 방법은 양이 자신의 자리를 지키는 것이다. (중수감의 두 양효는 모두 中을 얻었다.) 즉 중수감 괘는 곤경을 상징하지만, 동시에 그 곤경에서 벗어나는 방법을 함께 제시하고 있는 것이다. 결론적으로 보자면 '고난'은 양

35 하도 그림에서 물은 1-6에 배속되고, 불은 2-7에 배속된다. 여기서 기수는 양을 상징하고 우수는 음을 상징하므로, 물(1-6)은 양(하늘)에서 잉태되어 음(땅)에서 완성된다는 의미를 갖게 된다.

가적 의미를 가지고 있다. 인간이 자신이 처한 고난에 압도당하면 그는 '감'이 상징하는 것처럼 심연에 빠질 것이다. 그러나 고난을 자신의 삶을 고양시키는 계기로 삼을 수도 있다. 결국 그런 차원에서 보자면 우리에게 미리 결정된 것은 아무것도 없다. 그것이 중수감이 말하고자 하는 종지이다.

단사(①)에서 '습감'은 '감'이 중첩되어 있다는 의미이다.[36] 즉 고난(험함)을 상징하는 '감'이 되풀이되고 있으니 마땅히 부정적 의미가 되겠으나, 단사는 '마음이 형통하고 행하여 존경받음이 있다'고 하였다. 단 전제 조건은 '믿음을 잃지 않는 것'(**有孚**)이다.[37] 중수감괘에서는 고난을 삶의 한 부분으로 파악한다.(혹은 삶 자체가 위험으로 중첩되어 있다.) 그렇기 때문에 우리가 세상에 발을 딛은 이상 어느 누구도 그것을 피해 갈 수는 없다. 따라서 정작 관건이 되는 것은 '고난'을 어떻게 사유하는가이다. '믿음을 가지고 고난을 바라본다'고 함은 고난을 애써 회피하거나 거기에 압도당하지 않는다는 것이다. 달리 말해 고난을 직면할 수 있는 것이 용기이며, 그로 인해 인간은 더욱 강해진다.

단전(②)에 의거하면 습감은 '험한 것이 중첩'된 것이다. '물이 흘러도 차지 않는다'고 함은 어떤 경우에도 중도를 잃지 않음을 암시하고, **'부실기신'**은 **'유부'**에 대한 해석이다. 그로 인해 마음이 항상 형통할 수 있고, 나아가 세상에서 행함에 존경받을 수 있는 것이다. 단전의 끝 구절은 가히 흥미롭다. '하늘과 땅의 험함을 본받아 왕공

36 '습'은 '익히다', '되풀이하다'의 의미인데, 엄밀히 말해 새로운 것을 익히는 것은 그것을 되풀이하는 것이다. 즉 반복을 통해 익힌다. 習에서 위의 〈羽〉는 2음을, 아래 〈白〉은 1양을 지칭한다.

37 老子는 최상의 선을 '물'에 비유하였다. 물은 주어진 상황에 자신을 내맡기고 순리대로 행하지만 한순간도 자신의 본성을 망각한 적이 없다. 그것이 아마도 괘사가 말하는 '유부'의 숨은 의미일 것이다.

은 험한 것을 베풀어 나라를 지킨다.' 말하자면 인생에서 〈나〉를 괴롭히는 원수로 생각했던 것이 바로 자신을 지켜주는 수호천사였던 것이다. 그 근거가 무엇일까? 아마도 『주역』의 저자는 인간이 고난으로 연단되지 않으면 그 즉시 교만한 루시퍼(Lucifer)로 전락할 것이란 점을 예측한 듯하다. 가히 심오한 철학적 성찰이 아닐 수 없다.

이제 중수감괘의 여섯 효사(③)를 개별적으로 살펴보자면, 초육에서 '담'(窞)은 '작은 구덩이'를 지칭하는 말이다. 즉 음효로서 유약하며 위부정(位不正)이라 정도에서 벗어난 것이다. 괘상으로는 물이 구덩이로 들어가 고여 있으니 흐르지 못하고 흉하다. 구이는 위부정이지만 중을 얻었으니 '구하는 것을 조금 이룰 수 있다'고 하였다. 단 아직은 험함의 아래에 놓여 있으니 큰 성취를 기대하기는 어렵다. 소상전에서 '미출중(未出中)'은 두 가지 상반된 해석이 가능하다. 하나는 고난의 가운데에서 아직 **벗어나지 못했다**는 의미이며, 다른 하나는 **'중'을 떠나지 않았다**는 의미이다. 동일한 중을 전자는 부정적 의미로, 후자는 긍정적 의미로 해석한 것이다. 그러나 고난이 축복이라는 중수감의 논리를 전제한다면 이 같은 상반된 해석이 반드시 서로 모순된다고는 볼 수 없다.

육삼은 진퇴양난의 상황이며, 이런 때는 경거망동하지 않는 것이 최상이다. 육사에서 '준주', '궤이', '용부' 등은 모두 제사와 관련된 비유이며 어렵고 조심스러운 시기를 상징하는 것이다. 이때는 외형적인 화려함보다 내적인 믿음이 필요하며, 일을 풀어가는 실마리를 〈바라지 창문〉, 즉 '나'의 가장 밝은 곳에서 모색해야 한다. 한편, 육사에서 '강유'는 구오와 육사가 서로 인접해 있는 승비(承比)의 관계를 지칭하는 것으로 해석하는 것이 적절하다. 구오는 중과 정을 모두 얻었으며, 따라서 고난에서 벗어날 수 있다. 단 고난에서 갓 빠져나온 상태이니 너무 과욕을 부려서는 안 된다. 상육은 음효가 양효를 타고 있으며(乘), 아래에서 도와주는 자가 없고(無應), 나아가 외호괘인 산의 꼭대기에 위치해 있다. 고로 흉하다. 여기서 '노끈'과 '가시덤불'은 이중의 감옥을 일컫는 말인데, 인간은 어찌 보면 누구나가 마음(욕망)과 육체라는 이중의 감옥에 갇혀 있는 존재가 아니겠는가.

결론적으로 중수감 괘에서 1, 3, 6효는 흉하고 2, 4, 5효는 상대적으로 길하다. 특히 2효와 5효는 중심을 잃지 않고 있어 곤경에 압도당하지 않을 수 있으며, 4효는 비록 득중하지 못했지만 구오 인군을 도우며 본분을 잃지 않고 있다. 그렇게 보자면 곤경의 진정한 근원은 외재적이 아니라 내재적인 것이며, 인생의 감옥에서 벗어나려면 중을 붙잡는 도리밖에 없다. 그것이 중수감의 대의이다.

인용문

1. 習坎 有孚 維心亨 行有尙

   습감은 믿음이 있으니, 오직 마음이 형통하고, 행하여 존경받음이 있다.

2. 彖曰 習坎 重險也 水流而不盈 行險而不失其信 維心亨 乃以剛中也 行有尙 往有功也 天險 不可升也 地險 山川丘陵也 王公設險 以守其國 險之時用 大矣哉

   단에 말하길 습감은 험한 것이 중첩됨이니
   물이 흘러도 차지 아니하고, 험한 것을 행해도 그 믿음을 잃지 아니한다.
   오직 마음이 형통함은 강중의 덕을 지녔기 때문이오
   행하여 존경받음이 있음은, 가서 공이 있음이라.

하늘의 험한 것은 가히 오르지 못하고, 땅의 험한 것은 산천구릉이니,
왕공이 험한 것을 베풀어서, 이로써 나라를 지키니
험한 것의 때와 씀이 위대하다.

3. 初六 習坎 入于坎窞 凶. 九二 坎 有險 求 小得. 六三 來之 坎坎 險 且枕 入于坎窞 勿用 六四 樽酒 簋貳用缶 納約自牖 終无咎 九五 坎 不盈 祗旣平 无咎 上六 係用徽纆 寘于叢棘 三歲 不得 凶

초육 습감이요. 감담에 들어감이니, 흉하다.
구이 감에 험함이 있다. 조그만 얻음을 구하라.
육삼 오고 감에 '빠짐'이며 '빠짐'이다. 험함을 당해서 (또) 멈춰라.
감담에 들어간다. 행동하지 마라.
육사 동이술과 대그릇둘을 질그릇에 쓰고, 간략하게 들이되
바라지창문으로부터 하면, 마침내 허물이 없으리라.
구오 구덩이가 가득 차지 않는다. 단지 평평한 상태까지만 이른다.
허물이 없다.
상육 노끈으로 묶여서 가시덤불에 갇힌다.
삼 년 동안 벗어나지 못한다. 흉하다.

(4) ䷝ 중화리(重火離) : 최후의 심판

중화리 괘의 주효는 육이다.[38] 리괘의 상은 불인데, 불은 겉은 밝으나(양) 속은 어둡다(음). 이와 더불어 불은 타오르기 위해 무엇인가에 의존해야만 한다. 따라서 빛을 내는 것은 불이지만, 그 빛의 원천

38 대체로 불은 처음 타오르는 불이 더욱 밝고 강성하다.

은 다른 것에 있다. 이로부터 '붙음'이라고 하는 리괘의 '덕'이 성립되는 것이며, 어떤 의미에서 자연계에 존재하는 모든 생명은 무엇인가에 '붙어서' 그 생명을 유지할 수 있다. 그 붙음은 의존이며, 의존은 불교에서 말하는 연기적 사유와 크게 다르지 않다. 「계사하전」을 보면 리괘는 고기 잡는 그물을 상징한다. 즉 고기가 그물에 '걸리는' 것이다. 그런데 그물망은 서로가 서로에 의존하고 있다. 결국 고기가 걸린 것은 그물의 한 코에 불과하나, 그 그물코가 존재하기 위해서는 또 다른 그물코에 의존해야 한다. 이것이 바로 우주 삼라만상이 모두 상호 의존적으로 존재한다는 연기론(緣起論)적 사유의 핵심이다. 중화리 괘는 이 같은 연기적 문제에서 출발하여 궁극에는 인간이 의존할 바가 무엇인가를 탐구한다. 〈나는 지금 어디에 붙어 있는 것인가?〉 그것이 바로 인간을 규정하는 존재론적 근거이다.

괘사(①)에는 암소의 상징이 등장한다. 암소는 음덕이 집약적으로 드러난 것이며, 따라서 중화리의 종지는 순종이다. 순종의 대상은 내가 붙어 있는 그 〈무엇〉이며, 나는 내 존재의 근원에 대한 순종을 통해 밝음을 얻게 되는 것이다.[39] 역설적이지만 인간이 한계적 존재로 전락하지 않기 위해서는 내가 〈나〉임을 일차적으로 부정하지 않으면 안 된다. '**휵빈우**'는 순종을 통해 '나'를 부정한 것이며, 그로 인해 종국에는 길하다. 한편, 단전(②)은 괘사를 부연 설명했다. '일월리호천 백곡초목리호토'는 천지 자연의 드러난 형상을 통해 리괘의 상징적 함의를 설명했다. 즉 삼라만상의 모든 것은 어딘가에 붙어서만 존재할 수 있다. 다음에 나오는 '중명이리호정'은 중화리 괘의 재질을 설명한 것이다. 리괘가 내외로 겹쳐진 것이 '중명(重明)'

39 다음 구절과 비교해 보시오. "여호와를 경외하는 것이 지혜의 근본이라." 「잠언」 9:10

이며, 가운데 음효(2-5효)는 모두 中을 얻었다. 한편, 육이가 중과 정을 모두 얻었으므로 '유리호중정고'에서 '유(柔)'는 육이를 가리키는 것으로 보는 것이 합당하며, 이로부터 육이를 중화리괘의 주효로 볼 수 있는 근거가 마련된다.

대상전(③)에서는 수신과 평천하, 내성과 외왕을 비분리적으로 사유할 수 있는 중요한 단초가 등장한다. 즉 경문의 '명량(明兩)'은 밝음이 시간적으로 거듭 일어나는 것이다. 대인은 이러한 중화리의 상을 본받아 그 밝음을 인간 세상에 널리 전파한다. 그런데 여기서 '명량'을 공간적으로 해석하는 것도 가능하다. 즉 중화리의 내괘와 외괘를 자와 타로 해석할 경우 내괘는 '나'를 밝히는 것(明明德)이고, 외괘는 '남'을 밝히는 것(新民)이다. 더불어 〈나〉의 밝음을 〈남〉에게 나누어 줌으로써 〈나〉의 밝음이 배가된다. 그것이 '불'의 속성이 되는 것이다. (불은 함께 타오를수록 그 세력이 강성해진다. 반면, 홀로 타는 불은 잠시 반짝이다가 점멸돼 버린다.)

이제 중화리 괘의 여섯 효사(④)를 개별적으로 살펴보자면, 초효는 시간적으로는 이른 아침이다. 따라서 마음을 경건히 정돈하고 하루의 일을 구상하는 것이 좋다. 혹은 '불'로서 비유하자면 처음 타오르는 불길이다. 따라서 불꽃이 어지럽게(錯然) 피어오르지만, 초구가 '바름'을 얻었기 때문에 허물이 없다. 육이는 중과 정을 모두 얻었으니 크게 길하다. 시기적으로는 정오의 때이며 태양이 중천에 떠올라 만물을 밝게 비춘다. 『주역』에서 황색은 중도를 상징하는 빛깔이며 따라서 어느 한 쪽으로 치우치지 않고 길상함에 이른다.

구삼은 하괘의 마지막 효로, 해가 서쪽으로 저물 때의 시점이니 인생으로 말하자면 노년에 해당한다. 아침에 해가 떠올랐다가 잠깐 사이 서쪽으로 지는 것처럼 우리의 인생도 눈 깜짝할 사이 지나간다. 이로 인해 사람들은 향락주의로 치닫거나(鼓缶而歌), 허무주의로 빠진다(**大耋之嗟**). 그러나 이 같은 극단적 태도는 모두 바람직하지 못하다. 한편, 구사는 내괘에서 외괘로, 선천에서 후천으로 이행하는 시점이다. 바꿔 말하자면 심판의 시기라 할 수 있다. 심판은 갑작스럽게 온다.(**突如其來如**) 그런데 구사의 경우 위부정이며, 중을 지키고 있는 육오를 침범할 수도 없고, 아래로 내려갈 수도 없는 형국이다. (불은 위로 타오르므로 아래로 내려갈 수 없다.) 그로 인해 제자리에서 맴돌다 소멸된다. 즉 삶의 새로운 에너지를 충전받지 못한 채 자신이 가진 연료를 모두 소진해 버렸다.

육오는 인군의 자리인데, 양위에 음효가 왔으니 교만하지 않다. 특히 육오에 등장하는 '눈물'(涕)은 마음에서 우러나오는 참회의 눈물이다. 따라서 근심하고 슬퍼하지만 종국에는 길하다. 개과(改過)가 천선(遷善)으로 이어지기 때문이다.[40] 상구에는 전쟁의 메타포가 등장한다. 효사에서 왕은 육오 인군을 지시하는 것으로 해석하는 것이 대체로 무난하며, 그렇게 보자면 출정하는 주체는 상구이다. 여기서 중요한 것은 '악'에 대처하는 태도이다. 악은 그 근원을 제거하되 지엽적인 것까지 모두 소멸시키려 할 필요는 없다. 지나친 결벽주의는 오히려 또 다른 극단으로 치닫을 수 있기 때문이다. 그보다는 그 괴수의 졸개들을 '나'를 돕는 세력으로 회유하는 것이 훨씬 생산적이다. 주역적 사유에서는 기본적으로 선을 지향하되 그것이 〈절대선〉으로 흐르는 것을 옹호하지는 않는다. 세상에는 어차피 선과 악(양과 음)이 공존한다. 중요한 것은 악의 세력이 선을 압도하는 형국으로 흐르는 것을 저지하는 것이며, 양의 세력이 그 중심을 굳건히 지키고 있는 이상 음은 천지간의 질서를 유지시키는 촉매제가

40 육삼의 경우 단지 허무주의적인 탄식으로 끝나는 반면, 육오에서는 진정한 참회가 이뤄지는 것으로 서술하고 있다.

될 수도 있다.

중화리 괘에는 여러 가지 인생의 중요한 주제들이 뒤섞여 있다. 기본적으로는 '걸림'의 개념을 토대로 관계성의 문제를 깊이 있게 성찰하였다. 즉 내가 붙어 있는 대상이 내 삶의 성격을 결정하게 되며, 그 '붙음'의 개념 속에는 나의 자유의지와 더불어 운명 결정론적인 요소가 공존한다. 그렇게 보자면 중화리에 등장하는 〈심판〉의 비유(구사)는 결국 내가 무엇을 붙잡는가에 의해 결정된다. 한편, 리괘의 괘상을 살펴보면 겉으로 두 개의 양효가 음효를 감싸고 있다. 즉 리로서 상징되는 문명의 시대는 겉은 밝고 화려하나 그 속은 어둡다. 이를 방증하듯 물질문명의 풍요는 흔히 정신적/도덕적 타락을 수반한다.

끝으로 중화리를 앞에서 서술한 중수감과 비교해 보자면, 두 괘는 서로가 배합적 관계를 형성한다. 리괘가 문명의 시대로 겉은 밝으나 속이 허하다면, 감괘는 겉은 험하나 안은 오히려 견실하다. 「서괘전」에서는 "감은 빠짐이다. 빠지면 반드시 붙을 바가 있다. 고로 (감괘 다음에) 리괘로 받았다. 리는 붙는다는 의미이다."[41]라고 적시한다. 즉 인간이 살면서 곤경에 직면해도(坎) 위기에서 빠져나올 희망(離)이 있다는 것이다. 더불어 감-리를 배합적 관계에서 성찰하자면, 그 희망의 빛은 가장 어두운 겨울의 때에도 사라진 적이 없었다. 그렇다면 중수감에서 중화리로 이행했다 할지라도 근본에서는 움직인 바가 없다. 여름/리/남이 일태극의 드러난 측면이라면 겨울/감/북은 감춰진 측면이요, 전체로 보자면 여여부동하고 부증불감한 하나의 세계일 뿐이다.

41 坎者陷也, 陷必有所麗, 故受之以離, 離者 麗也.

인용문

1. 離 利貞 亨 畜牝牛 吉

리는 정함에 이롭고 형통하니, 암소를 기르면 길하다.

2. 彖曰 離 麗也 日月麗乎天 百穀草木 麗乎土 重明 以麗乎正 乃化成天下 柔麗乎中正故 亨 是以畜牝牛吉也

단에 말하길, 리는 붙음이니, 해와 달은 하늘에 붙고,
백곡과 초목은 땅에 붙고,
거듭된 밝음은 바름에 붙어서, 천하를 변화시키고 완성한다.
부드러움이 중정에 붙음이라, 고로 형통하다.
이에 "휵빈우길"이라고 하였다.

3. 象曰 明兩 作離 大人以 繼明 照于四方

단에 말하길, 밝음이 거듭 일어남이 '리'다.
대인이 이로써 밝음을 이어서 사방을 밝힌다.

4. 初九 履錯然 敬之 无咎 六二 黃離 元吉 九三 日昃之離 不鼓缶而歌 則大耋之嗟 凶 九四 突如其來如 焚如 死如 棄如 六五 出涕沱若 戚嗟若 吉 上九 王用出征 有嘉折首 獲匪其醜 无咎

초구 밟음이 뒤섞임이니, 공경함이 있으면, 허물이 없으리라.
육이는 누렇게 밝음이니, 크게 길하다.

구삼 태양이 기울어질 때의 밝음이니,
질그릇을 두드리고 노래하지 아니하면,
곧 나이 들어 늙어감을 슬퍼함이니 흉하다.
구사 갑작스럽게 온다. 불탄다. 죽는다. 버림을 받는다.
육오 눈물이 흐른다. 계속해서 흐른다. 근심하고 슬퍼한다. 길하다.
상구 왕이 나아가 정벌하게 한다. 우두머리는 처벌하고,
졸개들은 포획함이 좋다. 허물이 없다.

제6장

삼교회통의 사례

유불도의 서로 다른 사상 체계를 '동양적 사유'라는 추상적 범주로 능히 포섭하기 위해서는 **회통의 근거**가 이론적으로 공고히 수립되지 않으면 안 된다. 본고에서는 그러한 작업의 일환으로 「주자태극도」[42]의 철학적 함의를 불교 및 도가적 관점에서 풀이해 본다. 이 같은 과정을 통해 기본적으로는 유불도가 공유하는 인식론적 토대가 자연스럽게 드러날 것이며, 나아가 전술한 사례는 '전통'(동양적 사유)을 합당하게 전유할 수 있는 이론적 근거가 될 수 있을 것이다.

먼저 태극도를 총체적으로 살펴보자면, 상단의 일원상(一圓相)은 무극/태극을 상징하는 것으로, 흑백미분의 단계에 해당한다. 흑백미분이란 『기신론』적 용어로 말하자면 주객이 분리되기 이전의 상태로서 진여일심에 상응할 것이다. 흑백미분은 일심의 자리이므

42 宋代 성리학자 周濂溪(1017-1073)가 지음.

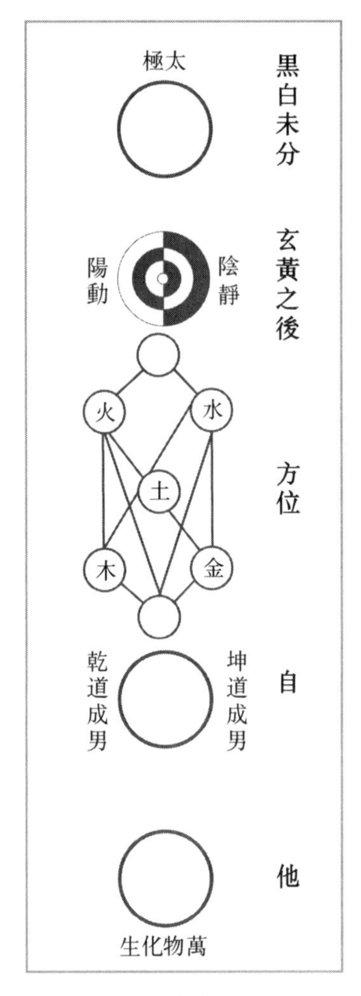

周子太極圖

로 거기에는 말이 붙을 재간이 없다. 그리하여 이름 할 수 없는 그 경지를 '태극'이라 명하였다. 한편, 태극에서 다시 음-양이 갈라져 나온다. 맑고 가벼운 기운이 양이라면 탁하고 무거운 기운은 음으로, 양자는 일태극의 두 가지 상반된 측면이다. 이는 진여일심이 심생멸문(心生滅門)과 심진여문(心眞如門)으로 나뉘는 것과 동일한 논리이다. 그런데 『기신론』이 진여문과 생멸문의 상호 비분리적 속성을 역설하고 있듯이, 태극도에서도 음과 양은 서로가 다른 하나의 뿌리가 된다. 나아가 음-양의 대립은 중생의 분별심에 의거한 것이며, 그 본질은 일태극의 상태를 벗어난 적이 없다. (「주자태극도」에서는 이를 두 번째 그림의 중심부에 있는 작은 동그라미로 암시한다.) 세 번째 그림은 오행을 나타낸 것으로, 현상 세계의 작동 원리를 설명하고 있다. 즉 여기서는 오행의 상생 및 상극 작용에 의거하여 만물유전이 간단 없이 일어남을 암시하는데, 이 부분은 2부 3장의 「問十三」에서 설명한 제6식의 작동 원리와 연결시켜 이해하면 큰 무리가 없을 것이다.

태극도의 네 번째 그림은 〈나〉의 철학적/종교적 함의를 상징적으로 나타낸 것이다. 역설적이지만 '나'는 내가 분별지(分別智)로 사유할 수 **없는 것**이 〈나〉다. 흔히 우리가 '자아'를 얘기할 때 그 '나'는 내 의식 속에 사유의 대상으로 존재하는 '나'이다. 그러나 2부 3장에서 밝혔듯이 현재의식(제6식)은 끊임없이 자와 타의 구분을 만들어내고, 이로 인해 '나'는 세계와 분리되어 홀로 존재하는 '나'가 된다. 『기신론』은 이 같은 사유 자체를 분별망상이라 단정한다. 그런데 주자도 동일한 맥락에서 〈나〉의 본질을 일태극으로 표상하고 있다. 즉 진실된 〈나〉는 자와 타의 구분이 사라진 절대하나의 경지이다. 그 절대하나의 경지가 현상적으로는 남성 혹은 여성의 모습으로 드러난다. 그러나 그 같은 성별적 구분이 일태극의 관점에서는 무화된다.

태극도의 맨 아래 일원상은 우주 삼라만상에 존재하는 모든 물상이 일태극의 자기 분화가 아닌 것이 없음을 암시한 것이다. 이 같은 논리는 『기신론』에서의 여래장(如來藏) 사상과 유사하다. 즉 중생은 그 근본에서 모두 부처인 것이다. 끝으로 「주자태극도」는 일태극에서 시작하여 음양과 오행으로 벌어졌다가 종국에는 다시 일태극으로 수렴된다. 이는 바꾸어 말하자면 수렴과 팽창이라는 공간성의 문제와 과거-현재-미래라는 시간성의 문제가 그 본질에서는 우리의 현재 일념에서 한 치도 벗어난 적이 없음을 암시하는 것이다. 즉 변화와 소멸은 우리의 망상 분별심으로 인해 생한 것이요, 분별심이 사라진 우리의 본각 자리는 여여부동하다. 그러나 앞서 지적했듯이 망상분별로 요동치는 현상 세계를 떠나 본래 부동한 진여일심의 자리를 찾을 수 없다.

한편, 「주자태극도」를 도가적 관점에서 고찰해 보자. (여기서는 앞서 분석한 『도덕경』1장 및 「제물론」에 등장하는 천뢰·인뢰·지뢰 개념에 의거해서 논의를 풀어나간다.) 먼저 '흑백미분'의 태극은 언설을 떠난 자리이니 노자가 말하는 도(道), 무명(無名), 현(玄) 등의 개념과 유사하다. 다음으로 '현황지후'는 태극이 차이와 대립으로 드러난 경계이니, 이는 노자가 말하는 '유명만물지모'와 다르지 않을 것이다. 한편, 음양이 일태극을 떠나 있지 않다고 함은 '상유욕관기요'[43]의 관점에서 이해함이 합당하다. 즉 이는 체용(體用)이 서로 분리되지 않음을 암시하는 것이다.

세 번째의 오행(方行) 그림은 '상무욕관기묘'와 연결시키는 것이 가능하다. 즉 '빔'(상무)에서 삼라만상의 오묘함(妙)이 뿜어져 나오는 것이다. 여기서 '방위'는 현상계, 즉 시간-공간의 개념으로 이해함이 합당하다. 한편, 自의 '건도성남/곤도성녀'와 他의 '만물화생'은 「제물론」에 등장하는 천뢰·지뢰·인뢰의 개념을 적용하면 쉽

43 여기서는 '상유욕관기요'를 '존재하는 모든 사물에서 그 실제(歸趣)를 본다'로 풀이하였다.

게 이해된다. 가령 장자가 사용하는 천뢰의 개념은 '자기 소리를 갖지 않으면서 뭇소리의 근거가 되는 소리'이니 이는 태극의 개념과 합치되고, 천뢰에서 비롯되는 인뢰와 지뢰는 각기 自(인간)와 他(만물)의 개념에 상응한다. 참고로 소리 없는 천뢰가 물상을 만나 소리를 낸다고 함은 일태극이 천지 삼라만상으로 자기 모습을 드러내는 사태와 흡사하다. 그런 관점에서 장자가 소리의 근거를 소리 없음으로 상정하는 것처럼, 주렴계도 「주자태극도」에서 두두물물(頭頭物物)이 일태극 아닌 것이 없음을 시사하고 있는 것이다.

이상에서 소략히 살펴본 것처럼 「주자태극도」를 통해 변화와 불변, 형이상과 형이하, 열반적정과 생사윤회, 무와 유 등 모든 상호 대립적 명제가 무화되는 그 '불이(不異)'적 지점을 보아 내는 것은 어려운 일이 아니다. 천강 위에 어린 달이 한결같이 그 모습이 서로 다를지라도, 이는 결국 〈하나〉의 달이 중생의 근기에 따라 이런저런 모습(유불도)으로 자신을 나툰 것에 불과하다. 그렇다면 '차이'의 근거는 천강에 있을 뿐이며 천상의 달은 늘거나 줄어든 적이 없다. 요약하자면 회통의 핵심은 천강 위에 비친 달 그림자를 통해 천상의 달을 직관하는 것이며, 이로부터 삼교가 셋이면서 동시에 하나인 논리로 상호 귀결된다.

제3부
전통으로 현대 읽기

본서의 2부에서는 동양적 사유의 근간이 될 수 있는 불교, 노장, 주역의 인식 논리를 개별적으로 살펴보았다. 이제 3부에서는 **전통으로 현대를** 조망하기 위한 근거를 전술한 삼교의 핵심 개념에 천착하여 실험적으로 탐구해 본다. 기본적으로 2부가 원론적 측면에 방점을 두고 있다면, 3부에서는 논의의 무게 중심이 응용성으로 이동해 있다. 그런 의미에서 〈2부〉와 〈3부〉를 체·용적 맥락에서 읽어나가는 것도 좋을 듯하다. 더불어 루쉰 및 여타 중국 현대성 관련 문건들에 대한 3부에서의 제반 논의는 2부에서 집중적으로 살펴보았던 핵심 개념들을 실제 텍스트 비평의 장으로 가져오기 위한 방편이다. 따라서 '적용성'의 기본 원리가 명료히 파악되면 동일한 개념을 다른 텍

스트에 자유롭게 접목하는 것이 충분히 가능할 것이다. 끝으로 여기서 논의할 불교, 노장, 주역의 핵심 개념은 궁극적으로 상호 회통되며, 삼교귀일의 논리와 근거는 책의 총론 및 2부에서 암묵적으로 밝힌 바 있다.

중국 현대문학 신론

전통으로 현대 읽기

제7장

「탈」현대와 불교적 사유

1. 중국 현대 문학과 현대성[1]

중국 현대성의 문제를 논하기 위해서는 먼저 '현대'에 대한 개념 규정이 이뤄져야 한다. 상례적으로 보건대 현대라는 역사적 시간 개념이 문학사의 맥락에서 재약호화될 때 명칭을 둘러싼 다양한 이데올로기적 투쟁이 필연적으로 수반된다. 중국의 경우 현대문학은 기본적으로 근대/현대/당대문학의 구도 내에서 보편적으로 통용되었으며, 시기적으로는 오사에서 중화인민공화국 수립까지를 포괄적으로 지시하였다. 물론 최근 들어 중국 현대문학 연구자들은 특정한 문학/정치적 입장에 의거하여, '신문학,' '20세기 중국문학,' '근현대 문학,' '현당대 문학' 등 다양한 명칭을 사용하고 있다.[2] 물론 여기서

1 현대성에 관한 내용 중 일부는 「루쉰 문학 속의 老莊과 佛敎」(9장)와 중복되는 부분이 있음을 밝혀둔다.

2 錢理群, 陳思和, 임춘성 등 국내외 여러 논자들은 특정한 문학사적 관점에 입각

중국 현대문학사 시기 구분을 둘러싼 논쟁적 지점들을 꼼꼼히 추적·정리하는 것이 지면상 여의치 못할 것이며, 나아가 본고가 다루고자 하는 핵심적 주제도 아니다. 그보다는 '현대문학'이라는 기표(시니피앙)가 명칭의 개념적 전유를 위해 기의(시니피에)의 내포를 **본질주의화**해나가는 과정에 주목해 볼 필요가 있다.

논자에 따라 다소의 차이가 있으나, 문학에서의 '현대'는 흔히 주관화 경향, 서정성, 개인의 발견, 미의식에 대한 실험적 탐구, 백화의 사용, 시공관념의 변화 등 문학 텍스트상의 특정한 형식 및 내용을 지시하는 개념과 동의적으로 사용된 측면이 강하다. 문학사 논의에서는 이 같은 텍스트상의 근거를 토대로 오사기 문학을 현대성의 범주 내에서 조망하고 있다. 그러나 정작 곤혹스러운 것은 그러한 현대성의 시나리오에 부합되지 않는 다수의 '예외'적 사례들을 어떻게 설명해 낼 것인가의 문제이다. 실제로 기존의 한 연구는 이 시기를 전후하여 원앙호접파(鴛鴦蝴蝶派)류의 통속 소설이 오사 사실주의 계열의 작품에 비해 훨씬 광범위한 독자층을 확보하고 있었음을 실증적으로 제시하고 있다.[3] 이 같은 단편적 사례를 통해 알 수 있듯이 문단의 특정한 시류를 현대성(혹은 현대문학)으로 호명하는 것이 그 자체로 이미 문학의 정치'化' 과정임을 확인할 수 있다. 오사기 문학의 정치화는 기본적으로 현대성 이데올로기를 답습하며, 그 근저에는 주객이원적 사유가 내재해 있다. 즉 현대라는 시간적 개념이 특정한 이데올로기적 가치 개념으로 전이되는 과정에서, 필연적으로 현대를 선점하기 위한 투쟁이 발생한다. 그로부터 현대의 범주에 안착하지 못한 일련의 경향은 현대에 거주하는 '반현대'

하여 특정 명칭을 선별적으로 사용하고 있다.

3 Perry Link, "Authors and Readers"(Chapter 5), *Mandarin Ducks and Butterflies*, Berkeley: University of California Press, 1981, pp. 156-95.

적 존재—혹은 **현대의 타자**—로 전락하는 것이다. 관건이 되는 것은 현대/중심/신과 반현대/주변/구의 금 긋기 싸움에서 누가 주도권을 장악하는가의 문제이다. 만일 앞서 지적한 것처럼 오사기 문단의 실제 정황은 통속소설류의 '반현대적' 경향이 수적 다수를 점하던 시기였다면[4], 비주류가 주류로 지양되고 주류가 비주류로 전락하는 헤겔식의 주인-노예 변증법이 발생하는 근저의 기제는 무엇인가? 좀더 엄밀히 말해 '타자(성)'이 중심과의 정치역학적 관계선 상에서 이뤄진다면, 중심이 중심으로 구축됨이 또한 타자화라는 정치적 행위에 의존하는 것이 아니겠는가. 결국 이 같은 변증법적 구도에서 어느 누구도 주인의 지위에 안착할 수 없으며, 현대(성)은 임의로 지목된 타자에 어정쩡하게 종속되어 있을 뿐이다.

여상의 논의와 관련하여 필자가 지적하고자 하는 것은, '현대' 혹은 '현대성'이 역사적 사건이나 사실에 기초한 개념이 아니라, 철저히 **인식론적 맥락**에서 본질이 규명되어야 할 문제라는 점이다. 가령 중국현대문학을 '현대성'의 관점에서 읽어낸다는 것은 논리상 일종의 동어반복인데, 이는 '붉은 것이 붉다'라고 주장하는 것과 다를 바 없다. 논리적으로 보자면, 〈붉은 것〉은 〈붉은 것이 아닌 것〉과의 차이를 통해 '붉은 것'이 된다. 달리 말해 〈붉은 것〉의 속성은 '붉음'으로 인해 성립되는 것이 아니라, '붉지 않은 것이 아님'을 통해 외재적으로 부여되는 것이다. 즉 '붉음'이 붉음의 필요조건이 아니라, '붉지 않음이 아님'이 붉음의 필요조건이다. 요약하자면 붉음은 사후적으로 부과된 이름이다. 그러나 정작 그 이름에 **실체**가 있는가? 아래 세 개의 직선을 비교해 보자.

4 이 같은 가설을 방증하듯 루쉰의 작품 속에 등장하는 다수의 인물은 '식인주의(食人主義)' 전통에 함몰된 우매한 군중이며, 『외침(吶喊)』「자서(自序)」는 '일대다'의 원진 구도를 상징적으로 보여주는 작가의 독백이다.

〔例〕

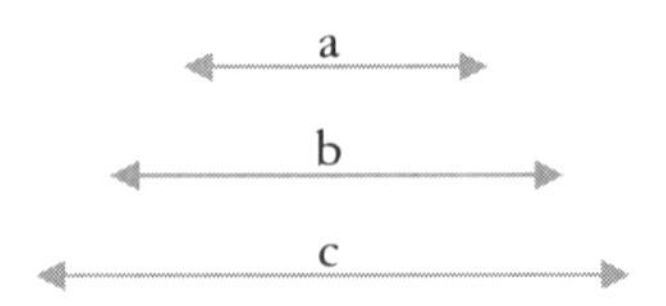

위 그림에서 a와 b를 비교하여 a를 '짧다'로, b를 '길다'로 규정하는 것은 아무런 문제가 없어 보인다. 그러나 비교의 대상이 b와 c로 전이되면 b는 '짧다'로 재규정된다. 이 같은 논리는 비단 형체의 大小뿐만이 아니라, 색채의 명암, 미와 추, 시간의 길고 짧음, 심지어 선과 악의 개념에조차 동일하게 적용될 수 있다. 즉 모든 언어적 기표는 **고정된 기의가 없다**.

이제 이러한 논의를 문학사 시기구분의 맥락에 적용시켜 본다. 만일 관례상 오사기 문학을 현대문학(혹은 신문학)으로 명명할 경우, 한 세기가 경과한 오늘날의 문학을 여하히 호칭할 것인가. 문제에 대한 잠정적인 대안은 당대문학, 신시기 문학 등 '지금'을 호명할 수 있는 개념을 새롭게 설정하는 것이다. 그러나 시기구분을 위한 '이름 짓기'는 명백한 방편이요, 정작 문제의 핵심은 다른 곳에 있다. 현대/신시기/당대 문학의 이데올로기적 요체는 전시기 문학과의 기질적 차이를 설득력 있게 제시하는 것이며, 이를 위해 문학사가는 텍스트 상호 간의 '다름'을 지목하지 않으면 안 된다. 그러나 여기에 논리적 함정이 도사리고 있다. 시대정신을 대변하는 두 개의 정전적 텍스트는 왜 '다름'(異)의 관점에서 상호 비교되는 것인가? 양자 사이를 관통하는 '같음'(同)은 어떠한 근거에서 부재의 기표로 배제될 수 있는가?

현대성 이데올로기를 지탱하는 서구 인식론의 가장 큰 딜레마는 대상 자체에 그 대상의 고유한 특성을 결정짓는 어떤 실체적 속성이 **내재하고 있음**을 증명하는 일이었다. 그러나 가령 예를 들어 '장미'를 장미이게 하는 어떤 고유한 실체가 장미 속에 내재하고 있는가? 다시 말해 장미를 잎, 가지, 줄기, 꽃 등의 세밀한 부분으로 분할해 들어가노라면 과연 장미의 궁극적인 실체가 드러날 것인가? 유사한 문제는 문학 비평의 영역에서도 발견된다. 20세기 문학이론으로 많은 영향력을 끼쳤던 신비평은 T.S. Eliot의 '시(詩)가 시**로서 취급되어야 한다**'라는 명제를 공유하고 있었는데, 이는 작가의 의도나 전기(傳記) 등 문학 외적 요인들을 작품 분석에서 철저히 차단하고 '문학성'(literariness)만을 문제 삼아야 한다는 입장이었다. 그러나 정작 그 어느 비평가도 역사적이며, 정치적이며, 철학적이며, 종교적인 그 모든 것과 구분되는 어떤 (순)문학적인 것의 실체를 규정하지 못했다. 그렇게 보자면 신비평의 이론적 전제가 역설적이지만 신비평의 몰락을 촉발할 토양을 제공한 셈이다.

여기서 우리는 '정치적'이라는 말의 다양한 개념규정적 가능성을 열어둘 수 있겠으나, 〈규정될 수 없는 것을 규정짓고자 하는〉 그 어떤 행위를 '정치적'이라 명명해도 큰 무리가 없을 것이다. 비근한 예로 헤겔은 중국과 인도를 정체성(停滯性)의 역사로 규정하면서, 중국사를 (자신이 규정한 바로서의) 세계사의 한 부분에서 제외시키고 있다. 문학에서도 유사한 논리가 등장하는데, 독일의 대문호 괴테(Goethe)는 세계문학이라는 용어를 서유럽문학에 국한된 협소한 개념으로 사용한다. 그러나 이 같은 문화사적 사건을 근거로 헤겔이나 괴테를 문화제국주의의 선봉으로 평가절하하는 것은 다소 문제가 있어 보인다. 한 가지 분명한 사실은, 제반 (가치) 판단적 행위가 필히 특정한 인식론적 형식을 경유하여 발생한다는 점이다. 즉 대상은 그것이 인식되기 위해 **다시(Re)-제시(present)**되어야 한다.

그렇게 보자면 윤리적 가치 판단을 포함한 제반 대상 인식은 해석학적 '주관'의 개입으로부터 자유롭지 못하다.[5]

한편, 전술한 이론적 가설과 관련하여 중국에서의 현대성 논의가 이데올로기적으로 구조화/담론화/서사화되어 있으며, 나아가 현대는 이미 '현대적'으로 읽히고 있음을 주목하는 것이 필요하다. 주지하듯이 오사기 일련의 반전통주의자들이 인의도덕(仁義道德)으로 대변되는 유가 전통의 행간에서 '식인(食人)'을 읽어내고 있다 함은 현대성의 타자로 '전통'을 지목하기 위한 이데올로기적 전략이다. 특기할 것은 오사의 맥락에서 '식인'의 기표가 양가적으로 전유되고 있다는 점인데, 한편에서 식인은 반전통적 사유를 촉발하는 매개로 작용하며, 다른 한편에서는 전통 자체가 식인주의를 온양(醞釀)한 주범이 된다. 엄밀히 말해 루쉰이 유가전통의 행간에서 식인을 '읽어' 내는 것은 정치가 미학화되는 과정으로, 작가는 '인의도덕'에서 '식인'으로의 의미론적 전도를 정당화하기 위해 '아이러니'의 서사 장치를 전편에 걸쳐 차용한다. 요약건대 전통과 현대의 이데올로기적 투쟁에서 일련의 오사 지식인들이 식인의 환영을 전통에서 보아 내고 있다면, 유가적 관점에서는 인의도덕을 식인으로 규정한 현대성을 동일한 논리에서 자신의 타자로 설정할 것이다. 결국 오사기 비판적 지식인들의 반전통적 사유에서 근대 주체 수립의 매개가 되는 '식인'은 정작 고정된 기의가 없다. 『장자』는 이를 빗대어 "시

5 여기에 덧붙여 해석학적 주관은 사적 주관과 공적 주관으로 세분될 것이며, 후자의 경우 개인을 에워싼 시대정신—혹은 광의의 이데올로기—으로 명명될 수 있다. 가공스러운 것은 이 같은 정치 (무)의식적 행위가 우리가 일상적으로 사용하는 어휘에도 깊숙이 개입되어 있다는 사실이다. 일례로 사회주의 중국에서 '주관' 혹은 '주관주의'가 부정적 함의를 내포하고 있다면, 그 배후에는 과학의 외피를 쓰고 객관주의를 표방한 맑스주의적 시각이 작동하고 있다. 이와 관련하여 문학사적으로는 胡風이 1950년대 좌파진영 내의 '주관논쟁'에 휘말려 숙청되었던 사건을 떠올려 볼 수 있을 것이다.

비변화의 목소리가 서로 기다림이 서로 기다리지 않음과 같다"[6]라고 비유적으로 말하고 있다.

이제 '읽힌 현대'라는 가설로부터 우리는 부득불 '나'와 '세계'를 규정하는 사유형식에 대한 전격적인 탐구로 나아가지 않으면 안 될 것이다. 실재(the Real)는 실체가 없다. 관건은 그것을 **어떻게 보아 내는가**의 문제이며, 종국에는 그렇게 보아 내는 것이 우리 시대에 어떠한 의미를 가지는가를 심각히 고민해 보는 것이다. 서구 현대성 담론에서 '보는 것'과 '보이는 것'이 주관과 객관으로 나뉜다면, 본고의 후반부에서 논의할 불교적 사유에서 양자의 분리는 무화된다. 물론 동서양의 상이한 인식론적 틀을 동일 선상에서 비교하여 이들 간의 사상적 위계나 우열을 구축하고자 하는 것이 본고의 진정한 의도는 아니다. 그럼에도 불구하고 인간소외, 대립, 갈등, 불안, 히스테리 등 (중국)현대성의 제반 병리적 증후군이 '타자'의 문제와 깊이 연루되어 있음을 밝혀내는 것은 연구사적 차원에서도 매우 요긴하다.

동양과 서양의 가치관은 세계를 바라보는 두 가지의 상이한 형식인데, 이는 인식론적 '눈'의 문제와 분리될 수 없다. 실제로 페미니즘, 탈식민주의, 총체성 등 현대 인문학 담론에서의 주요한 화두가 모두 개인과 세계에 관한 특정한 **선험적 인식 형식**에 기대어 작동되고 있음을 주목하는 것은 동시대의 문제의식을 심화시켜 나가는 차원에서도 매우 절실하다. 그러나 해석학적 입장이 개인적인 기호에 의거하여 간단히 양자택일 될 수 있는 사안만은 아닐 것이다. 중요한 것은 동양이나 서양적 사유 논리가 오늘을 사는 우리에게 무엇을 제시할 수 있을 것인가의 문제이다. 지금 우리에게는 담론의 본질적

6 化聲之相待, 若其不相待.(「齊物論」)

인 '가상성'을 인식하면서, 담론과 담론 상호 간의 차이를 보완적 구도로 읽어낼 수 있는 혜안이 필요할 듯하다. 한 시대의 본질적 문제를 해결하기 위한 가장 효과적인 인문학적 방편이 무엇이 될 것인지에 대한 최종적 선택은 전적으로 연구자 본인의 몫이다. 단지 오늘날 동양적 사유논리에 대한 신중한 학적 탐구가, 기존 인문학 연구의 틀을 넘어서기 위한 새로운 인식론적 지평을 제시할 수 있으리라는 점에는 이론의 소지가 없어 보인다.

2. 「반야심경」의 세계관

「반야심경」의 원명은 **「반야바라밀다심경」**으로 '절대완전의 지혜로 저 언덕에 도달한 마음의 경'이라는 뜻으로 해석이 가능하다. 경전의 판본과 관련하여 원래의 산스크리트 본에 대한 여러 한역(漢譯)이 나왔는데, 그중에서도 당(唐) 현장(玄奘)의 번역본(649)이 가장 널리 유통되고 있다.[7] 「반야심경」은 그 내용이 길지 않으므로 아래에서 전문을 인용한 연후, 각 구문에 대한 심층적 분석을 통해 '심경'의 사상과 세계관을 조망해 본다.

[摩訶]般若波羅蜜多心經

① 觀自在菩薩 行深般若波羅蜜多時 照見五蘊皆空 度一切苦厄

② 舍利子 色不異空 空不異色 色卽是空 空卽是色 受想行識 亦復如是

7 정병조, 『반야심경의 세계』, 한국불교연구원, 1999, 72-76쪽.

③ 舍利子 是諸法空相 不生不滅 不垢不淨 不增不減

④ 是故 空中無色 無受想行識 無眼耳鼻舌身意 無色聲香味觸法 無眼界 乃至 無意識界 無無明 亦無無明盡 乃至 無老死 亦無老死盡 無苦集滅道 無智亦無得

⑤ 以無所得故 菩提薩埵 依般若波羅蜜多故 心無罣碍 無罣碍故 無有恐怖 遠離顚倒夢想 究竟涅槃 三世諸佛 依般若波羅蜜多故 得阿耨多羅三藐三菩提

⑥ 故知般若波羅蜜多 是大神呪 是大明呪 是無上呪 是無等等呪 能除一切苦 眞實不虛 故說般若波羅蜜多呪

⑦ 卽說呪曰, 揭諦揭諦 波羅揭諦 波羅僧揭諦 菩提 娑婆訶

(번호는 인용자)

먼저 ①은 '관(觀)'이 자재한 보살이 깊은 반야바라밀다를 수행하던 중 비추어 오온(五蘊)[8]이 공적한 것을 보고 일체의 고액(苦厄)을 건넜음을 암시한다. 불교적 맥락에서 '도일체고액'이라 함은 모든 세속적 번뇌가 끊어졌음을 암시하는 것인데, '도'로 표상되는 열반적정한 세계는 오온이 모두 공한 것을 조견하는 바로 그 자리와 정확히 일치한다. 즉 '조견오온개공'하고서 '도일체고액'으로 이행하는 것이 아니라, 오온이 모두 공함을 '조견'하는 자리가 바로 '도일체고액'의 순간이다. 말하자면 속(俗)을 떠나지 않은 차원에서의 성(聖)이며, 세간(世間)을 벗어나지 않은 상태에서의 출세간(出世間)인 셈이다. 한편 여기서 '오온'은 사라져 공한 것이 아니며, 오온이 있는 그 자체로 공하다.

이 같은 논리가 ②에서 더욱 명확해진다. "사리자여, 색이 공과 다

8 '존재의 다섯 가지 구성요소'라는 의미로서 色受想行識을 말함.

르지 않으며 공이 색과 다르지 않고, 색이 바로 공이며 공이 바로 색이라.” 이 구절은 앞선 ‘오온개공’의 논리를 공간적으로 펼쳐 다시 부연 설명하는 것이다. 즉 오온에서 ‘(색)온은 공과 다르지 않으며’ 나아가 ‘색이 바로 공이다.’ 개념적으로 보자면 색은 공의 부정이며, 공은 색의 부정이다. 그러나 외견상의 이 같은 대립적 구분은 보살이 대상을 깊이 관조하는 그 자리에서 소멸되는데, 여기서 특히 주목할 것은「반야심경」이 색과 공의 관계성을 규정하는 독특한 논리이다. ②의 전반부에서 ‘색과 공이 (서로) 다르지 않다’라고 함은 색과 공을 공히 부정하지 않은 차원에서의 다르지 않음이다. 그러나 후반부의 ‘색즉시공/공즉시색’에서는 색과 공이 동시적으로 부정된다. 즉 ‘색’이라고 하자니 ‘공’이오, ‘공’이라고 하자니 ‘색’으로 떨어지는 것이다.[9] 결국 ②가 시사하는 것은 현상계에서의 우리의 제반 인식이 모두 임의로 조건이 주어진 토양 위에서 발생하는 것이며, 따라서 대상에 대한 우리의 ‘앎’은 필경 ‘무명(無明)’의 다른 이름일 뿐이다. 그러나 여기서 다음과 같은 반문이 가능할 것이다. 색이 만일 공과 다르지 않고 색이 그 자체로 공이라면, 우리 일상에서의 모든 경험적 현실이(헤겔의 명제처럼) 그 자체로 진리적이 되어야 하는 것이 아닌가? (이 문제는 ④에서 비로소 명확해진다.)

③은 존재의 본질에 대한「반야심경」적 서술이다. 흥미로운 것은 여기에서 사용되는 ‘불생불멸’이 무엇을 지시하기 위한 개념이 아니라 모든 개념적 사유를 타파하기 위해 방편으로 설정된 ‘비개념적’ 언어라는 점이다. 즉 우리의 개념적 사유에 근거하자면 ‘불생’은 ‘멸’이 되어야 하고, ‘불멸’은 ‘생’이 되어야 한다. 그럼에도 불구

9 불교적 개념으로 말하자면 전자는 雙照論理(동시긍정)요, 후자는 雙遮論理(동시부정)에 해당한다.

하고 만일 우리가 '불생불멸'한 어떤 것을 떠올릴 수 있다면 이는 비개념적 경계를 다시 인위적으로 개념화시킨 것에 불과하다. 요약하자면 삼라만상 모든 존재의 참모습은 분별적 사유의 대상이 될 수 없다.

④가 밝히고자 하는 것도 이러한 문제의식과 무관하지 않다. 즉 분별적 인식을 주도하는 우리의 여섯 가지 감각 기관(**眼耳鼻舌身意**)은 여섯 가지 대상경계(**色聲香味觸法**)와 마주하면서 조건적으로 '식(識)'작용을 일으킨다. 그러나 불교적 논리에서 '이것에 의존하여 저것이 있다'라고 함은 양자가 모두 '실재하는 있음'(實有)이 아님을 시사하는 것이다. 그리하여 육근과 육진, 나아가 육식경계는 궁극적으로 모두 부정된다. 그러나 ④는 중생의 제반 분별심의 의지처가 되는 (근본) 무명을 부정하면서 이와 동시에 그 '무명이 다함도 없음'(無無明盡)을 동시적으로 밝히고 있다. 그런데 우리의 근본 마음자리인 진여일심의 측면에서 보자면 무명은 분명 실재하는 것이 아니건만, 왜 「반야심경」은 그 '무명이 다함이 없다'라고 하는가?

『대승기신론』의 논지에 따르자면 본래 자성청정한 우리의 마음이 홀연 근본 무명을 일으키고 이로 인해 무명업식이 형성되면서, 종국에는 진망(眞妄)이 화합한 제8아뢰야식이 출현하게 되었다.[10] 그렇게 보자면 무명업식의 근거는 상주불변하는 진여일심이 되는

10 自性淸淨한 마음에서 최초 일념 무명이 일어나게 되는 근거나 기제와 관련하여 불교는 세부적인 설명을 제공하지 않는다. 단 이를 헤겔 변증법적 맥락으로 치환해 보자면, (1)우리의 진여일심이 '즉자적 상태'에 머무르다가; 어떤 내적 動因에 의거하여 (2)인식 활동이 일어나는 최초의 단계인 '대자적 상태'(無明)로 이행하는 것이라 추론해 볼 수 있다. 단 변증법의 경우 (1)에서 (2)로의 이행을 발전적 관점에서, 불교의 경우는 이를 퇴행적 맥락에서 파악하고 있는 듯 보인다.

셈이며, 그렇기 때문에 우리의 진여 본성자리가 다함이 없듯이 무명 또한 다함이 없다는 것이다. 바꾸어 말하자면 부처의 세계와 중생계는 서로가 의존적으로 존재하면서 애당초 그침이 없고, 그침이 없으므로 거기에 상대되는 '시작'의 개념 또한 성립될 수 없다. (이것이 '홀연생기무명'에서 '홀연'에 내포된 의미이며, 이를 불교에서는 무시무종이라 명한다.)

이제 이 같은 논의로부터 하나의 중요한 사실을 발견한다. 즉 우리가 언어적 방편에 기대어 전개하는 모든 논의는 어떠한 의미로든 중생의 근기에 의거한 방편지설이며, 따라서 '진실'이라는 말조차도 그 진정한 본질은 진실이라는 말을 넘어서 있다. 이렇게 사유해 들어갈 때 앞선 '색/공'(②)의 논의에서 제기했던 문제의 핵심은 보다 명확해진다. 즉 우리가 현실과 진리(혹은 현상과 이데아)를 나누어서 사유하고자 하는 시도 자체는 '색이공/공이색'의 논리를 은연중 수용한 것으로, 이미 「반야심경」의 세계를 벗어난 것이다. 물론 '현실이 그 자체로 진리적'이라는 명제는 진제(眞諦)적 측면에서 보자면 타당한 가설이나, '현실'과 '진리'가 개념적 대립쌍으로 상대하고 있다는 점에서 이는 여전히 분별지의 범주를 벗어나고 있지 못하다. 그렇다면 색과 공이 다르지 않고, 색이 바로 공이며, 나아가 색과 공이라는 구분조차 사라져버린 그 절대 하나의 자리를 「반야심경」은 어떻게 서술하고 있는가? "무지역무득(**無智亦無得**)"은 이 같은 절대 평등의 경지에 대한 우회적 표현이다. 즉 거기에는 앎의 주체가 되는 〈나〉도, 〈나〉에 의해 향수(享受)될 '지(智)'도 존재하지 않는다. 이는 대상 사물 간의 차이를 부정하는 것이 아니라, 그 차이를 인식하는 인식 주체로서의 〈나〉가 본래적으로 존재하지 않음에 대한 깨달음을 의미한다. 역설적으로 말하자면 삼라만상의 개개물물이 제각각 모습을 달리하면서 그 자체로 모두 하나가 되는 일진법계의 상태를 암시하는 것이다.

이로부터 「반야심경」은 ⑤에서 절대 자유의 경지를 말하게 된다. '걸림이 없고'(無罣碍), '두려움이 소멸되며'(無有恐怖), '전도몽상을 멀리 여윈'(遠離顚倒夢想) 그러한 경지를 굳이 언설로 표현하여 '열반'이라 이름 하는 것이다. 여기서 「반야심경」은 결론 없는 결론에 도달한다. 시방삼세제불이 **이로부터** '아뇩다라삼먁삼보리(阿耨多羅三藐三菩提/無上正等覺)'을 증득하고, 모든 보살들이 이를 타고 저 열반의 언덕으로 건너갈 '반야바라밀다'의 참된 의미가 무엇인가? 흥미로운 것은 「반야심경」이 이를 '주(呪)'로서 풀어내고 있다는 것이다. 기실 '呪'는 우리의 인식분별의 대상이 아니며, 따라서 상대성이 끊어진 그 자리에서 우리가 사사로이 주-객을 나누어 의미를 가늠하는 것은 가당치 않다. 단지 〈내〉가 사라진 그 절대 하나의 세계에서 우리는 스스로가 '세상의 모든 슬픈 소리'를 마음으로 **보는** 관세음(觀世音)이 되고, 도처에서 관세음보살(觀世音菩薩)의 화신을 만날 뿐이다. 그러나 그러기 위해 우리는 먼저 '呪'의 방편에 기대에 〈지금-여기〉를 넘어서지 않으면 안 될 것이다.

3. 현대성의 저편

오늘날 과학 기술의 눈부신 발달이 세계를 적어도 외견상으로는 하나 된 시공간으로 연결시키는 데 성공한 것처럼 보인다. 그런데 전술한 논의를 따르자면 〈하나〉의 진정한 본질은 마음의 영역을 떠나 별도로 논의될 수 없다. 가령 우리가 객관적으로 실재한다고 믿고 있는 시간과 공간의 개념조차 신과학적 가설에 따르자면 양자는 마음의 주관적 인식 경험일 뿐이다. 나아가 앞장에서 논의한 불교적 사유에서는 시간과 공간이 중생의 분별망상에 의해 무수한 시공간으로 나뉘었을 뿐, 그 본질은 오직 하나의 시간과 공간일 뿐임을 역설하고 있다.[11] 즉 우리가 일상적으로 '시간이 흘러간다'라고 하는 것이 불교적 논리에 따르자면 실제로는 마음이 생겼다가 소멸하는 것에 불과하다.(고로 '마음이 흘러간다.') 한편, 이 마음의 생멸하는 모습을 불교에서는 '생주이멸(生住異滅)'이라는 사상(四相)에 의거하여 설명하는데, 수행자가 수행을 통해 분별 망상을 여의게 되면 마음의 '생주이멸'이 '무념(無念)'의 모습과 다르지 않음을 증득하게 되며, 이로부터 사상의 시간적 순차성이 시간의 동시성(一時)으로 전이된다. 즉 평등적 관점에서 세계를 여일(如一)하게 관조하는 것이 가능해지는 것이다.

이렇게 보자면 서구 현대성 담론에 팽배한 주객이원적 사유, 혹은 이를 근거로 파생되는 중심/주변의 위계나 타자성 담론 등이 모두 '나'와 '세계'를 사유하는 〈인식론적 눈〉의 문제를 떠나 진지하게 논의될 수 없음이 명확해진다. 특히 1장에서 지적했던 **시니피에**의 '본질주의화' 과정은 시간적 개념이 가치론적 영역으로 전이되는 지점으로, 여기에 대한 비판적 성찰은 인식론에 대한 근원적 문제제기를 경유하지 않는 이상 불가능하다. 일반적으로 말해 (서구) 현대성이 노정하는 제반 병리적 현상의 근저에는 〈소외〉의 문제가 뿌리 깊게 자리하고 있는데, 소외의 본질은 (역설적이지만) 소외를 **인식하는** 우리의 분별적 사유와 무관하지 않다. 예를 들어 전술한 「반야심경」의 세계에서 '이것'과 '저것'은 상호 의존적으로 존재하는 가유(假有)이며, 양자는 모두가 고정된 체가 없다. (즉 '이것' 혹은 '저

11 『大乘起信論』의 다음 구절을 참조하시오. "若得無念者, 卽知心相, 生住異滅以無念等故, 而實無有始覺之異, 以四相俱時而有, 皆無自立, 本來平等, 同一覺故".

것'에 의해 지시되는 궁극적 실체가 없다.) 그럼에도 불구하고 우리는 '이것'이 '저것'과 무관하게 그 독립된 실체를 가지고 있다고 믿으며 (거기에) 집착하는데, 이는 언어적 사유가 펼치는 일종의 마환(魔幻)과 같은 것이다. 이렇게 보자면 앞선 현대성 담론에서의 시대 구분의 문제가 인식론적 층위에서 일차적으로 고찰되어야 할 당위성이 명확해진다. 보다 엄밀히 말하자면 〈현대-반현대〉의 구분은 주관적 분별이 외화(外化)되어 나타난 것이며, 분별의 근거는 외재하기보다 내재적이다.

나가르주나(Nāgārjuna, 150-250 AD)의 『중론(中論)』은 시종일관 우리의 언어적 사유가 펼쳐 놓은 가상적 매트릭스를 논파(論破)하고 있는데, 일례로 그는 '가고 있는 사람'이란 상황에서 '가는 작용'과 '가는 사람'이 우리의 개념적 조작에 의해 상호 분리될 수 있음을 지적한다.

> 만일 가는 놈이 간다고 말한다면 그런 이치가 어떻게 있겠느냐? 가는 작용을 떠나서는 가는 놈은 있을 수 없다. 만일 가는 놈이 가는 것을 갖는다고 하면 가는 것이 두 개가 있게 된다. 첫째는 가는 놈의 가는 것이고 둘째는 가는 작용의 가는 것이다. 만일 가는 놈이 간다고 말한다면 이런 (말을 하는) 사람은 허물이 있다. 가는 것 없이 가는 놈이 있고 가는 놈에 가는 것이 있다고 말하는 것이다.[12]

인용문에서 "가는 놈이 간다"라고 하는 것은 '가는 주체'(去者)와 '가는 행위'(去法)을 상호 분리적으로 사유함으로 인해 발생하

12 龍樹菩薩 著, 김성철 역주, 『中論』, 경서원, 1993, 60-62쪽. "若言去者去, 云何有此義, 若離於去法, 去者不可得, 若去者有去, 則有二種去, 一謂去者去, 二謂去法去, 若謂去者去, 是人則有咎, 離去有去者, 說去者有去".

는 오류이다. 그런데 우리의 언어적 관습은 이 같은 오류를 묵인하거나 조장한다. 유사한 예로 '철수가 노래한다'라고 할 때 우리는 은연중 '철수'와 분리되어 홀로 존재하는 '노래'를 상정하게 되는 것이다.

이제 이 같은 개념적 사유를 확장하면, 세계와 분리되어 홀로 존재하는 '나', 하나의 시간 속에서 임의로 적출되어 '시간' 밖에 별도로 존재하는 '현대', 혹은 고전과 무관하게 독립된 시공간 속에서 창작-집필된 '현대문학' 등의 괴이한 사태들이 발생하고, 우리는 무의식적으로 그 같은 언어적 허상에 집착하게 되는 것이다. 그러나 정작 실재하는 것은 '행위 주체'와 '행위의 대상'이 〈행위의 과정〉을 통해 상호 분리되지 않은 채 하나로 어우러진 전체의 장이다.[13] 흥미로운 것은 서구 현대 비평에서 불교적 논리와 외견상 유사한 비분리적 사유가 '상호텍스트성'의 개념으로 제시되고 있다는 것이다. 그런데 상호텍스트성의 경우 하나의 텍스트에 부여되는 기호적 의미(혹은 역할)가 강조되기 때문에 궁극에는 중심이 해체되며, 나아가 '저자의 죽음'이라는 개념이 발생한다.[14] 이에 반해 중중무진(重重無盡)한 화엄(華嚴)의 세계에서는 풀 한 포기, 돌멩이 하나도 전체에서 소외되는 법이 없으며 모든 물상(物象)이 그 자체로 일진법계가 된다. (이것이 화엄에서의 '사사무애(事事無碍)'가 암시하는 의미이다.)

13 앞선 「般若心經」의 논의에서 六根이 六塵境界를 만나 여섯 가지 인식작용으로 이어지는 과정은 **同時**이며, 따라서 우리가 18경계(六根-六塵-六識)를 개념적으로 나누어 사고한다 할지라도 실재하는 것은 오직 〈하나〉의 세계일 뿐이다.

14 이상섭, 『문학비평 용어사전』, 민음사, 2001, 160-162쪽.

4. 나가며

지금까지 본고는 (1)중국 현대성의 문제를 간략히 고찰하고, (2)현대성의 '거울 이미지'로 설정된 불교적 사유논리에 대한 논의를 거쳐, (3)탈현대의 전망을 모색해 보고자 하였다. 특히 (3)에서는 현대성의 맥락에서 '소외'의 문제에 천착하여 본질적이며 일차적 소외가 발생하는 지점을 우리의 개념적/언어적 사유에 근거하여 조망하고자 하였는데, 이 같은 문제는 엄밀한 의미에서 '현대성'이라는 시공적 좌표를 떠나서도 얼마든지 논의가 가능한 주제이다. 그러나 본고는 이 같은 현대성 문제의 시공적 보편성을 통해 역으로 문학/역사/철학을 포함한 제반 인문학적 논의 주제가 큰 틀에서 하나의 궤적을 벗어나고 있지 않음을 지적하고자 한다. 왜인가? 거기에 대한 잠정적 해답은 〈나〉를 회광반조(回光返照)할 때 즉각적으로 드러날 것이다.

주지하다시피 불교나 노장 등의 동양적 사유는 줄곧 '내가 없음'을 말하고 있지만, 그럼에도 불구하고 우리는 '나'라고 하는 '아상'을 떠나 사유하지 못한다. 그런데 이러한 의문은 불교의 심층심리학적 관점에 의거하여 잠정적으로 해답을 모색해 보는 것이 가능할 것이다. (다소 단순화의 오류가 수반될 수 있겠으나) 유식의 가설에 따르자면 중생 의식의 근저에는 하나의 **유사한 사유의 흐름**이 간단 없이 이어지고 있는데, 이 같은 사유의 일관성을 근거로 우리는 아상/아견의 개념적 토대가 성립된다고 가정해 볼 수 있다.[15] 그런데 '인간의 역사' 또한 넓은 의미에서 보자면 이 같은 '나'의 양(量)적 확장에 불과하다. 바꾸어 말하자면 하나의 유사한 '경향' (또는 '기질')이

15 『大乘起信論』에서는 이를 '相續識'의 개념으로 설명한다.

전시대에서 다음 시대로 면면히 상속되면서 인류는 문화와 문명을 창조한다.[16] 그러나 이는 엄밀한 의미에서 발전도 퇴보도 아니다. 「반야심경」의 "무무명 역무무명진(無無明 亦無無明盡)"이 암시하듯 '원래 없는 무명이건만 중생의 무명망상이 다함이 없듯이' 인간의 역사 또한 이곳에서 저곳으로 끊임없이 '요동'치고 있을 따름이다. 이를 불교에서는 카르마(業)라 이름 지었다.

16 불교에서는 이를 '業感緣起'의 개념으로 설명한다. 즉 하나의 기질이 이와 유사한 다른 기질과 감응하여 서로를 끌어당긴다는 것이다. 한편 본고에서 사용하는 '하나'의 흐름이란, 廣義에서 '생주이멸'로 상징되는 존재계의 한 과정을 포괄적으로 지시하는 개념으로 이해되어야 할 것이다.

제8장

오사 현대성 회고

중국 현대 문학사에서 오사 신문화 운동을 촉발한 두 편의 중요한 문장으로 후스(胡適)의 「문학개량추의(文學改良芻議)」와 천두슈(陳獨秀)의 「문학혁명론(文學革命論)」을 꼽는 데는 별다른 이견이 없어 보인다. 여기서 필자가 주목하고자 하는 것은 전술한 두 문장이 자국의 문학 전통을 부정하면서 스스로의 신문학적 입장을 새롭게 구축해 나가는 방식이다. 이 과정에서 기본적으로 몇 가지 서술상의 두드러진 양태에 주목해 볼 수 있다. 즉 양자는 공히 전통을 가치론적 문제와 결부시키면서, 여기에 대한 대타적 맥락에서 현대를 논하고 있다. 달리 말하자면 현대의 탄생은 전적으로 전통의 죽음과 인관론적으로 맞물려 있다.

그런데 만일 오사 현대성이 전통과의 상대적 맥락에서 개념적으로 인식 가능한 것이라면, 순전히 오사론자들의 시각에서 전통과 현대를 사유하는 것은 어쩌면 옥시덴탈리즘적 관점에 자신을 전적으로 내맡기는 결과를 초래할 수 있을 것이다. 달리 말해 이들 논자들이 소위 신문학을 끊임없이 전통과 '절연'시키려는 외적 의도에도 불구하고, 구조론적으로 보건대 양자가 기실 은밀히 상호 의존하고 있다는 담론적 역설성을 간과할 수 없다. 이러한 문제의식과 더불어 본고에서는 일차적으로 후스와 천두슈가 전통을 **전유**(appropriate) 하면서 동시적으로 현대의 탄생을 선포하는 논리를 고찰하고, 이를 통해 전통과 현대의 문제를 새롭게 사유할 수 있는 이론적 근거를 모색한다. 물론 이 같은 시도는 **세계**(시·공간)를 바라보는 인식론적 문제와 엄밀히 결부되어 있다.

1. 문학개량추의

후스의 「문학개량추의」는 기본적으로 진화론적 입장에서 서술되고 있다. 즉 현대에는 현대의 언어가 있으며, 살아 있는 문학은 현대적 언어를 사용하여 현대인의 감정과 사상을 진솔하게 표현한 것이다. 이에 반해 죽은 문학은 '진화'의 섭리를 따르지 않고 무작정 옛사람을 모방하고 찬양하는 글이다. 편의상 후스가 주창하는 것은 아래 세 가지의 핵심 개념으로 축약해 볼 수 있다.

① 독창성
② 사실성
③ 가독성

먼저 독창성을 논하는 대목에서 후스는 모든 시대가 그 시대의 문학을 가지고 있으므로, 이러한 섭리를 무시한 채 이미 지나간 전 시대의 사조를 맹목적으로 모방하는 것은 바람직하지 못하다고 역설한다. 물론 이 같은 주장이 일견 타당성이 없는 것은 아니겠으나, 만일 전시대에 대비되는 지금-여기의 문학적 독자성만을 강조할 경우 과연 〈한시대의 문학〉이라는 개념이 어떻게 상정될 수 있겠는가? 달리 말해 모든 문학이 앞선 시대와의 '차이'를 통해서만 자신의 존재 근거를 확보할 수 있다면, 어떠한 의미로든 통사적 관점에서 '한시대의 문학'이라는 보편적 사조 개념을 전제하는 것은 논리적으로 불가하다.

물론 후스의 경우 스스로가 의도했든 그렇지 않든 자신이 살았던 오사라는 시점을 장구한 중국의 역사에서 분리시키고 있다. 어찌 보면 이로부터 일종의 역사적 돌연변이가 발생하는 셈이다. 한편 후스는 '오늘의 중국은 응당 오늘의 문학을 만들어야 한다'라고 주장한다. 그렇다면 무엇이 '오늘의 문학'이며, 무엇이 그것을 과거의 문학과 구분할 수 있는가? 이와 관련해서 후스는 '현실 사회의 실상을 사실적으로 그린 것'이 오늘의 문학이라 역설하고 있는데, 여기서 일종의 논리적 비약이 감지된다. 즉 후스가 전대의 문학 전통을 비판하는 근거는 본인이 자의적으로 설정한 소위 문학 개량의 원칙에 기초한 것이나,[17] 이러한 입장은 엄밀한 의미에서 자신의 진화론적 문학관에 위배된다. 만일 진화라는 개념이 자연적 필연성을 전제하는 것이라면, 모든 문학은 어떤 의미로든 전시대의 문학에서 진화한 오늘의 문학이 되어야 하지 않겠는가. 그렇지 않을 경우 후스가 말하

17 가령 문학개량을 위한 첫째 항목에서 후스는 '(자고로 문학은) 내용이 있어야 한다'라고 주장하면서, 내용을 다시 '감정'과 '사상'으로 나누어 설명하고 있는데, 특히 문학의 감정과 관련해서는 朱子의 「시경집전서(詩經集傳序)」를 부분적으로 인용하고 있다. 그런데 주자의 경우 시의 교화적 기능을 밝히려는 취지에서 감정(欲)의 개념을 사용하고 있는 반면, 후스는 이를 통해 오히려 기존의 문이재도(文以載道)론을 비판하고자 한다. 즉 주자의 시론에 대한 명백한 전유가 발생하고 있는 셈이다.

는 문학의 진화는 철저히 작가 본인의 결단의 문제로 귀착되지 않을 수 없다. 즉 한 시대의 문학은 진화의 궤적을 선택할 수도 있고 복고의 상태로 남아 있을 수도 있다.(물론 복고로 남아 있는 것도 결국은 작가 자신의 선택이다.) 그러나 이러한 양자택일안에서 후스는 편향된 가치론적 입장을 견지한다. 즉 '진화'를 선택한 문학은 산 문학이 되고, 그렇지 못한 것은 죽은 문학으로 전락하는 것이다. 한편 이러한 관점에서 보자면, 문학 작품에 대한 '평가' 또한 상대적 잣대를 통해 이뤄져야 한다. 만일 모든 문학 작품이 자신이 처했던 시대적 특수성에 의거해서 평가될 수밖에 없는 것이라면, 작품을 논하면서 우-열의 기준을 설정하는 것은 부적절하다.

서술상의 이 같은 모호함에도 불구하고 후스의 입장을 십분 감안하여 신문학론을 재구해 보자면, 논의의 핵심은 진화적 입장에 순응하는 문학과 거부하는 문학으로 모인다. 전자의 경우를 후스는 산 문학(백화문학)이라 적시하며, 후자는 죽은 문학(문언 문학)으로 규정된다. 결국 후스가 「문학개량추의」에서 사용하는 '오늘'은 역사상의 특정 시간을 지시하기보다 일종의 가치론적 입장을 수반하는 개념으로 이해함이 적절하다. 달리 말해 모든 시대는 오늘의 문학과 어제의 문학 간에 팽팽한 긴장과 대립을 유지하는데, 이들 양자 간의 대립과 긴장 사이에서 후스는 전자의 손을 들어주는 것이다.

그런데 만일 이 같은 논리를 따르자면 진화의 섭리를 따르지 않는 문학은 죽은 문학이 될 터이니 응당 도태되어야 할 것이 아닌가? 물론 실상은 전혀 그렇지 않다. 오히려 '죽은 문학'의 살아 있음으로 인해 산 문학이 비로소 존재할 수 있는 것이다.(즉 산 문학은 죽은 문학의 모태에서 태어난 적자이다.) 이 같은 양자 간의 비분리적 속성에도 불구하고 후스는 오늘의 문학을 긍정적 가치와 결부시키면서, 한편에서는 이러한 원칙을 고수하지 않는 작품을 전부 과거의 문학으로 낙인찍는 것이다. 이 과정에서 역설적이지만 창의성과 사실성이라는 신문학적 특징이 하나의 정형화된 틀로 전락하며, 이로 인해 탈형식적 전제에서 출발한 현대성 담론이 그 자체로 가장 형식주의적인 문학론으로 귀결되는 것이다.

이상의 논의에 의거해서 「문학개량추의」의 서두에서 제시된 8개 항목을 총체적으로 살펴보자면, 후스는 한편에서 문학의 자율성을 역설하면서 다른 한편에서는 미적 판단에 대한 근거를 규범적·가치론적으로 예시한다. 그렇다면 결국 후스가 주장하는 문학 개량의 논리는 그 자체로 이미 해체의 근거를 내포하는 것이 되지 않겠는가? 중요한 것은 후스에게 신문학 담론의 목적은 죽은 문학과 산 문학을 실증적으로 고증하기 위한 것이 아니었다. 그보다는 그가 이념적으로 주창하고자 하는 **가상의** 신문학론을 펼치기 위해 불가피하게 그것의 타자—죽은 문학—를 설정해야 한다는 것이다. 달리 말해 산 문학이 부흥하기 위해서는 필히 죽은 문학이 저변에 존재하지 않으면 안 된다. 여기서 필자가 이 부분을 역설하는 이유는 실제로 오사 담론의 상당 부분이 이 같은 인식론적 구도 내에서 이뤄지고 있기 때문이다. 비슷한 시기에 발표된 천두슈의 「문학혁명론」도 지금까지 논의한 후스의 글과 형식이 크게 다르지 않다.

천두슈의 글은 후스에 비해 좀 더 직설적이고 과격하다. 그는 오늘날 중국이 낙후한 이유가 나약한 국민성에 있다고 지적하며, 이를 극복하기 위해 정신계의 문학을 먼저 혁신하지 않으면 안 된다고 역설한다. 그는 수식적인 귀족문학, 과장적인 고전문학, 난해한 산림문학을 중국 문학 전통의 삼대악(三大惡)으로 규정하면서, 이러한 구습을 탈피한 국민·사실·사회 문학의 건설을 주장한다. 물론 천두슈가 말하는 신-구 문학의 차이는 후스의 그것과 흡사하다. 천두슈의 글에서는 무엇보다 중국 문학에 뿌리 깊은 호고주의(好古主義) 전통에 대한 비판이 두드러지는데, 문제는 외형상 그가 작가의 창조성을 강조하고 있는 듯하나 글의 근본 종지는 문학을 통해 사회 혁신을 촉발하려는 것이다. 그리하여 천두슈는 '이제 정치를 혁신하고자 한다면 이 정치 운용에 기반을 둔 정신계의 문학을 혁신하지 않으면 안 된다'[18]라고 선포하기에 이른다. 결국 문학에 대한 미학적 평가는 실종되고 문학의 도구적 기능이 전면에 등장하게 되는데, 그럼에도 불구하고 천두슈의 경우 문이재도론에 대해서는 여전히 부정적 입장을 견지한다. 이 같은 논리적 자기 모순성은 「문학혁명론」의 목적의식과 무관하지 않다. 즉 신문학의 건설이라는 과업은 가상의 구문학을 개념적으로 선규정하지 않으면 불가한 것이다.

2. 오사 신문학론 다시 읽기

지금까지 살펴본 후스와 천두슈의 글은 명백히 현대와 전통이라는 이분법적 패러다임에 의해 서술되고 있다. 그러나 앞서 언급한 것처럼 만일 '현대'가 '전통'과의 관계성 속에서 조건적으로만 의미 규정될 수 있는 것이라면, 양자는 엄밀히 상호 대립하면서 동시에 상호 의존적으로 존재하는 셈이다. 주역 철학에서는 이를 대대(對待)논리라 칭하는데, 대대론의 핵심은 反실체론적-관계적 사유이다. 가령 아래 복희팔괘도(伏羲八卦圖)를 예로 들 경우 건(하늘)과 곤(땅)은 양과 음으로 상호 대립하지만, 동시에 양자는 서로가 의존적 관계를 형성한다. 즉 '시작'을 주관하는 건은 '완성'을 주관하는

18 천두슈, 김의진 역, 「문학혁명론」, 『문학과 정치』, 중앙일보사, 1989, 34쪽.

곤과의 **상보적 관계를 통해서만** 그 존재의미가 부여된다. (이는 나머지 여섯 괘의 경우도 마찬가지이다.) 결국 대대론적 관점에서 전통과 현대를 사유해 들어갈 경우 양자는 외견상의 차이와 대립에도 불구하고 '둘로서 하나'인 논리로 재구하는 것이 가능해진다.

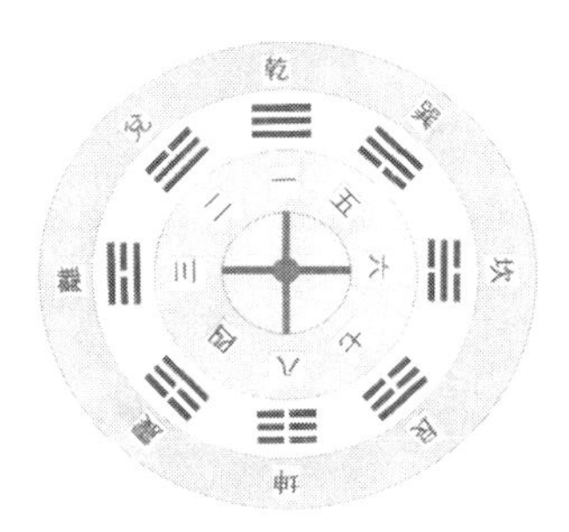

[복희팔괘도]

'둘로서 하나'라는 논리는 동양철학에서는 매우 보편적인 명제이다. 가령 앞서 언급한 대대적 사유가 그 대표적 사례이며, 표현하는 방식이 다르지만 『대학』의 삼강령이 ①명명덕(自利)과 ②친민(利他)을 거쳐 ③지어지선(自他不二)으로 귀결되는 논리도 이 맥락을 벗어나지 않는다. 그런데 오사 신문화 담론의 경우 세계와 분리된 개인, 전통과 단절된 현대의 문제가 전격적으로 탐구된다. 특히 전통의 '타자화'는 후스와 천두슈의 경우를 통해 보았듯이 현대를 이데올로기적으로 규정하는 데에 필수적이다. 이 같은 부분이 오사 현대성의 시간적 측면이라면, 이것이 공간적으로는 세계와 분리된 개인의 모습으로 드러난다.[19]

19 다소 사변적 논의가 될 수 있겠으나, 과거-현재-미래라는 시간적 분할은 '나'라고 하는 인식 주체의 탄생과 더불어 성립 가능하다. 즉 생로병사라고 하는 생명의 주기가 '내' 속에 귀속되는 것으로 파악할 때, 거기에 의거해서 시간에 대한

상기 문제와 관련하여 기존의 많은 논자들은 중국 근현대문학의 형식과 내용상의 특징을 가늠하는 중요한 잣대로 서정성 및 주관화 경향에 주목해 왔다.[20] 특히 오사 이후 중국 문단에는 과거 유가적 세계관에 의해 금기시되어왔던 다양한 문학적 주제들이 등장인물에 대한 내면 탐구의 형식을 빌려 과감하게 수면 위로 떠오른다. 그런데 소위 말하는 이들 '현대적 개인'은 한결같이 불안, 좌절, 초조, 히스테리 등 일련의 병리적 증후에 시달린다. 비근한 예로 위다푸(郁達夫)의 초기 작품은 전통적 권위에 저항하는 예술가적 기질의 개인을 묘사하고 있는데, 본고에서는 이들 등장인물의 양가적 내면 심태에 초점을 맞춰 현대성 이데올로기의 자기 해체적 속성을 살펴보고자 한다.

「침륜(沈淪)」[21]은 위다푸의 대표 작품으로 작가는 3인칭 관찰자적 시점에서 우울하며 예술가적 기질을 소유한 중국 청년의 내면세계를 세밀하게 묘사하고 있다. 〈그〉는 자기도취적 인물로서 가족을 떠나 홀로 일본에서 유학하며 민족적 열등의식, 이성에 대한 성적 욕구, 그리고 이로부터 야기되는 죄의식에 끊임없이 시달리고 있다. 당시 그가 유일한 심리적 위안을 얻은 안식처는 대자연이었다. 자연은 그 속성상 '차별'을 짓지 않으니 대자연 속에서 주인공은 일상에서 그를 괴롭혀온 모든 세속적 갈등을 벗어나 잠시나마 평온을 누릴 수 있다.

분할 역시 가능해지는 것이다.

20 중국근현대문학에 나타난 주관화 경향에 관해서는 다음 글을 참조하시오. 정진배, 『중국현대문학과 현대성 이데올로기』, 문학과 지성사, 2001, 157-176쪽.

21 『沈淪』은 1921년 발표된 위다푸의 단편집으로 여기에는 「침륜」 외에도 「南遷」 및 「銀灰色의 죽음」이 수록돼 있다. 「남천」과 「은회색의 죽음」도 일본에 거주하는 고독한 기질의 중국 청년을 묘사하고 있는데, 이들 세 작품의 전반적 분위기와 인물 형상이 유사하므로 본고에서는 대표적으로 「침륜」을 분석한다.

> 여기는 바로 너의 피난처다. 세상의 모든 속인들은 너를 질투하고 경멸하며 바보 취급하지만, 이 태고 이래 늘 빛나는 창공의 태양, 늦여름의 미풍, 초가을의 맑은 바람만은 너의 벗이며, 자애로운 어머니며, 연인이다. 너는 더 이상 세속으로 나가 저 천박한 남녀의 무리와 함께 있을 필요가 없다. 너는 이 대자연의 품에서, 이 순박한 시골에서 늙어가라.[22]

인용문에서 자연에 대한 그의 예찬은 세계에 대한 증오와 극명한 대조를 이룬다. 어찌 보면 자신이 '경멸'하는 세계는, 그가 현대적 개인으로 거듭나는 과정에서 스스로가 단절을 선언한 모체와도 같은 것이다. 실제로 작품 속 주인공이 세계에서 소외되는 과정은 그가 자신을 세계로부터 소외시키고자 하는 자발적 충동과 맞물려 있다. 유사한 맥락에서 그의 과도한 자의식은 이성에 대한 순수한 감정조차 자학적인 열등의식과 증오감으로 바꾸어 버린다.

> 바보, 바보! 그녀들이 비록 관심이 있어 보인다 한들 너와 무슨 상관이 있는가? 그녀들은 단지 그 세 명의 일본인에게 추파를 보낸 것이 아닌가? 아! 그녀들은 이미 내가 중국인인 것을 알고 있어. 그렇지 않으면 그들이 어찌 한 번도 나를 쳐다보지 않았겠는가? 복수다! 나는 결단코 그들에게 복수하리라.[23]

한편, 작품의 플롯을 살펴보면 그가 파국으로 치닫기 직전에 가족과의 불화가 있었다. 그는 사소한 일로 인해 북경에 있는 맏형과

22 郁達夫, 「沈淪」, 『中國新文學大系』 5, 香港文學研究社, 68쪽.
23 같은 책, 73쪽.

갈등하면서 급기야 의절하게 되고, 이로 인해 그의 병적 증상은 더욱 심해진다. 즉 일본에서의 유학 생활이 그의 조국인 중국과의 단절을 암시한다면, 맏형과의 의절은 혈육과의 '절연'이라는 의미를 내포한다. 결국 이 같은 이중적 소외가 그의 파국에 대한 서사적 전조가 되고 있음은 자명하다.

작품의 결말부에서 작가는 그의 죽음을 암시하고 있는데, 자살에 앞선 주인공의 독백이 의미심장하다.

> 가련한 그림자여, 너는 나를 21년이나 따라다녔구나. 지금 이 대해는 너의 장지(葬地)가 될 것이다. 내 육신이 비록 사람들에게 모욕을 받아왔을지라도, 나는 너를 이렇게 마르고 쇠약한 지경까지 몰고 가지는 말았어야 할 것이건만. 아! 그림자여. 그림자여. 나를 용서해라.[24]

여기서 '그림자'는 나와 분리될 수 없는 어떤 것을 상징하는 메타포이다. 그런데 그는 그림자를 대상화시키면서 말을 걸고 있다. 즉 하나가 둘로 분리되는 현대적 분열이 발생하는 것이다. 달리 말해 '하나 됨'이 원래의 온전한 상태라면, 하나가 둘로 분리되는 것은 필연코 불안과 히스테리를 수반할 수밖에 없다. 이러한 관점에서 보자면 〈침륜〉의 기본적인 구도는 현대성 이데올로기에 의해 하나에서 분리돼 나간 개인이 다시 근원으로 회귀하고자 하는 원초적 충동성을 성-속, 남-녀, 개인-세계 등의 갈등적 구도 내에서 묘사한 것이라 해석해 볼 수 있다. 그의 죽음은 어떤 의미에서 분열된 자아가 다시 온전한 전체로 귀속되는 문학적 함의를 내포하는 메타포다. 그렇게

24 같은 책, 98-99쪽.

보자면 그가 죽음에 앞서 '조국'을 부르는 것이 전혀 어색한 결말이 아니다. 덧붙여 그의 장지(葬地)가 된 바다는 만수(萬水)가 하나로 합치는 곳인데, 알다시피 물은 중국 철학에서 '근원', '귀일(歸一)', '죽음' 등을 상징하는 심상이다. [하도(河圖) 그림 참조]

오사기 고독한 현대적 개인의 문제와 관련하여 리오우판(李歐梵)은 흥미로운 견해를 제시한다. 중국의 유기(遊記) 문학 전통에 관한 자신의 논문에서 리오우판은 청말 리우어(劉鶚)의 『노잔유기(老殘遊記)』(1907)와 위다푸의 일련의 작품들을 비교분석하면서, 위다푸 작품에 등장하는 1인칭 화자의 경우 『노잔유기』에서 발견되는 등장인물들의 내적 평안과 강인함이 한결같이 결여돼 있다는 것이다. 그는 현대적 개인의 이 같은 병리적 증후군이 기본적으로 전통과의 단절을 전면에 내세우며 등장했던 오사 현대성 이데올로기와 무관하지 않음을 지적한다.

> 위다푸와 리우어를 구분 짓는 근거로서 정치적인 측면과 더불어 문화적인 요인 또한 무시할 수 없다. 반전통주의가 풍미하던 시대(iconoclastic age)를 살면서 위다푸의 경우 (전시대) 리우어와는 달리 전통 중국 문화의 유산을 이어받지 못한 것이다 … 위다푸의 주인공은 리우어의 인물들이 유불도의 문화적 전통을 통해 습득할 수 있었던 정신적 강건함을 부여받지 못했던 것이다.[25]

결국 이러한 관점에서 보자면 현대적 개인이 홀로-우뚝 선 〈나〉로 호명되는 순간, 나의 존재 근거는 점점 더 모호해지면서 급기야 내

25 Leo Ou-fan Lee, "The Solitary Traveler: Images of the Self in Modern Chinese Literature", *Expressions of Self in Chinese Literature,* ed by Robert E. Hegel & Richard C. Hessney, New York: Columbia University Press, 1985, p. 293.

적인 황폐를 경험하게 된다. 물론 그 근저에는 나와 타자를 분리적으로 사고하는 서구 근대적 세계관이 자리하고 있다.

이상에서 소략히 살펴본 내용을 토대로 중국 현대 문학에 나타난 개인의 문제를 일반화시켜 말하는 것은 어쩌면 과도한 논리적 비약이 될 수 있을 것이다. 그럼에도 불구하고 이 같은 사례는 오사 신문화 운동의 기본 정신에 비추어 볼 때 일종의 자기 모순성을 시사하는 것이다. 알다시피 오사 백화문 운동의 기본 정신은 언문일치를 통해 민중을 문화 담론의 장으로 끌어들이고 이를 통해 지식인과 민중이 공유할 수 있는 하나의 세계를 건설하자는 것이었다. 그런데 아이러니하게도 '세계와 분리된 나', '전통과 분리된 현대'의 개념이 이데올로기적으로 강조될수록 소통의 문제는 점점 심화되고, 이로 인해 하나 된 사회(knowable community)의 건립을 기치로 내걸고 촉발된 신문화 운동이 해를 거듭하면서 점점 자기 해체의 근거를 스스로 노정하게 되는 것이다.

물론 오사 현대성을 회고하는 입장에서 본고의 취지가 당초 계몽적 지식인들의 민중적 세계관을 폄하하려는 것은 전혀 아니다. 단지 필자가 문제 삼고자 하는 것은 오사 신문화 운동의 사상적 〈내용〉과 이를 현실에서 구현하기 위한 〈형식〉간의 상호 불일치성을 지적하고, 이를 토대로 나와 세계, 현대와 전통이라는 이분법적 구도를 새로운 층위에서 사유해 볼 수 있는 인식론적 패러다임을 고민해 보자는 것이다. 이러한 문제의식은 어찌 보면 21세기를 살고 있는 우리에게도 여전히 유효하다. 가치론적 전망에 관한 한 우리가 살고 있는 '탈현대'조차도 어떠한 의미로든 현대성 이데올로기에 여전히 종속적이 아니겠는가?

본고에서 사용하는 불이(不二)적 관점에 의거하면 현대성 담론이 의도적으로 강조하는 차이는 하나의 근원이 여럿으로 드러난 모습과 다름없다. 여기서 하나를 '같음'(同)으로 여럿을 '다름'(異)으로 상정해 볼 경우 관건이 되는 것은 동과 이를 바라보는 인식론적 입장인데, 유불도의 기본 전제는 양자를 상호분리적으로 사유하지 않는다는 것이다. 말하자면 동이이(同而異)하고 이이동(異而同)한 反동일률적 사유가 그 기저에 깔려 있다. 이러한 논리는 같음을 위해 차이를 부정하지 아니하며, 차이를 말하기 위해 같음을 부정하는 것도 아니다. 이렇게 보자면 현대를 편의상 지금-여기 드러난 바로서의 실재(the Real)로 상정한다 할지라도, 이는 필히 그것의 감춰진 타자(전통)와의 동보적 맥락에서 이해하는 것이 합당하다. 왜냐하면 현대성 담론이 끊임없이 생산-재생산하는 '차이'는 이미 그 속에 같음의 계기를 내포하고 있기 때문이다.

이와 관련하여 보다 심층적인 논의는 접어두고서라도, 만일 '같은 것이 같은 것이고 다른 것이 다른 것'이라는 동즉동(同卽同)/이즉이(異卽異)의 사유가 전면에 등장할 경우, 같음과 다름을 규정함에 필경 이데올로기적 폭력이 개입될 공산이 크다. 왜냐하면 유와 무, 선과 악, 시와 비, 미와 추를 구분 짓는 것은 언제나 권력의 문제로 귀착되기 때문이다. 그로 인해 노자는 『도덕경』에서 "천하가 모두 미의 미가 되는 줄을 알면 이는 **추할 뿐이요,** 모두 선의 선이 되는 줄을 알면 이는 불선일 뿐"[26]이라고 단언한다. 역설적이지만 동양적 사유에서의 '지선'은 선과 악의 구분이 사라진 것을 근본 종지로 삼는다. 물론 선-악의 구분이 사라졌다 할지라도 시비판단이 존재하지 않음은 아니다. 단 시비판단은 권지요 방편이며[27] 그 기저에는 〈하나〉에 대한 확신이 깔려 있다.

26 天下皆知美之爲美斯惡已,皆知善之爲善斯不善已.
27 이렇게 보자면 본고의 명제조차도 필경은 해체론적 맥락에서 이해돼야 할 것이며, 그렇지 않을 경우 이 또한 '편견의 폭력'(doxa)으로 변질될 개연성이 있다.

3. 현저인 · 장저용(顯諸仁·藏諸用)[28]

존재와 비존재, 현대와 전통, 나와 세계 등은 사량 분별하는 인간에게는 항상 중요한 철학적 주제이다. 본서 또한 이러한 인문학의 보편적 문제의식에서 자유롭지 못하다. 그런데 이와 관련하여 『주역』은 흥미로운 개념을 제시한다. 이름 하여 '현저인 장저용'의 논리이다. 이를 필자가 다소 의역해 보자면 전자(현저인)는 '감춰진 것이 가장 잘 드러난다'는 의미요, 후자(장저용)는 '눈앞에 펼쳐진 것이 사실은 가장 잘 감춰져 있다'는 논리이다. 이러한 관점에서 보자면 지금-여기로 대변되는 현대는 기실 그 드러난 근원을 파헤치기 위해 부득불 현대의 저편을 탐구해야 할 것이며, 반면 내면으로 잠장(潛藏)된 전통은 오히려 이런저런 모습으로 눈앞에 현전해 있다는 의미가 되지 않겠는가. 물론 이는 매우 사변적인 서술이다. 그러나 만일 우리가 일상에서 무심코 행하는 행동들이 그 근원에서 심층의 무의식과 맞닿아 있는 것이라면[29], 전통과 현대의 문제를 이렇게 사유해 들어가는 것이 전혀 터무니없는 발상은 아닐 것이다. 아이러니한 것은 서구 현대 사상의 한 획을 그은 하이데거의 예술철학에 이미 이 같은 사유의 일단이 들어가 있다는 것이다.

> 세계란, 눈앞에 있는 셀 수 있거나 혹은 셀 수 없는 것, 친숙하거나 낯선 것 모두를 단순히 모아 놓은 것이 아니다. 그렇다고 또한 세계는, 사물적 존재자 전체를 위해 상상적으로 고안되어 거기에 첨가된 관념상의 테두리인 것도 아니다. 세계는 **세계화**한다(Welt seltet). 그러나 세계는 우리가 매우 익숙해져 있는 만질 수 있거나 인지할 수 있

28 『周易 繫辭傳』
29 이는 사실 불교 唯識 철학의 기본 전제이다.

> 는 것들보다 더욱 존재적이다(seinder). 하지만 세계는 우리 앞에 놓고 볼 수 있는 대상은 결코 아니다.[30] (강조는 인용자)

인용문에서 하이데거는 세계를 순수한 본질도 아니며(非有) 순수한 관념도 아닌(非無), 규정될 수 없는 그 어떤 것으로 가정한다. 그러나 그 비규정적이며 감춰진 세계는 자기 작용(세계화)을 통해 눈앞에 드러난 모든 사물보다 더욱 존재적이 된다. 물론 본고의 취지가 이 같은 사례를 통해 서양 현대 철학에 내재한 동양적 모티프를 밝히고자 함은 아니다. 단 필자의 입장에서는 중국 오사기 다수의 지식인이 서양적 논리를 통해 자국의 전통을 반성적으로 성찰하고자 했던 시점에, 서양의 현대는 역으로 동양을 주시하기 시작하는 이 문화적(奇)현상에 주목해 보자는 것이다. 이를 현저인·장저용의 논리로 해석한다면 오사 담론에 의해 억압되고 은닉된 자국의 전통이 동양의 '저편'에서 모습을 드러내자, 서양적 물질문명이 다시 '이편'에서 동양적 가치를 휘감아버리는 문명사적 '호장기택'(互藏其宅)[31]은 아닐 것인가? 결국 관건은 부분과 전체, 같음과 다름을 전향적으로 사유하기 위한 인식론적 연결 고리를 설득력 있게 제시하는 것이다. 물론 이 둘을 매개하는 것이 학적으로나 가치론적으로 전혀 무의미한 주제로 인식될 수도 있다. 그러나 그럴 경우조차도 우리는 '같음'과 '다름'이 상호 분절된 두 개의 세계를 회통시키기 위한 새로운 인식론적 탐구를 시작하지 않을 수 없다. 존재의 본질상 나는 분명 나의 〈自〉이며 또한 그의 〈他〉이기 때문이다.

30 하이데거, 오병남 등 공역, 『예술작품의 근원』, 예전사, 1996, 53쪽.

31 '음양노소는 서로가 그 집을 감추고 있다'(陰陽老少互藏其宅)는 개념으로 여기서의 '집'은 자신이 유래한 곳을 말하는데, 이는 음이 양에서 비롯되고 양이 음에서 나와 종국에는 서로가 뫼비우스의 띠처럼 얽혀 있음을 시사한다. 정진배, 『탈현대와 동양적 사유논리』, 차이나하우스, 2008, 48쪽.

중국 현대문학 신론

전통으로 현대 읽기

제9장

루쉰 문학 속의 노장과 불교

1. 들어가며

덕산(德山)은 당조(唐朝)의 유명한 고승으로 『금강경』과 인연이 깊다. 젊은 시절 그는 선(禪)보다는 교학 쪽에 관심이 많았고, 자나 깨나 경전을 들고 다니며 연구해야 한다고 생각했다. 어느 날 불교의 진리를 선양하고 겸사겸사 선승들의 무지를 깨우쳐주고자 선의 본거지라 할 예주로 향했다. 정오 무렵 끼니때가 되어 인근의 주막으로 들어가니 할머니가 반갑게 맞아주었다. 할머니에게는 자기가 『금강경』 박사이며, 늘 경전과 주석을 읽는다고 자랑했다. 그 말에 할머니가 넌지시 덕산에게 질문을 건넨다. "『금강경』에 '과거심불가득(過去心不可得), 현재심불가득(現在心不可得), 미래심불가득(未來心不可得)'이란 말이 있는데, 선생은 지금 **어느 마음에 점을 찍으려고(點心)** 하는 것이오?" 과거심은 지나갔으니 찍을 수 없고, 미래심은 오지 않았으니 찍을 수 없고, 현재심도 찍으려는 순간 사라지

니 현재심이라고 해서 찍어질 것 같지가 않다. 덕산은 말문이 막혀 망연자실하게 서 있었다.[32]

중국 현대문학 연구가 명실공히 중국 '현대'의 문학에 관한 연구가 되기 위해서는 단연코 현대에 대한 개념 규정이 이뤄져야 한다. 가령 현대를 단순히 물리적 시간성의 개념만으로 파악할 경우 이는 보편적인 설득력을 확보하기 어렵다. 그렇다면 기존 학계의 관례를 따라 오사기 이후를 현대문학(혹은 신문학)으로 명명할 경우, 한 세기가 경과한 오늘날의 문학은 여하히 호칭할 것인가. 문제에 대한 잠정적인 대안은 당대문학, 신시기 문학 등 '지금'을 호명할 수 있는 개념을 새롭게 설정하는 것이다. 그러나 시기구분을 위한 '이름 짓기'는 명백한 방편이요, 정작 문제의 핵심은 다른 곳에 있다. 현대/신시기/당대 문학의 이데올로기적 요체는 전시기 문학과의 기질적 차이를 설득력 있게 제시하는 것이며, 이를 위해 문학사가는 텍스트 상호 간의 '다름'을 지목하지 않으면 안 된다. 그러나 여기에 논리적 함정이 도사리고 있다. 시대정신을 대변하는 두 개의 정전적 텍스트는 왜 '다름'(異)의 관점에서 상호 비교되는 것인가? 양자 사이를 관통하는 '같음'(同)은 어떠한 근거에서 부재의 기표로 배제될 수 있는가?

이렇게 보건대 중국 현대문학 연구자가 봉착하는 첫 번째의 난관은 어쩌면 전술한 덕산의 딜레마와 무관하지 않다. 선으로 말하자면 덕산은 비량(比量)[33]적 인식에 익숙한 학승이었으며, 이로 인해 사물의 본질을 직관하지 못하였다. 물론 대상에 대한 분석과 추론이

32 김홍호, 『푸른 바위에 새긴 글』, 벽암록 풀이, 솔, 1999, 40-41쪽 참조. 點心은 '가벼운 식사'를 뜻하나 글자대로 풀자면 마음에 점을 찍는다는 것이니, 시골 주모가 덕산에게 단수 높은 말장난을 한 셈이다.

33 불교의 인식논리 중 하나로 추리하여 대상을 인식하는 것을 지칭하는데, 이는 사물을 직관하여 파악하는 現量에 대비되는 개념이다.

인간 이성의 중요한 영역임에 틀림이 없지만, 분석이 과도해 질수록 이는 대상을 온전히 담아내지 못한다. 비근한 예로 시간은 그 본질이 '하나'의 시간일 뿐이며, 이를 과거-현재-미래로 나누어 사고하는 것은 시간의 속성과는 무관한 개념적 추론의 관습일 따름이다. 그럼에도 불구하고 본고의 논의가 이 같은 사유의 틀을 완전히 벗어나는 것은 불가능하다. 그보다는 과거-현재-미래라는 시간적 순차성의 개념이 어떠한 의미에서든 이미 인식론적으로 '구축'된 것임을 전제하면서, '현대'의 내용적 함의를 기존 현대성 담론과는 상이한 맥락에서 조망해 내는 것이 본고의 일차적 목표이다.

그렇게 보자면 이 논문은 중국 현대문학으로 들어가는 〈문(門)〉을 탐색하는 작업이 되는 셈이다. 우리의 일상에서 공간적인 이동이 문을 경유하여 이뤄진다면 여기서의 문은 인식론적 전망(觀)의 문제와 밀접하다.[34] 그렇기 때문에 이는 사료나 문헌에 대한 실증적 분석의 영역을 넘어, 대상을 '그렇게' 보아 낼 수 있는 서사(narrative)를 구성해 내는 것이다. 본고에서는 루쉰을 경유하여 중국 현대성으로의 진입을 시도한다. 그러나 논문의 취지에 비추어보자면 루쉰은 서구적 현대성에 보편하는 제반 전제들을 해체하기 위한 매개일 뿐이며, 따라서 루쉰 문학 자체에 대한 분석이나 연구가 본 논의의 주종을 점하지는 않는다. 이제 전술한 논의를 토대로 현대성의 문제를 심화시켜 나가기 위한 몇 가지 철학적 명제들을 간략히 살펴보자.

동서고금을 막론하고 이름과 실재의 상관성에 대한 주제는 형이상학의 가장 심층적인 문제의식과 맞닿아 있다. 가령 '삼각형'이라는 개념이 백지 위에 우리가 그리는 각양각색의 삼-각-형(▲)과 어

34 老子『道德經』의 '衆妙之門'은 현상계의 萬象萬化를 벗어나 있지 않으나 그 자취를 우리의 추리적 사유가 가늠할 수는 없다. "無名, 天地之始, 有名, 萬物之母…玄之又玄, 衆妙之門".

떠한 관계를 맺고 있는가를 규명하는 것은 간단한 작업이 아니다. 그런데 이 문제에 대한 즉답을 모색하기에 앞서, 이러한 논의가 이미 특정한 철학적 가설하에 이뤄지고 있음을 주목할 필요가 있다. 즉 개념으로서의 삼각형은 실재하는 삼-각-형과 무관하지 않으며, 나아가 전자는 후자에 선행하는 실체이다. 개념이 실체인 이상 '삼각형'은 스스로 그 체를 간직하며, 따라서 삼각형은 '삼각형이 아닌 것'이 아니다. 만일 삼각형이 삼각형이 아닌 것이 아니라면, 삼각형은 무엇인가?

일견 언어적 유희처럼 보이는 이 같은 논의는 기실 서구 철학을 관통하는 가장 근원적인 문제의 하나이다. 삼각형은 삼각형이며, 삼각형이 아닌 것은 삼각형이 아니다. 그러나 혹여 그 삼각형은 공허한 기표가 아닌가? 이름과 실재, 혹은 기표와 기의의 상호 미끄러짐에 대한 사유는 루쉰 전기문학에서 빈번히 등장한다. 어쩌면 이 같은 '미끄러짐'에 대한 철학적 성찰을 통해 우리는 루쉰으로 들어가는 문을 발견할 수 있을지 모른다. 그리고 루쉰의 문을 통해 우리는 다시 중국 현대성의 세계로 진입하기 위한 문으로 한 걸음 더 가까이 다가설 수 있을 것이다.

2. '철 방 속의 외침'과 '화택(火宅)'의 비유

루쉰 전기문학의 심층적 함의를 이해하는 데에 그의 첫 번째 창작집인 『외침(吶喊)』(1923)의 「자서(自序)」는 풍부한 단초를 제공한다. 만일 작가 루쉰에게 글쓰기가 어떤 의미로든 문학 외적 목적에 복무하기 위한 수단으로 간택된 것이었다면, 루쉰이 창작의 길로 접어들게 된 그 계기를 면밀히 고찰해 보는 것이 중요하다. 주지하듯이 루쉰은 죽어가는 중국인의 영혼을 깨우기 위해 "문장을 쓰기로" 결심한다. 「자서」에서는 그 같은 과정을 친구 첸셴퉁(錢玄同)과의 대화 형식을 빌려 극적으로 서술한다. 인구에 널리 회자된 내용이지만 논의의 전개를 위해 일부를 인용해 보자.

> 가령 말이야, 鐵로 밀폐된 방이 있다고 하세. 창문은 하나도 없고, 절대로 부술 수도 없어. 그 속에는 깊이 잠든 사람들이 많이 있어. 머지않아 질식하여 다 죽어버리겠지. 허나 혼수상태에서 그대로 죽음으로 옮겨가는 거니까 죽기 전의 슬픔은 느끼지 못하는 거야.[35]

인용문에 등장하는 '철 방'은 다양한 문학적 함의를 내포하고 있다. 대표적으로 왕후이는 '중국 사회의 상징 혹은 자신의 영혼 속에 존재하는 것'[36]으로, 리오우판의 경우 루쉰의 내면 심태(inner psyche)에 대한 비유로 해석해 내고 있다. 그런데 이 같은 해석상의 문제를 논하기에 앞서, 이와 유사한 비유가 불교 경전인 『법화경(法華經)』의 「비유품(譬喩品)」에 등장하고 있음을 주목해 볼 필요가 있다. 물론 지금으로서는 「자서」의 철 방 메타포가 그 전고(典故)를 불교 경전에 두고 있었는지를 확인할 방도가 없다. 그럼에도 불구하고 『외침』을 출판하던 베이징 시절(1912-1926) 루쉰이 몇 년에 걸쳐 고적(古籍)을 교감하고 불경에 심취하였음을 상기해 본다면, 양자 간의 관련성을 추정해 보는 것이 전혀 근거 없지는 않을 것이다. 이러한 가설 아래에서는 「비유품」에 등장하는 '화택'의 비유를 『법화경』의 전체 종지에 빗대어 개략적으로 살펴보고, 이를 토대로 결론부에서

35 竹內好 역주, 김정화 옮김, 『魯迅文集』 I, 일월서각, 1986, 10-11쪽.
36 전형준 엮음, 『루쉰』, 문학과지성사, 1997, 174쪽.

「자서」에 등장하는 철 방의 함의를 좀 더 풍부하게 해석해 낼 수 있는 해석학적 지평을 마련하고자 한다.

(1) 「비유품」을 논함[37]

대승불교의 중요한 소의경전(所依經典)으로 알려진 『법화경』은 개인과 집단의 구원의 문제와 관련된 중요한 메시지를 담고 있다. 쿠마라지바(鳩摩羅什)의 『법화경』 한역본을 번역한 레온 허비츠는 이 경전의 내용을 다음과 같이 평한다. "첫째, 그 경은 그것을 실천수행하는 사람들이 자신들의 구원뿐만 아니라 생명 있는 모든 존재들의 구원을 목표로 하고 있다는 점을 선양하고자 했다. 둘째, 비록 이러한 움직임 내에서 다양한 학파들에 따라 여러 가지의 뜻으로 사용되기는 하였지만, 그 경의 주요 관심 대상은 보편자와 절대자였다."[38] 바꾸어 말하자면 『법화경』은 모든 중생이 성불할 수 있다(一切衆生, 無不成佛)는 메시지를 담고 있는 대승 경전의 최고봉이라 아니할 수 없다. 사상적인 측면에 덧붙여 유려한 문체와 풍부한 상상력을 고루 간직하고 있는 본 경전에는 현묘한 문학적 비유가 등장하는데, 여기서는 본고의 주제와 관련하여 「비유품」의 핵심 사상을 꼼꼼히 살펴보는 것이 필요할 듯하다.

일반적으로 불교의 경전에는 부처에게 법을 청하는 청법대중이 등장하는데, 외형상 설법의 주체가 되는 부처는 이들 대중의 수행근기에 의거하여 법문을 설한다. 『법화경』 또한 이 같은 경전의 일

37 여기서의 『法華經』 논의는 송찬우 교수와 능가스님의 강의에서 많은 계발을 받았음을 밝혀둔다.

38 칼루파하나 지음, 김종욱 옮김, 『불교철학의 역사』, 운주사, 2008, 356-357쪽에서 재인용.

반적 형식을 수용하고 있으며, 『법화경』의 전체 대의에 해당하는 〈일불승(一佛乘)〉[39] 사상이 「비유품」에서는 사리불 존자와의 대화 형식을 통해 점진적으로 드러난다. 사리불은 아함(阿含), 방등(方等), 반야(般若), 법화(法華)[40] 시기까지 계속 부처님을 수행했던 성문승(聲聞僧)[41]으로 지혜가 수승하였으나 소승에 집착하여 부처님으로부터 수기(受記)[42]를 받지 못하였다. 그러던 중 인연이 무르익어 법화회상의 뜻을 간파하면서 부처님께 수기를 받게 되고, 이에 한량없는 환희심을 일으키게 된다. 그가 과거 성문승에 머무르던 당시는 부처님의 대승 법문에 의심을 일으키고 그것을 믿지도 알지도 못하였으나, 이제 깨달음에 이르게 되면서 그는 부처님이 소승법으로 자기를 제도한 것이 자신의 근기가 대승법에 미치지 못했기 때문이라는 사실을 알게 된다. "저희들은 [여래가] **방편**으로 수의설법(隨宜說法) 하시는 것을 이해하지 못하고 처음 불법을 듣자 곧 믿고 받아들여 깨달음을 얻었다고 [그릇되이] 생각하였습니다."[43] ([ ]는 인용자 첨가)

여기서 방편이라 함은 법화회상 이전의 제반 삼승(三乘)[44] 권교

39 불교의 진실한 가르침은 유일하고, 그 가르침에 의해 모든 사람이 동일하게 부처가 된다는 교설을 말한다. 중생의 능력 성질에 따라 세워진 3승(부처가 되기 위한 3종의 실천법)도, 궁극적으로는 이 一佛乘에 인도되기 위한 방편이라고 『法華經』은 역설하고 있다. 吉祥 編, 『佛敎大辭典』, 弘法院, 2005. 2141쪽.

40 석가 부처가 깨달음을 얻은 후로부터 열반에 들 때까지를 시기별로 분류한 것이다. 이를 세부적으로 보자면 阿含 12년 동안 苦集滅道의 四聖諦를 주로 설하시고, 方等 8년 동안은 보편 평등한 眞如의 이치를 설하였으며, 般若 20년 동안 一切皆空을 말씀하시고, 마지막 8년간 法華를 설하셨다.

41 출가한 불제자를 가리키는 말로 여기서는 특히 소승을 지칭한다.

42 수행자가 미래에 부처님이 될 것이라고 부처님이 예언하는 것을 지칭함. 『佛敎大辭典』, 1421쪽.

43 我等, 不解方便, 隨宜所說, 初聞佛法, 遇便信受, 思惟取證. (본고에서 인용한 『法華經』 번역은 다음 번역본을 참고하였다. 영남불교대학 교재편찬회, 『法華經』, 좋은 인연, 1999.)

44 聲聞乘 · 緣覺乘 · 菩薩乘이라는 깨달음에 이르는 3가지 실천 방법. 즉 각각의

(權敎)[45]의 가르침을 지칭하는 것인데,『법화경』의 교설에 따르자면 기존의 방편설법은 〈일체중생이 모두 성불할 수 있다〉는 일불승법을 가르치기 위한 수단에 불과한 것이었다. 즉 부처님이 보리수 아래서 정각을 성취하시고 그 후 42년 동안 줄곧 방편으로 인과법을 설하셨으나 이제 그들을 모두 부정하고 일불승 사상을 말씀하시는 것이다. 이 같은『법화경』의 대의는 '화택(火宅)'의 비유를 통해 서술되는데, 그 대략의 요지는 다음과 같다.

① 어떤 나라의 한 고을에 큰 長者가 있었는데, 그의 집은 크고 넓었으나 문은 하나뿐이었다. 일이백 내지 오백의 사람들이 그 집에서 살고 있었는데 집과 누각이 낡았으므로 담장과 벽이 무너지고 떨어졌으며 기둥뿌리는 썩었고 대들보는 기울어져 위험하였는데 갑자기 사방에서 동시에 불이 일어나 그 집을 태우는데 장자의 열, 스물, 혹 서른이나 되는 자식들이 이 집 속에 있었다.

② 장자는 큰불이 사방에서 타오르는 것을 보고 크게 놀라고 두려워하며 이런 생각을 하였다. '나는 이 불타는 집에서 무사히 나올 수 있었지만 자식들은 불타는 집 속에서 즐겁게 노느라 집이 불타고 있는 것도 알지 못하고, 놀라거나 두려워하지 않으며, 불이 곧 몸에 닿아 고통이 심할 텐데 놀라거나 근심하지 않으며 나올 생각도 않는구나.'

사람을 능력, 소질에 맞게 깨달음으로 이끌어 가는 가르침을 '탈것'(乘)에 비유한 것이다.『佛敎大辭典』, 1199-1200쪽.

45 대승의 가르침에 들어가기 위한 방편으로서 부처님이 설하신 임시 가르침을 지칭함. 같은 책, 251쪽.

③ 이에 장자는 이런 생각을 떠올린다. '이 집은 이미 큰불에 타고 있으니 나와 아이들이 만약 이때 나가지 못하면 반드시 불에 타게 되리니 이제 마땅히 **방편**을 써서 자식들로 하여금 이 피해를 면하게 하리라' 그리하여 아버지는 오래전부터 자식들이 좋아하는 羊車, 鹿車, 牛車를 가지고 이들을 유혹하여 말하기를 '이 불타는 집에서 빨리 나오면 그 장난감들을 주겠다'고 하였더니 자식들이 앞을 다투어 불타는 집에서 뛰쳐나왔다.

④ 이윽고 그들이 아버지에게 "아버지가 방금 주시겠다고 하신 양이 끄는 수레, 사슴이 끄는 수레, 소가 끄는 수레를 지금 주십시오" 하니 장자는 아이들에게 평등하게 **白牛車**를 주었다.[46]

여기서 우화에 등장하는 갖가지 비유들의 대략적 의미를 우선적으로 살펴보자. 먼저 낡고 부패하여 무너져가는 저택은 찰나에 파괴되는 우리의 육신과 세계를 상징하며, 열, 스물, 혹 서른의 자식들은 각기 보살승, 연각승, 성문승을 지칭한다. 이들은 깨달음과 수행의 정도가 서로 다르지만 모두 함께 삼계(三界)[47]에 머무르고 있다. 저택을 에워싼 불은 육도(六道) 중생의 탐진치(貪瞋痴) 삼독(三毒)에서 일어나는 업의 결과이며, 집의 사방은 생로병사에 대한 비유이다. 이렇게 보자면 '불타는 집'은 그릇된 욕망에 대한 집착으로 고통받는 '중생'에 대한 비유가 될 수 있고, 넓게는 이들 중생이 살고 있는 '세계'를 지칭할 수도 있다. 그런데 여기서 의미심장한 것은 우화에 등장하는 '일문(一門)'의 함의이다.

46 영남불교대학 교재편찬회, 『法華經』, 111-116쪽 참조.
47 중생이 왕래하고 거주하는 세 가지 미혹한 세계라는 뜻으로 欲界, 色界, 無色界를 지칭함. 『佛教大辭典』, 1159쪽.

「비유품」에 의거하면 장자는 큰불이 타오르는 것을 보고 집에서 빠져나온 연후 여전히 불타는 집에 남아 있는 아이들을 구하고자 노심초사한다.[48] 그런데 그 집에는 단지 **하나의** 문(門)이 있을 뿐이다. 일불승적 관점에서 보자면 이 하나의 문은 중생과 부처가 동일하게 간직하고 있는 자성청정한 마음, 즉 여래장이다. 그런데 이 하나뿐인 문을 미혹하여 일념 망상이 홀연히 생기(生起)하면 거기가 삼계화택이 되고, 그 문을 깨쳐 들어가면 그곳이 바로 열반적정이 되는 것이다. 이제 아버지의 소임은 욕망의 덫에 갇혀 불타는 집에서 죽어가는 자식들을 구하는 것이다. 그런데 중생이 그릇된 욕망으로 인해 이 문을 미혹했으니, 미혹에서 깨침으로 이들을 제도하는 것도 그들의 욕망에 기댈 수밖에 없다. (양거, 녹거, 우거는 그들의 욕망을 자극하기 위한 미끼다!) 즉 말로서 말을 버리는 '인언견언'[49]의 방편을 시설하는 것이다.

한 가지 주목할 것은 우화에서 아버지가 아들에게 제시하는 수레가 동일하지 않다는 것이다. 이를 해석학적 견지에서 보자면 삼승 출세간의 교리가 종국에는 방편에 불과하며, 백우거(白牛車)로 상징되는 일불승의 경지는 세간과 출세간을 공히 벗어나 있음을 암시한다. 즉 '三을 열어 보임'(開三)은 중생의 다양한 업식에 자재(自在)하게 응한 것이며, '一로 귀납되는 것'(顯一)은 진여일심의 측면을 밝힌 것이다. 그렇기 때문에 三을 상호 간에 비교하여 우열고하를 따지는 것은 무의미하며, 방편에 기대어 화택을 벗어나는 것이 요긴할 뿐이다. 이를 비유로서 말하자면 천강 위에 천 개의 달 그림자가

48 문맥상 부처는 삼계를 초월하였으니 문밖에 머무르고 있으나(在門外立), 불타는 집에서 죽어가는 중생을 구제하기 위해 방편으로 집 안에 들어간다(驚入火宅). "재문외립"의 주체는 부처의 根本智이며, "경입화택"의 주체는 後得方便智이다. 즉 實智와 權智를 쌍으로 운행하시는 것이다.

49 『大乘起信論』, 「解釋分」 참조.

강물의 상태에 따라 제각각 다른 모습으로 어리었으나, 정작 천상의 달은 한 치도 제자리를 벗어난 적이 없다. 그렇다면 천 개의 달 그림자는 중생 업식 분별의 소치일 뿐이고, 근본에서는 아무런 구분도 존재하지 않았던 것이 아닌가? 화택의 비유 말미에 등장하는 백우거는 구분이 사라진 '절대 하나'에 대한 문학적 상징이다. 비교가 끊어졌으니 비량적 인식으로 상징의 진의를 가늠하는 것은 여의치 않을 것이고, 그리하여『법화경』의 일불승 사상은 이 지점에서 종교적 믿음의 영역으로 거듭나는 것이다.

3. 루쉰의 '희망'과 장자의 '명(命)'

『외침』의 「자서」와 단편 「고향(故鄕)」(1921)의 후미에는 희망에 대한 작가의 유명한 독백이 등장한다.

> 희망은 미래에 속한 것이므로 그런 건 절대로 없다는 나의 증명으로써 그것이 있을 수 있다는 그의 주장을 깨뜨리기는 불가능하였기 때문이다.[50]

> 생각건대, 희망이란 본시 있는 것이라 할 수도 없고, 없는 것이라 할 수도 없다. 그것은 땅 위의 길과 같은 것이다. 본시 땅 위에는 길이 없다. 걷는 사람이 많으면 그것이 길이 되는 것이다.[51]

50 竹内好 역주, 김정화 옮김,『魯迅文集』I, 11쪽.
51 같은 책, 70쪽.

기실 「광인일기(狂人日記)」에 등장하는 '참사람'(眞人)이나 '아이'(孩子)의 모티프 또한 넓은 의미에서 희망의 또 다른 표현임을 감안할 때, 루쉰 전기 문학을 관통하는 주된 기조가 희망의 상징적 함의를 축으로 이뤄지고 있음을 짐작할 수 있다.

이 문제와 관련하여 기존의 논자들은 다양한 견해를 개진해 왔는데, 대표적으로 왕후이의 경우 '절망(철 방)과 희망이라는 두 대립하는 주제로 형성되는 긴장'을 지적한 연후, 긍정/부정이라는 주관 감각 위에 초연해 있는 진실한 생명 형식으로서의 '걸어감'의 행위와 희망을 연결시킨다.[52] 그런데 앞서 '철 방'의 경우와 마찬가지로 희망에 대한 루쉰 사유의 원형이 『장자』 「제물론」에 등장하고 있음은 흥미롭다.

> 길은 사람이 걸어 다녀서 만들어지고, 物은 사람들이 불러서 그렇게 이름 붙여지게 된 것이다.[53]

주어진 인용문에서 "도행지이성(道行之而成)"의 문장 내 함의는 「제물론」의 전체 종지에 비추어야만 적절히 해석될 수 있는데, 장자가 여기서 지적하는 것은 이름과 실재라는 철학의 핵심 주제와 무관하지 않다. 즉 '물(物)은 그렇게 불렀기 때문에 그렇게 된 것'이며, 그 이름에는 실체가 없다. 그렇다면 왜 이 부분에서 장자는 굳이 언어와 대상 사물 상호 간의 관계성의 문제를 새삼 거론하고 있는가? (장자가 보건대) 인간은 관습적으로 이름에는 반드시 거기에 상응하는 체가 있다고 오인하며[54], 심지어는 말과 이름(名言)에 의거하여 모

52 전형준 엮음, 『루쉰』, 147-151쪽.

53 道行之而成, 物謂之而然.

54 우리는 '절망'에 대비해서 방편으로 '희망'이라는 말을 사용하는데, 그렇게 하

든 것을 판단하고 이로부터 끊임없이 시비논쟁의 빌미를 만들어내기 때문이다. 그리고 뭇 논쟁의 저변에는 〈나〉(ego)라는 생각에 대한 그릇된 집착이 자리하고 있다. (장자 철학에서 '나'는, 나의 생각 속에 존재하는 **이름**이다.) 기실 '제물론'이라는 편제는 '온갖 논쟁(物論)을 없이한다(齊)'는 의미인데, 시비논쟁을 평정하기 위한 장자의 근본적 해법은 '나'가 없음을 자각하는 것이다.[55]

이제 이 같은 무아론적 형이상학의 내용이 '희망'이라는 인간의 실존적 주제와 어떻게 연결되고 있는지는 『장자』「내편」의 의리(義理)를 총괄하는 「대종사(大宗師)」편에서 극명하게 드러난다. 여기서는 「대종사」의 전체 종지에 비추어 장자의 '명'에 대한 함의를 파악하고, 이를 토대로 결론부에서 루쉰의 희망에 대한 해석학적 근거의 지평을 확장하고자 한다.

(1) 「대종사」를 논함

『장자』「내편」의 사상이 집약되어 있는 「대종사」는 우리가 진정으로 섬기고 본받아야 할 위대한 스승이 누구인가를 탐문하고 있으며, 이 문제와 관련하여 장자는 두 가지 요건을 제시한다. 즉 안으로는 성인의 인격을 갖추어야 하고(內聖), 밖으로는 부득이한 현실적 상황이 닥쳐올 때 무심하게 그 상황에 감응(外王)하는 것이다. 더불어 여기서 말하는 내성외왕의 도를 실현하기 위해서는 주관으로서의 마음과 객관인 대상세계가 분리되지 않고 하나로 통합되어야 한

다 보니까 사람들은 '희망'이라는 말에는 실재하는 '희망'이 있다고 생각하게 된다. 이를 불교에서는 名言習氣라고 칭한다.

55 「齊物論」의 전체 구성이 도입부의 '吾喪我'에서 출발하여 결론부인 '莊周蝴蝶夢'의 物化사상으로 이어지고 있는데, 여기서 物化의 근거가 無我에 있음은 말할 필요가 없다.

다. 이것이 장자가 말하는 대종의 이치이며, 일단 이 경지에 도달하면 생사길흉을 여일하게 관조할 수 있다. 「대종사」의 도입부는 이러한 전체 주제를 함축적으로 제시한다. "자연이 운행하는 이치를 알고 사람이 해야 할 바를 아는 사람은 지극한 존재이다."[56]

인용문에서 '자연이 운행하는 이치'(天之所爲)의 함의는 상당히 광범위하다. 가령 사람이 태어나고 죽는 것도 천위(天爲)의 한 부분이며, 나아가 인간의 생각이나 육신도 그 자체로서 자연이다. 이렇게 보자면 '나' 밖에 자연이 별도로 존재함이 아니요, 내가 즉 자연이다. 그렇다면 뒷부분의 '사람이 해야 할 바'(人之所爲)는 무엇인가? 이는 천(天)이 무위(無爲)로 행하는 이치를 알고, 이를 따라 행하는 것을 지칭할 것이다. 즉 여기서 장자가 말하려는 요체는 유위의 근본이 무위이며 지(知)의 궁극이 무지(無知)라는 것이다. 이 같은 가정은 뒷부분에서 보다 명확히 드러난다. "사람이 해야 할 바를 아는 사람은 자기의 지식으로 알고 있는 것을 가지고 자기의 지식으로 알지 못하는 것을 길러서 천수를 다 마쳐 중도에 요절하지 않는다."[57] 그렇게 보자면 장자가 말하고자 하는 '대종'의 이치는 규정적이고 분별적인 행위를 넘어서 '분별하되 분별한 바가 없는' 경지에 도달하는 것이다.

이제 이로부터 인간의 '앎'에 대한 철학적 성찰이 등장한다. 장자에 의거하면 인간이 피해 갈 수 없는 태어남과 죽음의 실존적인 문제도 실상은 앎의 영역을 벗어나지 않는다. 즉 우리는 죽음에 빗대어 태어남을 알고, 삶에 견주어 죽음을 안다. 바꾸어 말하자면 생사존망은 인식의 상대성에 의존하여 조건적으로 성립할 뿐이며, 그 자

56 知天之所爲, 知人之所爲者, 至矣.
57 知人之所爲者, 以其知之所知, 以養其知之所不知, 終其天年而不中道夭者.

체는 독립된 실체가 아니다. 좀 더 구체적으로 논하자면 생사존망은 사유의 대상인 동시에 사유 형식 그 자체가 되는 셈이다. 특히 후자의 경우 차(此)에 의거해서 피(彼)를 인식하고 있으므로 이는 한정된 앎이며 유위의 앎이다.[58] 요약하자면 이들 유위의 앎은 모두 대종의 도리에 위배되는 것으로, 자신의 제한된 앎을 가지고 자신의 알지 못함을 규정하는 것과 흡사하다.

그렇다면 여기서 장자가 정작 역설하고자 하는 것은 무엇인가. 장자의 경우 **모든 이분법적 사고는 그 자체가 스스로의 자기 한계성을 노정하고 있다**고 역설한다. 예를 들어 즐거움을 추구하여 괴로움을 멀리하거나, 생을 좋아해서 사를 혐오함은 그 자체로 모두 망념이다. 그렇기 때문에 중요한 것은 즐거움이 닥치면 즐거움과 하나 되고, 괴로움이 닥치면 괴로움과 하나 되는 것이다. 여기서 '하나'가 된다고 함은 양자가 그 실체 없음을 깨달아 고락생사지간의 차별심을 내지 않음을 의미한다. 결국 무분별심은 무차별상을 만들기 때문에 인간은 비로소 부동(浮動)하는 현실세계에서도 절대적인 소요의 경지를 향수할 수 있다. 진인이 잠들 때는 꿈을 꾸지 않고, 깨어 있을 때는 근심하지 않을 수 있는 근거가 여기에 있다.

실제로 진인에 대한 장자의 설명은 어떤 의미에서는 유사 이래 인간을 괴롭혀온 고통의 근거를 에둘러 설명한 것이기도 하다. 본문에서 '진인의 숨이 발뒤꿈치까지 이르는데, 보통 사람의 숨이 목구멍에서 그친다'[59]고 함은 망상이 과다함을 말하는 것이다. 즉 생각은 집착심을 낳고 그로 인해 잠들 때는 꿈을 통해 망상이 요동치며, 깨

58 '이것'에 대한 앎이 '저것'에 의존하고 있다 함은, 저것으로부터 이것의 의미가 성립됨을 시사한다. 그런데 현상 세계에서 이것의 존재 근거가 되는 '저것'의 내용은 일정하지 않으므로 '이것'의 의미 또한 끊임없이 재규정되는 것이다. 이 같은 한정적 앎은 「大宗師」에서 말하는 진정한 앎(眞知)이 아니다.

59 眞人之息以踵, 衆人之息以喉.

어서는 대상 사물과 끊임없이 부딪치며 시비지심을 내어 호흡이 깊고 편안하지 못하다. 이는 모두가 '허'를 '실'로 오인함에서 비롯되는 것으로, 탐욕의 대상인 육진경계(六塵境界)[60]는 인간이 결단코 소유할 수 없다. 나아가 육신의 태어남과 죽음은 그 자체가 자연의 법칙으로 기뻐하고 슬퍼할 바가 없으나, 인간이 자의적인 〈앎〉을 내어 거기에 호오(好惡)의 감정을 개입시키는 것이다. 유사한 관점에서 장자는 명예에 대한 집착이 물질에 대한 탐욕과 근본에서는 하등 다를 바 없음을 지적하고 있다. 이에 반해 진인은 육진경계에 임시로 우거(寓居)할 뿐이지, 결코 거기에 집착심을 내지 않는다. 대상에 대한 집착심을 내지 않는 한, 수만 가지로 현현한 외부 세계의 모습은 실로 일자(一者)의 자기 분화일 뿐이다. 즉 끊임없이 변화하되 일순간도 변한 바가 없다.

변화 속의 불변이라는 이 같은 명제는 장자 철학의 핵심인 무위사상과 무관하지 않다. 즉 진인은 백성의 마음을 자기 마음으로 삼기 때문에, 백성의 요구에 무심으로 응하여 그들과 함께 동고동락할 뿐이다. 이를 두고 혹자는 진인이 치세에 '힘쓴다'고 평할 수 있겠으나, 실제로 그는 스스로 행한 바가 없다. 오히려 자기의 견해가 없기 때문에 역설적이지만 수만 가지 차별적인 상을 '하나'로 통일할 수 있다. 차별/변화/다름과 평등/불변/같음에 관한 「대종사」의 사상은 아래 구절에서 상징적으로 제시된다.

> 그 때문에 [진인에게는] 좋아하는 것도 하나의 이치며, 좋아하지 않는 것도 하나의 이치다. 하나의 이치도 하나이며, 하나가 아닌 이치도 하나이다. 하나는 하늘과 같은 무리가 되는 것이고, 하나가 아

60 감각의 대상이 되는 외부세계를 지칭함.

> 닌 것은 사람과 같은 무리가 되는 것이다. 하늘과 사람이 서로 충돌하지 않을 때, 이런 사람을 일컬어 진인이라고 한다.[61]

인용문의 내용에 따르면, 진인은 대상사물에 대한 호불호가 없다. 그렇기 때문에 좋아하는 것과 좋아하지 않는 것을 '평등'(一)하게 관조할 수 있다. 그런데 정작 호와 불호의 '차별'(不一)도 한가지로 여긴다고 함은 무슨 뜻인가? 이 말의 함의는 매우 중층적인데, 근본에 있어 평등과 차별의 이치가 서로 다르지 않다는 것이다. 음양동정으로 말하자면 음 속에 양이 있고 양 속에 음이 있으며, 나아가 움직임 속에 고요함이 있고 고요함 속에 움직임이 있다. 그렇기 때문에 움직임을 떠나 고요함을 찾는 것은 그 자체가 분별심의 발로다. 이러한 사유를 거쳐 장자는 "하늘과 사람이 서로 이기지 않을 때 이런 사람을 일러 진인이라고 한다"라고 결론짓는다. 여기서 '천인불상승(天人不相勝)'의 의미는 『주역』으로 말하자면 수시변역(隨時變易)의 논리에 대한 다른 표현이다. 아상이 없으므로 자재하게 대상 사물에 응할 수 있고, 이로 인해 시중의 도리에서 벗어나지 않는다. 요약건대 하나(一)과 여럿(不一)이 서로를 억압하지 않으면서 조화롭게 갈마드는 그것을 장자는 대종의 도로 파악하고 있으며, 신명을 수고롭게 하여 양자를 억지로 통합하고자 하는 제반 행위를 장자는 자연으로부터의 일탈로 간주하는 것이다.

이렇게 보자면 죽고 사는 것은 자연의 이치일 뿐이며, 이는 인간이 인위적으로 관여할 수 있는 부분이 아니다. 좀 더 엄밀히 말해서 죽고 사는 자연의 이치는 생사를 넘어서 있다. 묘유가 진공에서 나

61 故其好之也一, 其弗好之也一. 其一也一, 其不一也一. 其一與天爲徒, 其不一與人爲徒. 天與人, 不相勝也, 是之謂眞人.

오듯이, 삶과 죽음의 근원은 생도 아니며 사도 아니다(非生非死). 그로 인해 "살아 있는 것을 사장시키는 존재는 그 자신이 사멸하지 않으며, 살아 있는 것을 생성하는 존재는 그 자신이 생성되지 않는다."[62] 이 같은 대종의 이치를 알지 못하는 한 인간은 부득불 한정적 존재로 전락한다. 그리하여 장자는 '천하를 천하에 간직하는'(藏天下於天下) 주객합일의 경계를 제안하며, 그러할 때 비로소 인간은 만화(萬化)의 주인이 되어 자연과 함께 노닐 수 있다.

기실 「대종사」에서 장자가 논하고 있는 것은 무위의 세계며 도의 경지이다. 이는 지력으로 배워서 습득할 수 있는 '학문'과는 구분되는 것이나, 굳이 이를 체계적으로 기술하자면 다음의 순서를 따른다. 1. 부묵(副墨) 2. 낙송(洛誦) 3. 첨명(瞻明) 4. 섭허(聶許) 5. 수역(需役) 6. 오구(於謳) 7. 현명(玄冥) 8. 참료(參寥) 9. 의시(疑始) 이상의 아홉 가지 단계를 현대식 개념으로 풀이하자면 (1)문자의 시기; (2)말의 시기; (3)밝게 살피는 시기; (4)귀로 듣는 시기; (5)행함의 시기; (6)즐거움의 시기; (7)깊고 어두운 시기; (8)시비분별이 끊어진 시기; (9)시작을 알 수 없는 시기로 부연 설명해 볼 수 있다. 흥미로운 것은 도의 단계가 시와 비가 분명한 〈문자〉에서 출발하여 종국에는 〈시초를 가늠할 수 없는 경지〉(疑始)에서 끝난다는 것이다. 여기에서 〈의시〉는 있음과 없음의 양 극단을 공히 넘어선 초월적 입장(非有非無)을 지시하며, 따라서 이는 우리의 분별적 사유가 온전히 포섭할 수 있는 경계가 아니다. 바꾸어 말해 장자에서의 도는 '존재론적' 영역이며, 인식의 대상으로 한정될 수 없다. 그렇기 때문에 우리가 도를 어떻게 규정하든, 도는 우리의 개념적 사유를 비껴나 있다.

62 殺生者不死, 生生者不生.

이상의 논의를 통해 장자는 독자들에게 자신이 전하고자 하는 도의 일단(一端)을 비유적으로 제시하였다. 이제 남은 과제는 자신이 규정한 도의 비규정적 실체를 어떠한 식으로 마무리 지을 것인가의 문제이다. 이와 관련하여 장자는 도를 인위적으로 설명하려 하기보다, 대종의 도리를 깨친 여러 인물들을 책의 후미에 등장시키고 있다. 자사(子祀), 자여(子輿), 자리(子犁), 자래(子來), 자상호(子桑戶), 맹자반(孟子反), 자금장(子琴張) 등은 모두 삶과 죽음에 호오의 감정을 내지 않으며, 오히려 죽음을 육체의 굴레로부터의 진정한 해방으로 간주한다. 이들은 서로 간에 사사로운 사귐이 없이 사귀고 말 없음으로 말하니, 정작 그 노니는 경지를 가늠할 도리가 없다. 그로 인해 장자는 이 부분에서 (의도적으로) 공자와 자공을 등장시켜, 유가적 관점에서 이들의 가늠할 수 없는 경계를 간접적으로 서술하고자 한다.[63] 공자의 말을 빌자면 그들은 '예법의 테두리 바깥'(方之外)에서 노니는 자들로, 세간의 법도를 따르는 무리와 소통하는 것은 불가하다.

실제로 자상호가 죽었을 때 자공이 조문하러 가니, 맹자반과 자금장은 거문고를 타며 노래를 부르고 있었다. 자공이 이를 보고 괴이하게 여겨 "시신을 앞에 놓고 노래하는 것이 예(禮)입니까?"라고 묻자, 두 사람은 서로 마주 보고 웃으며 "이 사람이 어찌 예의 본뜻을 알겠는가?"라고 말한다. 이 같은 대화를 통해 장자는 '예'의 근원적 의미가 유가에서 말하는 윤리규범의 협소한 굴레를 넘어서 있음을 시사한다. 예는 구속이라기보다는 오히려 인습의 굴레를 벗어나 대자연과 하나가 되는 것이며, 이는 '물고기가 강과 호수에서 서로

63 '가늠할 수 없는' 경계를 그 자체로서 드러내는 것은 불가능하다. 그렇기 때문에 시비선악의 엄중한 구분을 강조하는 儒家적 입장을 빌려와 진인의 경계를 서술한다. 즉 말과 이름(명언)을 버리기에 앞서, 버리기 위한 말을 차용하는 것이다.

를 잊고'(相忘於江湖) 노니는 것과 동일한 이치이다.[64]

천지자연의 위대한 조화 속에서 인간 실존의 진실된 의미를 탐구해 들어갔던 「대종사」는 자상의 노래로 끝을 맺는다. 자여가 자상의 가난을 걱정하여 그의 집을 방문했을 때 집안에서는 애절한 노랫소리가 들린다. "아버지 탓인가? 어머니 탓인가? 하늘 탓인가? 사람 탓인가?"[65] 그 시의 의미를 묻는 자여에게 자상은 이렇게 읊조린다.

> "나는 누가 나를 이 같은 극한에 이르게 했는지를 생각해 봤지만 알 수가 없었다. 부모님이 어찌 내가 가난하기를 바라셨을 것이며, 하늘은 사사로움 없이 [만물을] 덮어주고, 땅은 사사로움 없이 [만물을] 실어주니, 천지가 어찌 사사로이 나를 가난하게 할 리가 있겠는가? 그래서 나를 이렇게 만든 존재를 찾아보았지만 알 수 없었다. 그러니 내가 이 같은 극한에 이르게 된 것은 운명일 것이다.[66]

여기서 장자가 사용하는 운명(命)은 매우 함축적 의미를 내포하고 있다. 자상이 자신의 평생을 괴롭혀 온 '가난'의 원인을 (이성적

64 흥미로운 것은 공자의 경우 '방지내'와 '방지외'를 매개할 수 있는 인물로 설정되어 있다는 점이다. 만일 본문의 축자적 내용처럼 '테두리 밖과 안이 서로 관여하지 않는다'(外內不相及)면 양자는 도무지 상호 소통할 방도가 없다. 그로 인해 莊子는 외견상 구축된 양자 사이의 구분을 교묘한 방식으로 해체한다. 방외인들의 경우 분명 공자를 비롯한 세속적 인물들이 근접할 수 없는 측면이 있다. 전자가 '조물자와 벗이 되어 천지 사이에서 노닐고 있다면' 공자의 경우 '하늘로부터 천륙을 받아 세속세계에 묶여버린 사람'이다. 그러나 공자는 그러한 사실을 인정하면서도 자공 등 제자들과 더불어 기꺼이 세간에 머무르고자 한다. 그 방도를 묻는 제자의 질문에 공자는 '물고기는 강과 호수 속에서 서로를 잊고, 사람은 도술의 세계에서 서로 잊고 산다'라고 답변한다. 즉 세속의 무거운 짐을 내려버리면(相忘) 그 자리가 바로 천국이니 인간을 떠난 별도의 시공간에서 굳이 도를 추구할 필요가 없다는 의미로 이 구절을 해석해 볼 수 있을 것이다.

65 父邪, 母邪, 天乎, 人乎.

66 吾思夫使我至此極者而不得也. 父母豈欲吾貧哉. 天無私覆, 地無私載, 天地豈私貧我哉. 求其爲之者而不得也. 然而至此極者, 命也夫.

사유를 빌어) 찾아보려 하였건만, 결단코 그 원인을 발견할 수 없다. 즉 부모가 어찌 자식이 가난하기를 바랐을 것이며, 하늘과 땅도 사사로움이 없을 터이니, 사사로이 나만 가난하게 했을 리는 만무하다. 그렇다면 나의 가난은 그 원인이나 뿌리가 없다. 원인이나 뿌리가 없으므로, 그것의 의미를 알고자 하나 실은 무의미하다. 장자는 우리가 지력으로 그 의미와 원인을 규명해 낼 수 없는 것을 〈명〉이라고 했다. 여기서의 명이 우리의 존재론적 본질에 대한 장자 자신의 불가지론적 고백인지, 혹은 무신론적 천명인지는 선뜻 파악하기 어렵다. 그러나 한 가지 분명한 것은 장자가 일련의 문답적 독백을 거쳐 그것을 명이라는 말로 단언해 버린다는 사실이다.

본질이나 궁극적 의미에 대한 영역은 어찌 보면 인간을 가장 옥죄는 것이다. 왜냐하면 그러한 대상/영역에 대한 사유는 기껏 우리의 분별의식에 의해 비롯될 뿐이며, 명을 앎의 세계로 귀속시키는 것은 그 자체로 반자연적이며 대종의 도리에 위배되는 것이다. 물론 장자는 결코 현실에서의 길흉화복이나 빈부귀천의 존재를 부정하지 않았다. 그러나 그에게 중요했던 것은 고양된 경계에서 이들 차별상의 실상을 관조하는 것이었다. 만일 빈부귀천 흥망성쇠라는 현실 세계의 부침과 우리 자신을 동일시하게 되면, 우리는 일순간도 이들 변화로부터 자유로울 수 없다. 그로 인해 장자는 그 변화 속에서 변화하지 않는 대종의 도리에 근거하여 〈나〉를 규정하고자 하였으며, 이는 현상 속의 차별상을 사사로운 조작이나 시비 판단 없이 수용할 때 비로소 가능해지는 것이다. 『장자』 「내편」에서 '내성'의 주제를 총괄하는 「대종사」의 이치가 명으로 귀결되는 것은 어찌 보면 심히 흥미로운 부분이 아닐 수 없다. 내성의 극치는 알 수 없는 명에 대한 전적인 내맡김이며, 이렇게 관조할 때 한계적 인간은 만고의 스승(大宗師)으로 거듭나는 것이다.

4. 하나 된 시간에서 루쉰 다시 읽기

서구 개인주의 사상에 길든 현대인에게 자유보다 존엄한 가치는 없을 것이다. 그러나 정작 자유의 본질을 탐구해 들어가노라면, 근대 자유론과 관련된 모순적 속성을 발견한다. 자본주의 근대 사회에서 자유는 인간의 실존과 관련하여 미묘한 아우라를 만들어 낸다. 자유로운 개인은 자유를 소유하기 위해 전체로부터 분리되어야 하며, 이로부터 스스로(自) 말미암는(由) 존재로 거듭나야 한다. 스스로 자족적이며, 스스로 말미암는 존재로서의 '나'의 딜레마는, 나와 마주한 세계와의 조화로운 공존을 어떻게 성취할 수 있는가의 문제이다. 나의 자유가 집단의 이익과 상충될 때, 나아가 나의 자유가 환경의 파괴로 이어질 때, 과연 그러한 충동을 어떻게 고양된 차원에서 해결할 수 있을 것인가?

엄밀한 의미에서 나의 관점에서 자-타가, 타의 관점에서는 타-자가 된다. 즉 모든 개개의 물상—심지어 자연이나 사물의 경우에도—은 그 자체로 고유한 '나'가 되는 셈이다. (우리가 '그것'으로 호명하는 바위도, 그 자체의 관점에서는 '나'이다.) 그렇기 때문에 자유를 인권의 차원에서 거론하게 되면 필연적인 충돌이 발생할 수밖에 없을 것이고, 이로 인해 자유는 타자 혹은 사회와의 합리적 계약에 의거해서 영위될 수밖에 없다. 이로 인해 자유의 영역은 항상 '~으로부터'의 자유로 축소되고 만다. 그러나 여전히 문제의 본질은 해소되지 않은 채 남아 있다. 즉 무수히 존재하는 개별적 자유들 상호 간의 조화로운 공존을 어떻게 실현할 수 있을 것인가?

그런데 문제의 본질을 자세히 들여다보면 자유와 관련된 제반 이념적 문제가 실상은 개인의 문제로부터 파생되고 있음을 감지할 수 있다. 결국 자유는 세계로부터 나를 보호하기 위한 이념적 울타리가 아닌가. 즉 자유라는 개념으로부터 개인이 성립되기보다, '개인의 발견'과 더불어 자유의 개념이 대두된다고 보는 것이 논리상 합당할 것이다. 그러나 과연 자유의 개념이 귀속되는〈나〉는 견고한 실체인가? 만일 자유가 지고의 선이라면 자유로운 근대 개인은 과연 지락의 존재인가? 오히려 근대로 이행하면서 인간관계는 점점 사물화되고, 소외, 불안, 동요, 좌절 등 여러 전형적인 근대적 증후군이 발생하지 않는가? 사정이 그럴진대 이 같은 인간 실존의 문제와 관련하여 전술한 莊子의 사유가 여하히 '탈'현대적 전망을 도출해 내기 위한 대안담론으로 새롭게 자리매김할 수 있을 것인가.

전통으로 현대를 읽겠다는 취지로 출발한 본고는 루쉰의 전기문학을 '전통'의 시각에서 사유할 수 있는 단초를 모색하는 작업으로 귀결되었다. (물론 이 같은 논지가 루쉰 속에 드리워진 서구 현대성의 그림자를 부인하는 주장으로 확대 해석될 필요는 없다.) 가령 「자서」에 등장하는 '철 방'의 메타포를 '화택'의 비유와 상호텍스트적으로 읽을 때 우리는 양자에 균일하게 작동되는〈방편〉의 개념에 주목하게 된다. 부처가 불타는 집에서 죽어가는 중생을 구제하기 위해 제시한 양거-녹거-우거의 삼승 방편이, 루쉰에게서는 사상-혁명-문학이라는 구국의 세 가지의 측면으로 체현되어 나타났는지 모른다. 그런데 「비유품」이 말하고자 하는 것은 방편의 차이가 방편 자체에 있지 않고, 중생의 업식 분별에 속해 있다는 것이다. 이제 법화회상에서 불현듯 부처는 세 개의 수레를 모두 잊어버리고 하나의 백우거를 직시하라고 단언한다. 그러나 이 말을 『법화경』의 심층적 함의에 빗대어 주의 깊게 사유해 보자면, 화택에서 아버지가 아들에게 제시했던 세 개의 방편은 그 자체로 이미 하나의 '백우거'였다. 단지 '열, 스물, 서른'의 자식들이 자기의 근기에 의거하여 세 가지 다른 수레로 보았을 뿐이다.

화택 속 아들의 경우처럼 루쉰의 현대성—나아가 중국의 현대성—을 논할 때 우리는 항시 구분과 차이에 주목한다. 사조, 장르, 유파, 시간, 공간, 이념의 左와 右, 그리고 심지어 젠더적 구분에 이르기까지 작금의 현대문학 연구는 '차이'의 정치학에 대한 성실한 하수인의 역할을 자임하고 있다. (혹은 의식적이든 무의식적으로 우리는 우리를 에워싼 세계 속에서 '차이'를 보는 〈눈〉에 길들어 있다.) 그러나 화택의 비유나 장자의 논의를 따르자면 구분의 실재적 근거가 (대상 사물이 아닌) 나의 주관 인식에 속해 있으며, 나아가 양자는 공히 그 구분의 근거가 사실은 **근거 없음**을 역설하고 있지 않은가? 그럼에도 불구하고 인식론적 전환이 일어나지 않는 이상 우리는 방편의 차이가 필경 차이 없음을 드러내기 위한 방편임을 자각할 수 없다. 흥미로운 것은 마오저둥(毛澤東)이 루쉰을 가리켜 '위대한 문학인이며, 또한 위대한 사상가이자 혁명가'라고 규정한 경우조차 삼자(三者) 간의 구분은 이미 전제되었다. 그러나 엄밀히 말해 위대한 문학으로서 위대한 사상이 아니며, 위대한 사상으로서 혁명적이 아닌 그 어떤 것을 생각해 낼 수 있는가? 루쉰의 철 방과 「비유품」의 화택을 오버랩시키면서 우리는 혹여 루쉰의 여러 문학적 실험을 '방편'의 관점에서 접근해 들어갈 수 있는 근거를 마련할 수는 없는가? 그리하여 대종의 논리처럼 수만 가지 다른 루쉰에서 〈하나〉의 루쉰으로 자재하게 내왕할 수 있는 그 문을 발견할 수는 없을 것인가?

여기서 잠시 루쉰의 철 방을 「비유품」의 화택과 도식적으로 비교해 보자. 적어도 외형적으로 보자면 루쉰의 철 방은 화택에 비해 훨씬 절망적이다. 그 철로 된 방은 '밀폐'되어 있으며, 창문은 '하나도 없고' 절대로 그 방을 '부술 수도 없다.' 그리고 좀 더 본질적으로는 '큰소리로 외쳐 다소 의식이 뚜렷한 몇 사람을 깨울 수 있으리라'는 그(루쉰)가 지금 불타는 철 방에서 벗어나 있는지 알 수 없다. 「비유품」의 우화에서 부처는 삼계 화택을 벗어났기에 역설적이지만 불 속에서 몸을 나투어 중생을 제도할 수 있었다. 그러나 「자서」의 저자는 분명 자기가 만든 '철 방'에 갇혀, 그 속에 잠들어 있는 무리들과 **함께** 서서히 죽어가고 있다. 단지 그는 자신이 죽어가고 있음을 무리보다 먼저 **알고** 있었을 따름이다. 이 같은 논의를 거쳐 우리는 루쉰의 진실한 방편이 엄밀한 의미에서 자신(존재)이며[67], **루쉰의 존재 전체가 방편이 된다**는 가설을 수립해 볼 수 있다.[68] 그렇지만 루쉰이라는 방편을 통해 〈그(He)〉가 궁극적으로 드러낼 '백우거'의 아우라를 우리는 상상할 수 없다. 단지 이 상상할 수 없음으로 인해 우리는 비로소 루쉰의 철 방과 희망이 「대종사」의 명과 조우하는 지점을 어렴풋이 발견한다.

루쉰에게 희망이란 「대종사」의 이치에 비추어 보자면 '절망'에 대한 의미론적 반테제로 규정될 수 있는 '무엇'이 아니다. 희망이 '길'과 같은 것이고 길은 걸어감으로써 생겨나는 것이라면, 그것에 대한 절대 긍정이나 절대부정은 모두 부적절한 것이다. 기실 장자가 지적하고자 했던 것은 희망을 실체로 둔갑시켜버리는 인간의 개념적 사유였던 것이다. 가령 희망의 긍정이 과도한 유토피아적 전망으로 민중을 현혹할 수 있다면, 희망의 부정은 퇴폐적 허무주의로 민중을 몰아갈 수 있다. 양자는 그 드러난 외양이 다르나 내용인즉 동일하게 도그마(dogma)화 된 사유의 결과다. 그렇기 때문에 루쉰의 '희망' 담론을 장자적 사유와 등치시켜 풀어내자면, 철 방의 적막 속

67 헤겔은 아마도 이를 '역사의 간지'라고 불렀을 것이다.

68 「'墓'의 후기」에는 이 같은 사유의 일단이 잘 드러난다. "남의 길라잡이를 한다는 것은, 이것은 더욱더 쉬운 일이 아니다. 왜냐하면 나 자신 어디로 갈 것인가 짐작이 서질 않기 때문이다…문제는 여기에서 그곳으로 가는 길에 있다. 물론 길은 한 가닥은 아니다. 그 어느 것이 좋은가 하는 긴요한 일은 그러나 나로서는 알 수 없는 일이다." 竹內好 역주, 한무희 옮김, 『魯迅文集』 IV, 54쪽.

에서 죽어가는 민중에게는 그들에게 생기를 불어넣을 '외침'이 희망이요, 물에 빠진 개에게는 '몽둥이'[69]가 희망이다. 그러나 외침도 몽둥이도 그 내막은 방편일 뿐이다. 사람들은 끊임없이 루쉰의 '외침' 속에서 고독한 사상가의 궤적을, 그의 '몽둥이'로부터 혁명적 전사의 모습을 발견하고자 한다. 그러나 외침도 몽둥이도 공히 그 실체가 없다. 이것이 석가 부처가 말한 중도(中道)의 참의미다.

현대성 논의가 '현대'의 문학(문화)적 현상에 대한 기계론적 기술 이상의 어떤 철학적 성찰로 승화되기 위해서는, 전통에서 분리되지 않은 현대, 현대에 안주하지 않는 현대로서의 현대성 논의가 전제되어야 할 것이다. 이런 관점에서 루쉰은 동아시아의 새로운 현대성을 수립해 내기 위한 유리한 고지다. 그러나 루쉰의 텍스트에서 무엇을/어떻게 읽어낼 것인가는 여전히 연구자의 몫이다. (법화회상 이전의 사리불은 부처님의 대승법문을 소승의 교리로 '믿고' '받아들이지' 않았던가?) 이제 루쉰 서거 100년을 바라보는 지금 중국이 (혹은 우리가) 과연 그의 방편에 힘입어 서구 현대성의 '불타는 집'에서 빠져나올 수 있었던지 생각해 볼 일이다. 혹은 지금의 시점에서 우리에게 필요한 방편은 무엇인가? 만일 우리의 세계 인식이 여전히 현대와 전통, 서양과 동양, 신과 구의 이항대립적 논리에 기대어 이뤄지고 있다면, 그리하여 이로부터 존재의 본질에 대한 심각한 비틀림이 만연하고 있다면, 이제는 〈전통〉에 진지하게 다가가지 않으면 안 된다. 물론 그때의 전통은 현대의 타자가 아닌, 하나 된 시간 속에 현대와 함께 공존하는 전통이다. 그 전통이라는 방편에 기대어 일단은 불타는 집에서 빠져나오고 볼 일이다.

69 「페어플레이는 아직 이르다」를 자세히 읽어보면 루쉰의 '페어'가 내심 權道의 속성을 역설적으로 드러내고 있음을 알 수 있다. 『魯迅文集』 III, 190-197쪽.

제10장

「광인일기」 소고

시간에 대한 무수한 철학적 성찰에도 불구하고 우리에게 이 주제는 여전히 모호한 형태로 남아 있다. 이는 흡사 〈내가 누구인가〉라는 실존적 물음과도 유사하다. 이 질문이 제기되지 않는 한 나는 '세계 속'에 던져진 채로 존재함에 하등의 문제가 없다.[70] 그러나 일단 지적 호기심이 발동하는 순간부터 나는 점점 더 관념의 미로 속으로 빠져든다. 혹자는 급기야 자서전의 형식을 빌려 '나'의 내면을 탐구해 보기도 하겠지만, 이는 엄밀히 내 심령이 분절되는 과정에 불과하다. 〈나〉 속에 어찌 관찰하는 주관과 관찰되는 대상이 공존할 수 있겠는가. 이로 인해 자서전적 글쓰기는 급기야 나를 더욱 오리무중의 인물로 만들어 버릴 뿐이다.

본서가 다루고자 하는 전통과 현대의 문제도 이와 흡사하다. 무엇보다 도무지 그 실체와 속성을 가늠조차 할 수 없는 시간이란 대

70 불교적 논리로 말하자면 세계는 내 마음의 드러난 모습으로서의 세계이다.

상을 자의적으로 양분하여 거기에 전통-현대의 명칭을 붙이는 것이 학적으로 무슨 가치가 있겠는가? 그런데 이 같은 문제의식이 어떤 의미에서 본서의 집필을 촉발하게 되었다. 기본적으로 이 책에서 사용되는 전통-현대 등의 개념은 사실 시간성을 지시하기보다 가치론적 함의를 담보하는 개념이다.[71] 그리하여 본서가 전통-현대의 개념을 사용하는 경우조차 그 의도는 임의로 쪼개진 두 개의 시간을 온전한 '하나'로 복원하기 위한 방편일 따름이다. 한편, 전통과 현대라는 (시간) 개념의 상호 분절과 결합이 문학적으로 절묘하게 겹쳐진 지점을 드러내기 위해 필자는 부득불 루쉰의 필력에 의존한다. 물론 루쉰에 대한 본서에서의 제반 담론은 그 의도가 루쉰 너머에 있다. 말하자면 루쉰은 '정야장천(靜夜長天)'에 달을 가리키는(指月) '손가락'인 셈이다.

루쉰(魯迅 1881-1936)

본명은 주수인(周樹人)이며, 필명으로 魯迅, 巴人 등
절강성(浙江省) 소흥(紹興)에서 출생
남경수사학당(南京水師學堂)과 강남육사학당(江南陸師學堂)수학
1902년 국비유학생으로 선발되어
일본의 센다이(仙台) 의학전문학교에서 의학을 공부
1906년 의학을 포기하고 문학으로 전향
친구들과 문예지『新生』을 출판하려다 실패

71 물론 '시간(성)'과 '가치'는 엄밀히 상호 분리될 수 있는 개념이 아니다. 왜냐하면 하나의 시간은 개개인의 다양한 '관점'—불교적으로는 망상 분별심—에 의해 상이한 시간들로 분할될 것이고, 이 상이한 시간들은 그 시간을 분할하는 (망상) 주체의 가치를 반영하기 때문이다.

1909년　귀국 후 1918년 중국 최초의 현대소설「광인일기」발표
1920년　이후부터 북경대학, 북경사범대학 등에서 강의
1930년　좌련(左聯)의 영수로 추대되어 문학운동을 계속
1936년　卒

상기 문장은 중국현대문학사에서 우리가 쉽게 접할 수 있을 법한 작가에 대한 서술이다. 그런데 언뜻 보기에도 굴곡진 작가의 인생 역정에서 그의 전반기 삶을 관통하는 어떤 '정신' 같은 것이 직감적으로 감지된다. 만일 그 핵심 개념을 사후적으로 발굴해 내는 것이 여의하다면 이를 통해 **루쉰에 대한** 한 편의 이야기를 재구성해 보는 것도 가능하지 않겠는가.『외침』「자서」를 보면 루쉰은 자신이 의과대학에 진학하게 된 동기가 중국 전통 의학에 대한 환멸에서 비롯되었다고 회고한다. 당시 그는 병든 중국인을 치료하는 의사가 되기를 희망하였으며 이를 위해 센다이 의과대학에 진학한다. 그러나 수업 시간 중 러시아군 첩자 노릇을 한 건장한 중국인이 일본군에 의해 처형당하는 장면을 우연히 보게 되고, 이를 계기로 의사의 꿈을 접는다.(이것이 그 유명한 '환등기' 사건이다.) 그 후 그는 중국인의 '영혼'을 고치는 의사가 되고자 작가의 길로 들어선다. 물론 초창기부터 루쉰의 문학 활동이 순조로운 것만은 아니었다. 기실 그는 주변의 완전한 무관심에 봉착하면서 극도의 좌절감에 빠진다. 이 시기를 루쉰은 서정적 필체로 그려내고 있다.

> 모든 사람의 주장은 찬성을 얻게 되면 전진을 촉구하고, 반대를 받게 되면 분발심을 촉구하게 된다. 그러나 낯모르는 사람들 사이에서 외친 뜻이 상대방에게 아무런 반응을 불러일으키지 못하는 경우, 찬성도 아니고 반대도 아닌 경우 … 이는 얼마나 슬픈 일인가. 그래서

나는 내가 느낀 바를 적막이라 이름 하였다.[72]

그 후 그가 '적막'의 환영을 걷어내고 다시 붓을 잡는 데는 알다시피 친구 첸셴퉁의 권유가 있었다. 당시의 상황은 루쉰이 '철 방의 외침'이란 비유를 통해 극적으로 서술한 바 있다. 그런데 여기서 필자가 주목하고 싶은 것은 '외침'이 내포하고 있는 함의이다. 만일 철 방 비유의 의미를 다소 고지식하게 해석해 본다면, 루쉰에게 중요한 것은 외침의 내용이 아니라 외침을 통해 잠든 중국인을 깨우는 일이었을 것이다. 물론 잠든 자가 고함에 놀라 깨어난다고 할지라도 그들이 굳게 닫힌 철 방을 부순다는 보장은 없다. 그러나 이는 차후의 문제이다. 우선은 잠든 자들로 하여금 그들이 죽어가고 있음을 일깨워 줘야 한다.

그런데 루쉰의 이 대목은 『법화경』 「비유품」에 등장하는 '화택'의 비유와 상호텍스트적으로 읽어나가면 그 의미가 훨씬 더 선명해진다.[73] 『법화경』에 등장하는 양거-우거-녹거가 근본에는 중생을 삼계의 화택에서 제도하기 위한 석가 부처의 방편이었던 것처럼, 루쉰에게도 '외침'이란 본질상 잠든 자를 깨우기 위한 방편이었을 것이다. 그런데 방편의 의미는 말 자체에 있지 않다. 그렇기 때문에 우리는 어쩌면 루쉰의 글을 읽으면서 동시적으로 그의 **글 너머**를 끊임없이 보아 낼 수 있어야 할 것이다.

알다시피 언어의 용처(用處)는 이를 매개로 하여 사람과 사람이 실답게 소통하는 것이다. 그러나 '갑'이 말한 것이 '을'에게 아무런 의미를 전달하지 못한다면 이는 필경 맥베스의 독백처럼 '소음과

72 竹內好 역주, 김정화 옮김, 『魯迅文集』 I, 9쪽.
73 「魯迅 문학 속의 老莊과 佛敎」(9장) 참조.

분노로 가득 차 있지만 아무것도 의미하지 않는 이야기' 같은 것이 되지 않겠는가. 그런데 필자의 입장에서는 언어적 기표의 무의미성이 별반 문제가 되지 않는다. 오히려 이를 통해 우리는 루쉰 문학의 본질에 좀 더 가까이 다가설 수 있을지 모른다. 이것이 본고가 주목하고자 하는 방편적 글쓰기의 중층적 함의이다.

권도(權道) : 저울의 눈금은 움직인 바 없이 움직인다

중국현대문학사에서 「광인일기」는 대체로 반봉건·반전통 사상을 고취한 작품으로 읽혀 왔다. 실제로 작품의 주인공인 광인은 마을 사람들이 자신을 잡아먹을 것이라는 망상에 사로잡혀 있다. 물론 여기서 '사람을 잡아먹는다'는 식인주의는 표면상 금욕적 유가 전통에 대한 비유이다. 그런데 작가가 작품에서 언급하고 있듯이 '사람에게 잡아먹히는' 것과 '사람을 잡아먹는' 사태가 사실상 서로 겹쳐져 있다. 이로부터 작품은 새로운 국면으로 접어든다. 작품의 후반부에서 광인은 스스로가 이미 식인의 전통에 발 담고 있음을 자각하게 되고, 이로 인해 새로운 메시아의 출현을 요청하게 된다. 말하자면 소경이 소경을 인도할 수 없는 노릇이니 식인의 전통에서 자유로운 '진인'의 등장을 외치는 것이다. 그런데 일기의 결말이 특이하다.

> 인간을 먹은 일이 없는 아이가 아직 있는지 모르겠다. 아이를 구하라.[74]

74 竹內好 역주, 김정화 옮김, 『魯迅文集』 I, 23쪽.

여기서 '인간을 먹은 일이 없는 아이'는 진인의 다른 이름이다. 즉 엄밀한 의미에서 루쉰이 역설하는 것은 아이가 아니라 인간을 먹은 일이 없는 **참사람**이다. 이 같은 가정을 방증하듯 전 단락에서 루쉰은 광인과 마을 사람을 대비시키면서 반복적으로 개심을 말하고 있다.

> 너희들, 개심하는 게 좋다. 진심으로 개심하는 게 좋다. 알았나, 머지않아 인간을 먹은 인간은 이 세상에 있을 수 없게 된다. 살아갈 수 없게 되는 거야 … 너희들, 만일 개심하지 않으면 자기 자신도 먹혀버린다 … 너희들, 지금 곧 개심하라. 진심으로 개심하라. 알겠는가, 머지않아 인간을 먹는 인간은 이 세상에 있을 수 없게 된단 말이다.[75]

그런데 개심을 종교적으로 말하자면 회개가 아닌가. 회개란 죄를 뉘우침으로 인해 죄가 소멸됨이다. 그런데 이론상 죄인인 나와 개심한 나는 둘인가 하나인가. 나아가 개심을 역설하는 광인과 그를 에워싼 마을 사람은 같은 무리인가, 다른 무리인가. 이와 관련해 루쉰은 공교롭게도 앞 단락에서 피해자와 가해자의 상호 겹쳐짐을 언급했다. 관건은 죄가 우리의 순수한 본성에서 태어난 적자라는 사실이다. 달리 말해 우리의 죄성(罪性)이 자성청정한 마음

75 같은 책, 22쪽. 사실 위의 인용문은 예수님이 광야에서 마귀의 유혹을 물리치고 첫 전도를 시작하시면서 "회개하라, 천국이 가까이 왔느니라"(마태복음 4:17)라는 하신 말씀과 묘한 겹침이 있다. 이 구절에 대한 다소의 해석학적 차이가 있겠으나, 필자는 '회개'를 하나님과의 단절된 상태가 회복되고 이를 통해 종국에는 하나님과 하나 되는 〈대사건〉으로 해석한다. 그렇게 보자면 '惡'의 저편에 '善'이 별도로 존재하는 것이 아니라, 악을 돌이키는 자리에서 '선'을 이루는 것이다. 같은 논리로 루쉰이 추구하는 '진인/아이'도 결코 식인전통의 바깥에서 도래하는 것이 아니다. 이렇게 보자면 '개심'을 통해 식인을 진인으로 바꾸고자 한 것이 결국 「광인일기」의 근본 종지가 아니었겠는가.

을 떠나 별도로 있는 것이 아니다. 「광인일기」는 '아이를 구하라'는 처절한 외침으로 끝난다. 그런데 누가 아이를 구하는가? 광인이? 마을 사람이? 만일 아이가 메시아에 대한 루쉰적 비유라면 메시아가 인간을 구하는 것이 아니라, (죄인인) 인간이 메시아를 구한다는 말인가?

만법귀일 · 일귀하처(萬法歸一 · 一歸何處)

『주역』의 중천건 괘와 중지곤 괘는 광활한 역(易)의 세계로 들어가는 문(門)이다. 특히 건괘는 여섯 양 효를 통해 형이상학적 우주론의 뼈대를 제시한다.[76] 아래에서 중천건괘 육효의 효사를 간략히 살펴보자.

> 초구 잠겨 있는 용이다. 행동하지 마라. 양이 아래에 있다.
> 구이 나타난 용이 밭에 있다. 대인을 봄이 이롭다.
> 구삼 군자는 종일 열심히 일하며, 저녁에는 두려운 듯 반성한다.
> 위태로우나 허물이 없다.
> 구사 어쩌다가 뛰려고 시도해 보지만, 여전히 못에 머물러 있다.
> 구오 나는 용이 하늘에 있다. 대인을 봄이 이롭다.
> 상구 교만한 용이 후회가 있다.
> 용구(모든 효가 양일 때) 뭇 용을 보되 머리함이 없으면 길하다[77]

76 이와 관련해서는 본서의 제2부 「주역의 우주론」 참조.

77 初九 潛龍 勿用. 九二 見龍在田 利見大人. 九三 君子終日乾乾 夕惕若 厲 无咎. 九四 或躍在淵 无咎. 九五 飛龍在天 利見大人. 上九 亢龍 有悔. 用九 見羣龍 无首 吉.

인용한 초구에서 상구까지의 효사는 시간성의 관점에서 보자면 잠룡, 현룡, 비룡, 항룡의 형태로 발전해 나가는 모습을 형상화한 것이다. 그런데 알다시피 『주역』에서 시간과 공간은 비분리적이다. 그렇다면 시간적 발전의 상이한 단계는 공간 개념에 의해 수렴되어야 한다. 달리 말해 초구의 잠룡과 구오의 비룡이 외형적으로는 두 개의 상호 분리된 사태이나, 하나의 공간 개념으로 수렴시켜 보자면 **잠룡 속에 이미 비룡의 계기가 잠장돼 있음**을 전제하지 않으면 안 될 것이다. (이것이 『주역』의 관계론적 사유의 중요한 속성이기도 하다.) 즉 잠룡을 떠나 비룡이 따로 존재하는 것이 아니라, 어찌 보면 잠룡할 때 잠룡하는 그것이 바로 비룡하는 것이다. 이러한 관점에서 육효를 궁리해 들어가노라면 궁극에서 '항룡'을 만난다. 항룡은 '뉘우칠 일이 있다'고 했다. 그런데 항룡은 중천건괘의 끝인가?

『주역』은 무시무종을 말한다. 즉 끝도 없고 시작도 없이 그냥 모든 것이 하나의 시간으로 이어질 뿐이다. 이로부터 구삼은 "천행건 구자이자강불식(天行健 君子以自彊不息)"을 말하고 있다. 그렇다면 '항룡유회'에서 '후회'의 의미는 무엇인가? 필자가 보건대 항룡의 '유회'는 어떤 의미에서 광인의 '개심'과 맞닿아 있다. (「주역계사전」에서는 '움직여서 허물이 없음은 뉘우침에 있다'[78]고 하였는데, 그렇게 보자면 수신의 근본이 '회(悔)'가 되는 셈이다.) 그렇게 보자면 항룡의 유회는 결코 부정적인 것만이 아니다. 어찌 보면 식인주의와의 한판 진검 승부에서 망상 분별심을 조복받은 진인이 불도를 성취하고 하산하는 순간이다. 그리하여 어디로 향하는가? 식인의 사회로 다시 회향해 들어가야 한다. 유사한 맥락에서 십우도

78 震无咎者, 存乎悔.

(十牛圖)의 제십도(第十圖)는 원만각(圓滿覺)을 성취한 부처가 중생을 제도하기 위해 다시 저잣거리에 몸을 나툰 정경을 묘사한다. 북송(北宋) 때 곽암(廓庵) 선사는 이를 '입전수수(入廛垂手)'라 제목 지었다.

[立廛垂手]

「광인일기」는 액자소설 형식으로 구성돼 있다. 그로 인해 작품에는 두 개의 결말이 공존한다. 하나는 본문에 해당하는 일기의 결말이고, 다른 하나는 작품 전체의 결말이다. 문제는 두 개의 결말 간에 의미론적 연결 고리를 찾아내는 일이다. 과거 많은 비평가들은 광인이 회복하여 모지(某地)의 관리로 부임하는 내용을 두고 광인과 식인사회와의 어정쩡한 타협(혹은 봉건사회로의 광인의 회귀)라는 측면에서 이 부분을 읽어 내었다. 그런데 앞서 중천건괘의 상구에 대한 해석을 상기해 본다면 광인이 글자 그대로 '회복'하여 다시 중생계로 나아가는 것은 전혀 어색한 결말이 아니다. 기실 「광인일기」의 서문은 작품 전체로 보자면 끝이면서 시작이기도 하다. 『주역』의 문왕팔괘도로 논하자면 서문은 동북방의 칠간산(七艮山)에 비견되는데, 「설괘전(說卦傳)」의 서술에 의거하면 이 자리는 "성종성시(成終成始)" 하는 자리이며[79], 오행으로 논하자면 토극수(土克水)하고 목극토(木克土)하는 자리이다.(아래 그림 참조) 결국 앞서 항룡유회

에 대한 해석처럼 이는 '시종(始終)'이 아닌 '종시(終始)'의 논리로 이해하는 것이 합당하다.[80]

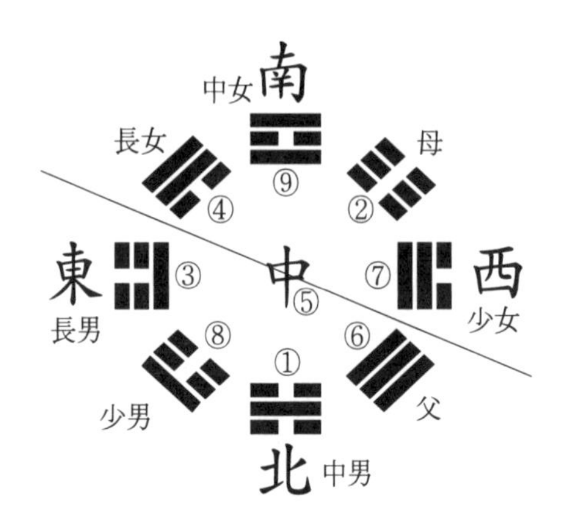

[문왕팔괘도]

「광인일기」에는 의미상 세 부류의 인물이 등장한다. 첫째는 철 방에서 잠들어 있는 '마을 사람'이고, 둘째는 우연히 잠에서 깨어난 '광인'이며, 셋째는 피해망상증에서 회복하여 지방의 관리로 부임한 일기의 '화자'이다. 그런데 삼자는 묘하게도 상호 부정의 관계로 연결된다. 즉 마을 사람의 부정이 광인이라면, 그 광인이 다시 부정된 것이 서문에 등장하는 '병이 나아 모지에 후보로 부임한' 〈그〉이다. 이를 불교적 맥락에서 보자면 공가중(空假中) 삼제원융(三諦圓融)의 논리와 흡사하다. 즉 ①사물이 실제로 존재하지 않는다는 '공'의 논리에서, ②사물이 거짓으로 존재한다는 '가'의 논리로 진행한

79 艮, 東北之卦也, 萬物之所成終而所成始也, 故, 曰成言乎艮.

80 물론 기존의 해석처럼 회복된 광인을 '민중계몽의 한계'라는 측면에서 읽어낸다 할지라도 본고의 가설을 수정할 필요는 없을 것이다. 루쉰의 근본 의도는 식인주의와의 싸움이 여전히 미완의 기획으로 남아 있음을 독자들로 하여금 각성케 하려는 것이다.

연후, ③공과 가를 모두 부정하고 양변 어디에도 머물지 않는 '중'의 경지가 그것이다. 바꾸어 말하자면 '상구보리(上求菩提)'로서의 체가 '하화중생(下化衆生)'으로서의 용으로 발현되는 것이다. 즉 체용이 불이(不異)며 불일(不一)이다.

어찌 보면 이런 맥락에서 루쉰은 '아이를 구하라'고 촉구하고 있다. 역설적이지만 「광인일기」의 이 구절에서 '아이를 구하는 자'와 '구해지는 아이'는 둘이면서 둘이 아니다. 좀 더 상상력을 동원해 본다면 루쉰이 말한 '아이'가 실은 무명으로 가려진 우리의 진여일심을 회복하는 시각(始覺)의 순간이 아니라고 어찌 단언할 수 있겠는가? 혹은 음의 기운이 천지를 뒤덮고 있을 때 땅속 깊은 곳에서 미동하는 그 '일양'을 회복하고자 하는 지뢰복(䷗ 地雷復)의 형국이 아니라고 어찌 말할 수 있겠는가?[81] 기실 광인의 일기는 '달'의 심상과 더불어 전개되며, 알다시피 달(太陰)은 음이 극한 형국이 형상화되어 나타난 것이다.

유사한 논리로서 만일 루쉰이 사용하는 철로 만든 방이 '나'의 암울한 심령에 대한 알레고리적 비유라면, 불타는 방에서 죽어가는 '잠든 자'들도 결국 '나'의 다른 모습일 수밖에 없다. 여기서 루쉰의 딜레마는 가해자와 피해자, 아이를 구하는 자와 구해지는 아이의 겹

81 地雷復의 괘상이 '一陽始生'의 형국을 보여주고 있다면, 重水坎 卦의 육사는 보다 구체적으로 중생을 어둠에서 제도할 수 있는 방도를 제시한다. "육사는 동이술과 대그릇 둘을, 질그릇에 쓰고, 간략하게 들이되, **바라지 창문**으로부터 하면, 마침내 허물이 없으리라." (六四 樽酒 簋貳 用缶 納約自牖 終无咎) 여기서 '바라지 창문'은 중생을 미혹에서 건져내기 위한 개별화된 방편 처방이다. 즉 모든 중생이 자신의 심령 속에 良知를 간직하고 있지만, 양지로 진입하는 경로는 제각기 다르다. 따라서 계몽의 과업이 효율적으로 이뤄지기 위해서는 방편설법이 불가피하다. 어찌 보면 '계몽'이 정형화된 주의나 주장으로 고착화될수록 계몽 주체와 대상 간의 간극이 깊어질 공산이 크다. 오사 신문화 운동이 시간의 추이와 더불어 당초의 사회 개혁적 목적의식에서 이탈하여 점차 작가들의 미학적 침잠으로 이어지게 된 것도 이러한 연고와 무관하지 않을 것이다.

쳐져 있음을 자각하는 순간이다. 그러나 방편으로서의 '文'의 개념이 빛을 발할 수 있는 것도 바로 이 대목에서이다.

가해자와 피해자, 광인과 정상인은 하나가 둘로 갈라진 것이며, 나는 나의 반쪽과 마주하고 있을 따름이다. 설령 현실에서 양자가 자와 타, 전통과 현대 등 대립의 모습으로 존재한다 할지라도 둘은 연기법으로 논하자면 고정된 체가 없다. 단지 중요한 것은 권도를 발휘하여 한쪽으로의 치우침에서 중도를 회복하는 것이다. 그리하여 전통의 환영에 중생이 함몰돼 있을 때는 반전통의 구호로 깨울 것이며, 개인주의의 환영에 빠져 있을 때는 계급의 이름으로 깨울 것이다. 그렇지만 방편은 그 자체가 의미를 담고 있지 않다.

지월록(指月錄)으로 읽는 「광인일기」

루쉰의 다른 작품이 그러하듯 「광인일기」 또한 작가 특유의 아이러니적 기법이 두드러진다. 인의도덕이 뒤집혀 식인이 되고, 정상적인 마을 사람이 뒤집혀 광인이 되며, 광인은 뒤집혀 선각자가 된다. 그런데 이러한 뒤집힘이 가능한 것도 만물이 본시 정해진 '체'가 없기 때문이다. 그로 인해 봉건 사회의 피해자는 일순간 가해자가 될 수 있다. (그 역도 성립한다.) 어떤 의미에서 광인일기의 '식인' 모티프는 유사 이래 항존(恒存)해 왔다. 오늘날 광인일기의 독자가 '식인주의'를 한 세기 전 이웃 나라 중국에서 발생했던 '一件小事'로 치부해 버린다면 이는 아마도 루쉰을 가장 反루쉰적으로 읽는 독법이 될 것이다.[82]

82 실제로 루쉰은 '식인'의 역사를 초역사적인 것으로 은밀히 규정한다. 그리하여 그는 (식인) 역사에는 '연대가 없다'고 하였다.

그렇게 보자면 현대와 전통은 서로 단절된 두 개의 세계가 아니다. 단지 '하나'의 시간에 이런저런 이름을 붙여본 것일 따름이다. 그렇기 때문에 서문에서 광인이 모지에 후보로 부임하는 결말에 대한 몇 가지 상이한 해석학적 가능성에도 불구하고, 양자가 굳이 상호 모순적으로 해석될 필요는 없다. 인류 역사에서 하시라도 출몰할 수 있는 식인주의를 타파하는 것은 결국 소설 속 광인이 아니라 광인일기를 읽고 있는 '나'가 아니겠는가? 어찌 보면 오늘날 루쉰 읽기에서 관건이 되는 것은 '식인주의' 모티프를 에워싼 광인-마을 사람-진인의 삼각 구도에서 나는 지금 과연 〈어디에 머무르고 있는가〉(云何住)의 문제일 것이다. 그렇게 보자면 광인의 일기는 그야말로 '나'의 심령을 파헤치기 위한 작가의 방편일지 모른다. 물론 그 방편에 힘입어 '화택'에서 빠져나왔을 때 광인도, 마을 사람도, 진인도 이미 부재의 기표로 남아 있을 것이다.

저울의 눈금은 그 측량하고자 하는 물건에 응하여 쉼 없이 움직이되 실상은 한순간도 움직인 바가 없다. 그러나 저울이 저울 되기 위해서는 끊임없이 현실에 응해서 자신을 적극적으로 나투어야 한다. 용이 없는 체는 체가 없는 용만큼이나 공허하다. 루쉰은 '본시 땅 위에는 길이 없건만 걷는 사람이 많으면 그것이 길이 되는 것'이라고 말하지 않았던가.

중국 현대문학 신론

전통으로 현대 읽기

제11장

루쉰 글쓰기의 아포리아

인식론의 문제와 관련하여 『대승기신론』은 흥미로운 관점을 제시한다. 이름 하여 '일심삼대(一心三大)'의 논리이다. 2부에서 그 내용을 간략히 소개하였으나[83] 그 의미를 부연 설명하자면, 체(體)는 근본 본체의 측면이요, 상(相)은 본체에 함장된 무한한 공덕상이며, 용(用)은 현실에서 구체화된 모습으로 드러난 마음의 작용성이다. 전술한 삼대의 논리에서 우리가 주목해 볼 부분은 용대의 문제이다. 기실 체대는 언어적인 모든 분별적 인식이 끊어진 경지이니 논의의 범주를 떠나 있고, 따라서 우리는 '용대'를 통해 체대와 상대를 사후적으로 가늠해 볼 수 있을 뿐이다. 단 핵심은 용이 체-상을 떠나 있지 않다는 것이다.

루쉰 문학은 체상용의 개념을 전위적으로 확장해 볼 수 있는 황금어장이다. 여기서는 편의상 그의 잡감문에 기반을 두고 논의를 전개

83 본서 제2부 「불교 인식론」(3장)의 '問四' 참조.

할 것인데, 필자가 제일 먼저 살펴볼 문장이 「어떻게 쓸 것인가」이다. 이 글은 『망원(莽原)』에 처음 발표되었던 것으로 여기에는 글쓰기에 대한 작가의 고뇌가 진솔하게 드러나 있다. 기본적으로 루쉰에게 글쓰기란 '무엇을'과 '어떻게'의 문제로 집약된다. '무엇을'이라는 소재적 측면과 관련하여 작가는 먼저 '쓸 수 없음'을 시사한다.

> ① 그때 나는 무언가를 쓰고 싶었지만 쓸 수 없었다. 쓸 도리가 없었던 것이다. 이것이 소위 말하는 '내가 침묵하고 있을 때 충일을 느끼며, (일단) 말하고자 하면 즉시로 공허함을 느낀다는 것이리라.'[84]

> ② 나는 그것에 접근하려 했다. 그러나 그렇게 할수록 그것은 오히려 점점 아련해 지면서 기껏해야 내가 홀로 돌난간에 기대고 있고 그 외에는 일체가 텅 비어 있음을 알아차릴 뿐이었다.[85]

인용문에서 루쉰이 지적하고 있는 '쓰고자 하나 쓸 수 없는' 그것은 어찌 보면 글쓰기를 업으로 삼는 작가의 깊은 고뇌를 대변하는 것이다. 그러나 '텅 비어 있음'이라는 무(無)의 정취가 불현듯 모기라는 불청객의 공습과 더불어 '따끔함', '가려움', '아픔' 등의 신체적 지각으로 대체되면서 일순간 사라진다. 그로부터 루쉰은 자조적으로 '무엇을'에 대한 결론을 내린다.

84 這時, 我曾經想要寫, 但是不能寫, 無從寫. 這也就是我所謂 '當我沈默着的時候, 我覺得充實, 我將開口, 同時感到空虛.'
85 我想接近它, 但我愈想, 它却愈渺茫了, 幾乎就要發見僅只我獨自倚着石欄, 此外一無所有.

> 비록 모기가 한 번 문 것에 불과한 것이지만, 자기 몸에 일어난 일은 절실하다. 쓰지 않아도 된다면 훨씬 좋겠으나, 쓰지 않을 수 없는 경우라면 이와 같은 소소한 일상사만을 쓸 수 있을 뿐이다.[86]

그런데 '소소한 일'을 부연 설명하는 루쉰의 통찰력이 예사롭지 않다. 그는 '쓰지 않는 쪽'이 편하지만 꼭 써야 한다면 **제멋대로 쓸 뿐이며**, 또 어쨌든 그렇게밖에는 할 수 없고, 그들은 시간과 더불어 **응당 사라져야 한다**[87]는 것이다.

여기에 대한 필자의 해석학적 입장을 밝히기에 앞서 잠시 2,500년 전의 인도라는 시공간으로 거슬러 올라가 보자. 장면은 석가 부처가 1,250인의 청법(請法)대중을 앞에 두고 空사상을 설파하던 기수급고독원(祈樹給孤獨園)이다.

> 이와 같이 내가 들었다. 한때 부처님께서 사위국 기수급고독원에서 대비구들 천이백오십 인과 함께 하셨다. 그때 세존께서 공양하실 때에 가사를 입으시고 발우를 가지시어 사위대성에 들어가셔서 걸식하실 적에 그 성 안에서 차례로 걸식하시고는 처소로 돌아오시어 공양을 마치신 뒤 가사와 발우를 거두시고 발을 씻으신 다음 자리를 펴고 앉으셨다.[88]

인용문은 『금강경』의 첫 장에 해당하는 「법회인유분(法會因由分)」

86 雖然不過是蚊子的一叮, 總是本身上的事來得切實. 能不寫自然更快活, 倘非寫不可, 我想,也只能寫一些這類小事情.

87 就是隨便寫寫罷, 橫豎也只能如此, 這些都應該和時光一同消逝.

88 「법회인유분」의 한문 원문은 다음과 같다. "如是我聞, 一時佛在舍衛國祇樹給孤獨園與大比丘衆千二百五十人俱. 爾時, 世尊食時着衣持鉢, 入舍衛大城, 乞食於其城中, 次第乞已, 還至本處, 飯食訖, 收衣鉢, 洗足已, 敷座而坐."

이다. 언뜻 보면 동북아 불교 전통에서 선종과 교종이 공히 소의경전으로 지목하는 데 주저함이 없는 경서의 도입부로 내용이 평이하기 그지없다. 그러나 다수의『금강경』연구자들은「법회인유분」에서 석가가 밝히고자 했던 공사상의 근본 종지가 모두 드러났다고 입을 모은다. 일단「법회인유분」의 핵심 내용을 세 개의 장면으로 재구성해 본다.

1. 세존께서 사위대성에 들어가셔서 차례로 걸식하시다 (入舍衛大城乞食於其城中)
2. 가사와 발우를 거두시고 발을 씻으시다 (收衣鉢洗足已)
3. 자리를 펴고 앉으시다 (敷座而坐)

『금강경삼가해(金剛經三家解)』[89]에 따르면 위의 세 가지 사건은 법신 · 반야 · 해탈(法身 · 般若 · 解脫)의 관점에서 해석이 가능하다. 즉 성불도를 이루어 법신과 일체가 되신 부처님이 '입성걸식'하심은 법신이 공적(空寂)하지 않음을 반야 지혜로 개시(開示)한 것이다. 달리 말해 체가 적멸에만 머물지 않으며 현실에서 용으로 발현된다는 의미이다. 다음으로 '수의세족'은 반야가 집착이 없음을 보이신 것인데, 이는 '해탈'로 개시되었다. 즉 반야지혜로 현상을 관조하여 대상에 대한 집착이 끊어진 자리가 해탈(대자유)인 것이다. 마지막으로 '부좌이좌'는 모든 고통이 사라진 자리인데, 적멸한 이치가 다시 법신으로 드러났다. 이상을 요약해 보자면 법신의 어리석음이 없는 것이 반야이고, 반야의 집착이 끊어진 것이 해탈이며, 해탈

89 冶父의 頌과 宗鏡의 提綱 및 得通의 說誼 등 세 항목을 추려서 엮은『금강경』해설서를 지칭.

은 모든 번뇌가 소멸된 경지로서 그 자체가 법신 자리이다. 고로 법신-반야-해탈은 셋이면서 하나이고, 하나이면서 셋이다. 이를 체상용의 논리로 재술해 보자면 법신이 체가 되며, 반야가 상이고, 해탈은 용이 된다. 여기서 그 명칭을 체상용이라 하든 법신-반야-해탈이라 부르든 관건은 '하나'를 들어 말함에 셋이 동시에 갖춰져 있다는 것이다. 그로 인해 함허득통(涵虛得通)은 '직반야(直般若)는 반야가 아님'[90]을 적시하고 있다. 달리 말해 반야를 설한다 할지라도 반야만으로는 반야가 되지 못하며, 반드시 법신과 해탈이 구족해야 한다. 이는 법신과 해탈도 마찬가지이다.

이제 전술한 법신-반야-해탈(혹은 체상용)의 논리에 빗대어 다시 글쓰기에 대한 루쉰의 독백을 살펴보자. 루쉰은 먼저 '쓰지 않음', '쓸 수 없음', 그리고 '텅 비어 있음'을 말하였다. 이는 법신(체)의 영역과 흡사하다. 그런데 모기의 공습과 함께 '소소한 일상사'를 쓸 수 있음을 고백한다. 이는 법신이 죽은 '체'가 아님을 시사하는 것으로 반야(상)에 해당한다. 다음으로 작가는 '제멋대로 씀'을 말했다. 이는 해탈(용)의 영역이다. 이상을 체상용의 논리로 부연 설명하자면 '쓸 수 없음', '작은 일을 쓰는 것', 그리고 '제멋대로 쓰는 일'은 상호 분리돼 있지 않다. 달리 말해 '작은 일을 쓰는 행위'로 인해 '쓸 수 없음'이 공허한 체로 남지 않으며, '제멋대로 씀'은 글을 쓰되 문자에 함몰되지 않음을 말함이다. 이를 통해 루쉰은 '시간과 더불어 사라지는 글쓰기'를 통해 '침묵하고 있을 때의 충일'을 오롯이 담아내고자 하였다.

한편, 여상의 논의를 루쉰적 언어로 재삼 논증하기 위해서는 '어떻게'와 관련된 작가의 논거를 면밀히 고찰해 보는 것이 필요하다.

90 直般若非般若.

'어떻게'의 주제와 관련해서 루쉰이 서술하는 작품 형식—가령 일기체, 서간문, 1인칭, 3인칭 등—의 문제는 어찌 보면 모두 자신의 주장을 강변하기 위한 서사적 장치이다. 요컨대 루쉰이 정작 말하고자 한 것은 '허'와 '실'의 문제였다.

> 일반적으로 환멸의 비애란 허로 인함이 아니라 허를 실로 오인하는 데서 오는 것이다.[91]

인용문에 따르면 루쉰은 허를 실로 가장하는 것을 경계한다. 이를 달리 말하자면 '무상(無常)'으로서의 존재의 본질을 '상(常)'으로 전도시키는 것과 진배없다. 이어지는 단락에서 다시 루쉰은 '허중실(虛中實)'과 '실중허(實中虛)'를 대비시킨다. 물론 양자 중 환멸의 가능성은 후자 쪽이 훨씬 크다. 왜냐면 '실중허'의 경우 독자는 그것이 실(實)인 줄 믿었다가 허임을 자각했기 때문이다.(우리말식으로 말하자면 '믿는 도끼에 발등 찍힌' 경우와 흡사하다.) 허와 실에 대한 루쉰의 논의에서 중요한 것은 양자를 바라보는 작가의 시각이다. 흥미로운 것은 루쉰의 경우 진실이 '있다' 혹은 '없다'라는 판정을 내리지 않는다. 그에게 중요한 것은 허를 실로 오판하거나 허를 실로 둔갑시키지 말아야 한다는 것이다. 이를 체상용의 논리로 말하자면 허를 실로 오판하는 것은 중생의 망상분별지가 반야지혜를 장애하여 무상을 상으로 그릇되게 인식하고, 이로 인해 해탈을 얻지 못하는 것이다. 허와 실에 대한 체상용적 해석은 루쉰의 다른 잡감문과 상호텍스트적으로 읽을 때 더욱 설득력을 가진다.

91 一般的幻滅的悲哀, 我以爲不在假, 而在以假爲眞. (원문의 假와 眞을 이 글에서는 虛와 實로 번역하였음)

『어사(語絲)』에 발표된 「문학과 땀」에서 루쉰은 문학의 영원성에 대해 풍자적으로 서술한다. 그에 따르면 문학이 영원히 변치 않는 인간성을 그려야 한다는 주장은 적절치 못하다. 물론 인간이 땀을 흘리는 사건 자체는 비교적 영원한 사실이라 간주할 수 있다. 그런데 작가적 관점에서 중요한 것은 향기로운 여인의 땀과 노동자의 구린 땀 사이에서 누구의 땀을 그릴 것인가의 문제이다. 여기서 양자는 모두 용의 사태에 해당한다. 나아가 이 세상 어느 작가도 인간이 땀을 흘린다는 사건 자체를 작품의 소재로 선택하지는 않을 것이다. (물론 이 글에서 루쉰이 비판한 것은 문학이 영구불변한 인간성을 그려야 한다는 량스치우(梁實秋)의 주장이었다.)

루쉰에 따르면 영원은 영원으로 드러나지 않는다. 영원은 단지 순간으로 섬광처럼 현전할 수 있을 뿐이다. 그러나 순간의 무상성, 혹은 허의 허임을 자각하는 것은 이미 찰라가 일시(一時)의 적멸 속으로 귀속되는 순간이다. 어찌 보면 여기에 루쉰의 문학적 아포리아가 숨어 있다. 설령 그가 지금-여기의 순간을 제멋대로 적는다 할지라도 그것이 언술화되는 순간 어떠한 형태로든 독자는(혹은 작가는) 쓰인 글 속에서 일말의 실(實)을 보아내고자 하지 않겠는가?

솔직히 이 글을 쓰고 있는 필자는 루쉰이 그것을 자각했는지의 여부를 파악할 도리가 없다. 단지 필자에게는 '환멸의 비애'란 구절이 유난히 눈에 어른거린다. 환멸은 글자 그대로 환(幻)이 멸(滅)한 것이다. 불교로 보자면 이는 '적멸'의 경지와도 일맥상통한다. 그런데 환멸을 체험하는 계기가 어디서 비롯되는가? 루쉰에 따르면 '허를 실로 오판'하는 데서 발생한다. (기실 윗 단락에서 루쉰은 환멸의 원인이 실 속에서 허를 발견함에 있다고 거듭 밝혔다.) 여기서 루쉰의 이 같은 논리를 나름대로 재구해 보자면 첫째가 허를 실로 오판한 단계이며, 둘째는 (그) 실이 허임을 깨닫는 과정이고, 셋째는 이로부터 환멸을 경험하는 순간이다. 그런데 '환멸'은 달리 말하면 고(苦)에 대한 자각이다. 고에 대한 자각은 필경 '비애'를 수반한다. 즉 '내'가 영원하다고 믿었던 모든 것들이 덧없이 사라져 버림을 직감하는 고통스러운 순간이다. 그러나 이 고에 대한 자각으로 인해 인간은 육도윤회의 사슬을 끊고 진여일심으로 회귀해 들어가고자 하는 보리심(菩提心)을 내게 된다.[92] 그렇게 보자면 '번뇌'는 중생을 제도하기 위해 보살이 시설한 방편이었던 셈이다. 마명보살은 『기신론』에서 이를 비유로 설파하였다.

> 無明의 상은 覺性과 분리되지 아니하여
> 가히 무너지지도 아니하며
> 가히 무너뜨리지 못할 것도 아님이니
> 마치 대해의 물이 바람으로 인하여 파도가 일어나서
> 水相과 風相이 서로 버리고 여의지 아니하나
> 물은 움직이는 성품이 아님이니
> 만약 바람이 그쳐 사라지면 움직이는 상은 곧 멸하나
> 젖는 성질은 무너지지 않는 것과 같은 까닭이니라.[93]

깨달음의 도상에서 최대의 적은 성(聖)과 속(俗), 자(自)와 타(他), 옳음과 그름을 분별하는 것이다. 그러나 사유하는 인간이 어찌 분별하면서 궁극에는 분별없음을 지향할 수 있을 것인가? 어찌 보면 루쉰 글쓰기의 궁극적 아포리아는 여기에 숨어 있었을 것이다. 그것이 묘(墓)의 후기에서 작가가 '무덤', '무', '중간물' 등의 메타포를 사용

92 『대승기신론』에서는 이를 始覺이라 하였다.
93 본서 제2부 「불교인식론」(3장)의 '問十' 참조.

하는 연유이다. 무덤은 '없음'(亡者)이 '있음'으로 현전한 것이다. 그리고 무덤 앞에 놓인 묘비는 그 무와 유의 양극단을 매개하는 존재론적 '중간물'이 아니었던가?

첨언

환멸을 '고(苦)에 대한 자각'이란 측면에서 사유하는 것이 해석학적 보편성을 가질 수 있을지는 미지수다. 그런데 마오둔(茅盾)의 문학관을 논하는 커싱(克興)의 글에서 흥미로운 구절을 발견하여 이를 부분 인용한다.

> 주인공 정여사(靜女士)는 물론 소자산계급의 여자로서 이성으로는 광명을 지향하고 혁명을 원한다. 그러나 감정으로는 매번 좌절을 겪게 되고 그때마다 절망한다. 그러나 그녀의 절망은 오래가지 않고 그녀는 침울해졌다가는 적막을 느끼고 그리하여 또 광명을 추구하고 그리고 나서는 다시 환멸을 느낀다. 그녀는 끊임없이 추구하고 끊임없이 환멸을 느낀다.[94]

기실 상기 구절은 마오둔이 자신의 소설인 『환멸』에 대해 논한 대목을 커싱이 인용한 것이다. 여기서 주목할 것은 마오둔이 '환멸'을 상상된 현실에 대한 출구적 개념으로 사용하고 있다는 점이다. (가령 정여사는 현실에서 끊임없이 광명을 추구하지만 끊임없이 환멸을 느끼고 좌절한다.) 물론 이 글에서 작가의 의도를 세세히 분석하

94 克興, 심혜영 역, 「프티 부르조아의 문예이론의 오류」, 『문학과 정치』, 중앙일보사, 1989, 116쪽.

는 것은 적절치 않겠으나, 적어도 마오둔에게 환멸이 루쉰이 말한 '허를 실로 오인하는 것에 대한 자각'의 계기와 무관하지 않음을 알 수 있다. 반면 커싱은 이 구절을 근거로 작가 마오둔의 반혁명적 입장을 신랄히 비판한다.

> 〈환멸〉이 갖는 작용이란, 무산계급에 대해서는 자산계급을 위해, 소자산계급에 대해서는 자산계급을 향해 뛰어드는 출로를 분명하게 제시해 주는 것이 되므로 혁명에 대해서는 반동적인 작용을 하게 되는 것이다.[95]

아이러니한 것은 마오둔에게는 환멸이 현실에 대한 그릇된 집착에서 벗어나기 위한 방편적 기제로 사용되고 있음에 반해, 커싱은 오히려 환멸을 통해 집착의 문으로 들어가기를 강권하고 있다는 점이다.

> 이 작품이 만약 환멸 이후에 어떤 출로를 발견하게 되고 그리하여 적극적으로 혁명에 가담하게 되어 다시는 환멸을 느끼게 되지 않는 내용이라면 이 작품도 소자산계급의 혁명을 묘사한 작품으로서 우리 사회에 대해 일종의 영도적 작용을 해낼 수 있을 것이다.[96]

'환멸'을 설명하는 상기 두 인용문을 곰곰이 살펴보노라면, 커싱의 이 같은 입장은 〈허를 실로 오인하는〉 계기를 강화하는 이데올로기적 '마취제'(幻生?)의 역할을 자임하고 있음을 부인할 수 없다.

95 같은 책, 117쪽.
96 상동

후 기

장구한 중국의 문학 전통을 특정한 개념을 가지고서 체계적으로 서술하는 것은 간단한 작업이 아니다. 그럼에도 불구하고 문학 연구자의 입장에서 중국 문학이라는 망망대해를 무작정 표류하지 않기 위해서는 부득불 일반화의 오류를 감수치 않을 수 없다. 물론 이는 전적으로 중국의 문화적 특수성을 보다 잘 이해하기 위한 일종의 방편에 불과하다.

'문(文)이 도를 담기 위한 그릇'(文以載道)이라는 관념은 어떤 의미에서 중국 문학의 역사만큼이나 오래되었다.[1] 기실 통사적 관점에서 볼 때 왕조의 통치 이념에 의거하여 도의 내용이 끊임없이 교체되는 것은 당연지사라 하겠지만, 문을 재도의 방편으로 바라보는 문인들의 시각은 이상스러우리만큼 일관되게 지속돼 왔음을 어렵지 않게 발견할 수 있다. 싸즈칭(夏志清)은 자신의 여러 논문에서 이 같은 중국 문학의 특수성을 잘 지적하고 있다.[2]

그런데 여기서 주목할 부분은 반전통주의를 전면에 내세우며 촉발된 오사 신문화 운동도 그 면면을 심층적으로 들여다보면 '문이재도'의 기본 전제가 여전히 유효하게 작동하고 있다는 점이다.[3] 가

1 '문장이 도를 담아야 한다'는 관념은 문학의 교화적 기능을 강조한 개념으로, 역사적으로는 韓愈나 柳宗元 등이 주창했던 한대 고문운동과 관계가 깊다. 이 같은 문화적 특징을 고려할 때 중국 문학에서 정치와 예술의 문제를 분리해서 사고하는 것은 적절하지 않다.

2 C.T. Hsia, "Society and Self in the Chinese Short Story", *The Classic Chinese Novel*, New York: Columbia University Press, 1968.

3 오사 초기의 대표적 반전통주의자들이었던 후스와 천두슈는 공히 문이재도 사상을 비판하고 있다. 그러나 양자의 글을 주의 깊게 읽어보면 두 사람의 논지에

령 루쉰이 의학도에서 작가의 길로 들어선 것도 어떤 의미에서는 문을 통해 '현대의 도'[4]를 구현하겠다는 동기에서 촉발된 것이었으며, 창조사(創造社)의 낭만주의 문인들이 5·30 사건을 경과하면서 대거 혁명문학 대열로 주저 없이 합류하는 기현상도 이 같은 문화적 코드를 염두에 두고 고찰한다면 전혀 이상할 것이 없다. 더불어 다수의 오사 작가들이 연안(延安) 시기를 전후하여 사회주의 리얼리즘에 경도된 것도, 이 같은 글쓰기 형식이 맑시즘이라는 새로운 도를 전파·보급하는 데에 가장 효율적인 글쓰기 형식이 되리라고 판단했기 때문일 개연성이 높다. 그렇게 보자면 중국 (현대)문학 연구에서 내용(무엇) 및 형식(어떻게)의 문제와 더불어 '왜'라는 문학 외적 요소를 고려하는 것은 필수적이다. 즉 중국 현대 작가들의 경우 '왜 쓰는가'라는 정치적 합목적성이 문학의 형식이나 내용에 대한 심미적 탐색보다 훨씬 시급한 명제로 뇌리에 각인되었을 공산이 크다.

물론 이 글의 목적이 중국 현대성에서 문학과 정치의 어색한 결합에 대한 제3자적 평가를 내리는 데 있는 것은 아니다. 그보다는 문학으로 사회를 개조하고 인간을 교화한다는 문이재도적 사유의 이론적 근거를 중국 문학전통 내에서 자체적으로 살펴보는 것이 이 글의 일차적 관심사이다. 여기서 필자가 논의를 심화시키기 위해 주목한 문장은 주자(朱子)의 「시경집전서(詩經集傳序)」이다. 알다시피 주자는 시경의 고주를 자신의 기호에 의거해 정리하여 시경 집전을 편했으며, 「시경집전서」는 거기에 대한 경위를 밝힌 글이다.

중국은 자체적인 경전을 가지고 있는 나라이다. 그런데 현존하는 삼경(三經) 가운데 고대 시가집인 『시경』이 포함되어 있음은 언뜻

의해 문이재도의 정당성은 오히려 강화되는 측면이 있다. 본서 제3부 「五四 현대성 회고」(8장) 참조.

4 이를 李澤厚식으로 말하자면 啓蒙과 救亡의 정신이 될 것이다.

보기에도 예사로운 일이 아니다.[5] 필자가 보건대 실용이성이 지배해 온 중국의 문화적 풍토에서 고대 시가집이 경전의 하나로 숭상받아 온 결정적 근거를 밝히기 위해서는 아무래도 시의 교화적 기능에 주목하지 않을 수 없다. 물론 이는 주자로 대변되는 당시 중국 지식인들의 (시)문학관을 근거로 한 추론이다.

「시경집전서」는 문답식으로 쓰인 글이다. 주자는 글의 도입부에서 단도직입적으로 시의 발생 기원에 대해 서술한다.

> 或者가 나에게 묻기를 '詩는 어찌하여 지었습니까?' 하였다. 나는 다음과 같이 대답하였다. '사람이 태어나서 靜할 때에는 하늘의 性이 그대로 보존되어 있고, 사물에 감동되어 動하면 성의 欲이 나온다. 이미 욕이 있으면 생각이 없을 수 없고, 이미 생각이 있으면 말이 없을 수 없고, 이미 말이 있으면 말로써 다할 수 없어서 자차하고 영탄하는 나머지에 발하는 것이 반드시 자연스러운 음향과 가락이 있어 그칠 수 없으니, 이것이 시를 짓게 된 이유이다.[6]

인용문에서 '시하위이작야(詩何爲而作也)'는 표면적으로는 시의 발생 동기를 지적하는 말이지만, 문답의 내용을 자세히 음미해 보면 글 속에 시가집이 경전의 위치에까지 올라가게 된 근거가 내포돼 있다. 주자에 따르면 인간의 마음이 고요할 때에는 그 속에 하늘의 성품이 오롯이 보존돼 있다. 『중용(中庸)』으로 말하자면 '천명지위성(天命之謂性)'의 경지이다. 그러다가 마음이 대상 사물과 접촉하게 되면 적멸하던 마음에서 즉시로 작용이 일어난다. 이를 원문에서는

5 사서오경의 경전 성립 과정과 관련해서는 다음 책을 참조하시오. 다케우치 데루오 저, 이남희 역, 『동양철학의 이해 : 四書五經을 중심으로』, 까치, 1991.
6 성백효 역주, 『시경집전』(上), 전통문화연구회, 1993년, 21쪽.

'욕(欲)'으로 표현하고 있는데, 현대적 용어로 풀이하자면 대상에 대한 감정 작용에 해당할 것이다. 감정 작용은 다시 시비판단(思)을 수반하고, 시비판단은 말(言)로 드러나게 되는데[7] 주목할 지점은 이 대목이다. 즉 사람은 자신의 생각을 말로 나타내고자 하나, 말은 생각을 끝까지 표현하지 못한다. 이로부터 '탄식하고 읊조리는 나머지'[8]에 발하는 것이 필히 **자연스러운 음향과 가락**이 있어 그칠 수 없게 되니 이것이 시를 짓는 연유가 된다. 이렇게 보자면 시는 인위적으로 만든 것이 아니며, 나아가 시 자체는 이미 자연의 섭리를 그 속에 내포하고 있다.

이상의 논의에서 두 가지 중요한 개념에 주목해 볼 수 있다. 첫째는 자연의 음향과 가락을 지적한 부분인데, 이를 통해 시와 노래의 비분리적 속성를 간파할 수 있고, 둘째는 (생각을) 말로 다 할 수 없는 지점에서 시가 등장한다는 점이다.[9] 여기서 인간의 말로 표현된 영역을 형이하적이라 한다면, 말을 넘어서 있는 것은 형이상적 영역이다. 그렇게 보자면 시는 형이하와 형이상이 **매개되는** 극적인 지점이다. 이것이 바로 시가 경이 되는 중요한 연고이다. 서문의 다음 단락은 시의 교화적 기능을 설명한 부분이다.

> '그렇다면 그 가르침이 되는 이유는 무엇입니까?'
>
> '詩는 사람의 마음이 사물에 감동되어 말의 나머지에 나타난 것이니, 마음의 감동하는 바에 邪와 正이 있다. 그러므로 말에 나타나는

7 여기까지를 간략히 정리해 보자면 (1)고요한 마음(性)이 대상과 부딪치면서 (2)감정 작용(欲)이 발동하고 (3)이로부터 시비판단(思)이 수반되어 (4)이를 언어로 표현하게 되는 것이다.

8 인용구절의 원문을 보면 '發於咨嗟詠歎之餘'로 되어 있는데, 여기서 '나머지'의 함의를 전후 문맥을 고려하여 '언어적 표현이 막다른 골목에 다다른 상태' 정도로 풀이하면 좋을 듯하다.

9 이를 『주역 계사전』에서는 '言不盡意'라 표현하였다.

바에 是와 非가 있는 것이니, 오직 성인이 윗자리에 계시면 감동된 것이 바르지 않음이 없어 그 말씀이 모두 족히 가르침이 될 수 있는 것이요, 혹시라도 감동됨이 잡되어 발하는 바가 선택할 것이 없지 못하면 윗사람이 반드시 스스로 돌이킬 바를 생각해서 이것을 인하여 선을 권면하고 악을 징계함이 있으니, 이 또한 가르침이 된다.'[10]

인용문에 따르면 마음이 사물에 반응함에는 삿됨(邪)과 올바름(正)이 있는데, 이로 인해 말에도 시와 비가 생기는 것이다. 여기서 삿됨이란 감정이 절제되지 못한 경우이며, 올바름이란 감정이 절제된 상태를 지칭한다. 그런데 주자의 관점에서는 선한 시가 교화의 수단이 될 수 있는 것은 말할 나위 없고, 절제를 벗어난 시 또한 반면교사(反面敎師)적 차원에서 여전히 백성의 교화를 위한 방편이 될 수 있다. 물론 시적 교화의 궁극적인 목표는 주남(周南)과 소남(召南)에서 묘사되는 성정(性情)의 올바름을 현세에서 구현하는 것이다. 이것이 그 유명한 '즐겁되 지나치지 아니하며, 슬프되 마음을 상함에 미치지 않는'[11] 경지이다. 기실 이 간명한 구절 속에 주자 시문학관의 모든 내용이 함축적으로 드러났다.

알다시피 낙(樂)과 애(哀)는 마음이 사물과 접촉하여 '희로애락'이 겉으로 드러난 경지이며, 불음(不淫)과 불상(不傷)은 그럼에도 불구하고 감정이 지나침이 없어 절도에 들어맞음을 암시하는 것이다. 이는 공자가 말한 '스스럼없이 행하되 법도를 어김에 이르지 않는'(從心所欲不踰矩) 상태와도 일맥상통한다. 흥미로운 것은 국풍의 경우 대부분의 시가 남녀상열지사를 소재로 하고 있다는 점인데, 주자는

10 성백효 역주, 『시경집전』(上), 21쪽.
11 樂而不淫·哀而不傷

'남녀관계'라는 가장 일상사적인 영역을 통해 '치우침 없음'이라는 중도의 논리를 거론하고 있다. 즉 성속불이(聖俗不二)의 현실적 가능성을 탐색함에 그 매개가 되는 것이 바로 '시가'이다. (어찌 보면 『중용』의 핵심 또한 이 성속불이 사상과 무관하지 않다.)

이상의 논리를 총체적으로 고찰해 보면 결국 '시' 혹은 '시삼백'이 한대 유가들에 의해 시경으로 추존된 연유를 나름대로 짐작할 수 있다. 이를 현대적 용어로 치환해 말하자면 문학이 정치철학적으로 재약호화되는 전형적 사례이다. 물론 이 같은 '전유'의 과정은 문이재도라는 중국 문학의 뿌리 깊은 전통을 고려하면 전혀 새삼스런 것이 아니다. 더불어 문이재도의 내용적 층위는 성속불이적 형식에 의해 더욱 강화된다.

그런데 필자의 경우 문학과 철학, 혹은 시와 정치가 일말의 긴장감 없이 자연스럽게 어우러진 중국적 상황을 보면서 역으로 이를 '특이한' 문화적 전통으로 바라보는 우리의 시각을 반성적으로 문제 삼고자 한다. 알다시피 기독교의 경전인 신구약은 그 자체로 위대한 유대 민족의 문학이었으며, 불교의 경우에도 석가 부처의 종교적 가르침은 필히 게송(偈頌) 형식을 통해 대중에게 알기 쉽게 전달되었다. 그렇게 보자면 문학과 철학, 성과 속 등을 자의적으로 쪼개고 분리시켜 그들 사이에 서로 넘나들 수 없는 철벽을 만들려는 시도가 그 자체로 편협한 서구 근대의 분석적 시각에 함몰된 관점이 아니겠는가? 물론 필자가 진실로 우려하는 것은 그 같은 분과 학문적 경향에 대한 추수주의가 아니라, 그로 인해 초래되는 가히 우려할 만한 문화적 기현상이다.

『중론』의 저자인 나가르주나는 「관시품(觀時品)」(시간에 대한 관찰)에서 '시간이 존재한다'라는 외도(外道)의 가설을 명쾌하게 논파한다. 논서에 따르면 ①만일 과거의 시간으로 인하여 미래와 현재가 존재한다면 미래와 현재는 응당 과거의 시간에 존재해야 하며, ②만일 과거의 시간 속에 미래와 현재가 존재하지 않는다면 미래와 현재의 시간이 과거로 인하여 존재한다 함은 자기모순이 된다. 나아가 과거-현재-미래라는 시간 자체를 얻을 수 없는 것이라면, 어찌 거기에 대한 상(相)을 말할 수 있겠는가?[12] 여기서 '시간의 상'(時相)이란 존재하지 않는 시간을 존재하는 것으로 파악한 연후 거기에 특정한 의미를 부여하는 것이다. 이를 본서의 주제와 연결시켜 보자면 아마도 '전통' 혹은 '현대' 등의 개념과 유사할 것이다. 물론 필자가 전유하는 전통의 개념은 엄중히 말해 인언견언의 방편이다.

본서에서 필자가 우회적으로 역설하고자 한 것은 '전통'이라는 개념을 빌어 현대성 이데올로기에 의해 분절된 '나'를 온전한 전체로 복원해 보고자 하는 시도였다. 유식 논리에 따르자면 인간이 비록 다섯 가지 감각기관(眼耳鼻舌身)을 경유해 세계와 만난다고 할지라도, 이는 제육의식(마음)에 의해 필히 통합된 형태로 인식된다. 그리하여『대학』에서도 '마음이 거기에 있지 아니하면 보아도 보이지 않고 들어도 들리지 않으며 먹어도 그 맛을 알지 못한다'[13]라고 하지 않았던가. 물론 인간은 많은 경우 자기의 카르마에 기대어 이런저런 형태로 세계를 조작하며, 그 조작된 세계를 순수한 객관 현실로 의심 없이 받아들일 것이다. 본서의 '전통'은 그 조작된 세계의 환을 멸하기 위한 방편이다. 그러나 환·멸 이후 조우하는 세계가 시인지 비인지는 그 누구도 알지 못한다. 방편의 목적은 시비선악의 이분법적 시각을 해체하기 위함이며, 방편 너머의 존재의 본질은 언제나 인간의 사량분별(思量分別)을 넘어서 있을 것이다.

12 龍樹菩薩 著, 김성철 역주,『中論』, 경서원, 1993, 319-325쪽.
13 心不在焉, 視而不見, 聽而不聞, 食而不知其味.

중국 현대문학 신론

전통으로 현대 읽기

별 첨

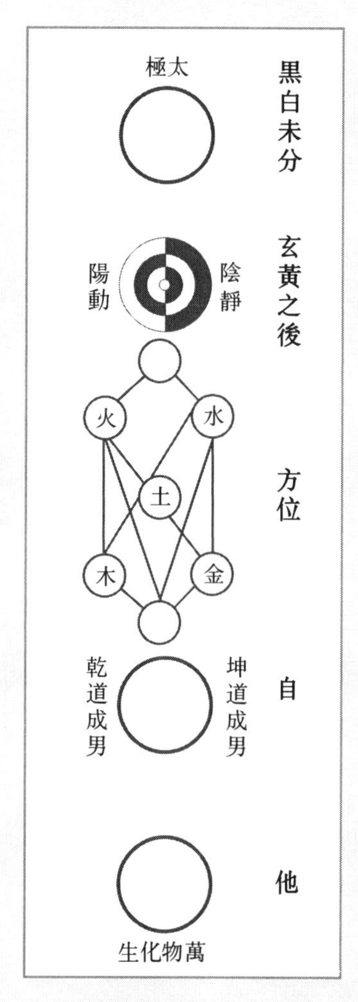

〈그림 1〉 周子太極圖

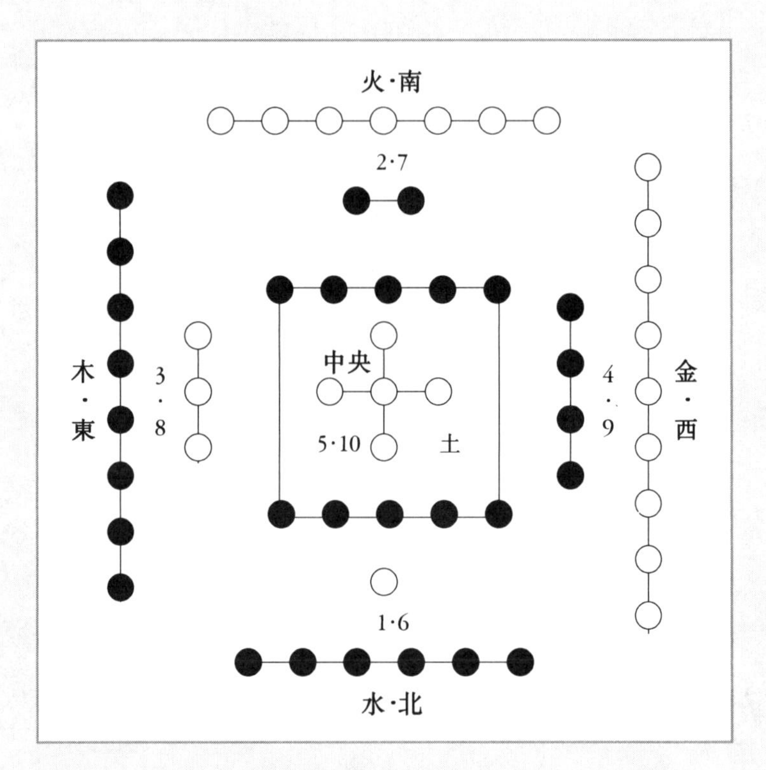

〈그림 2〉 河圖

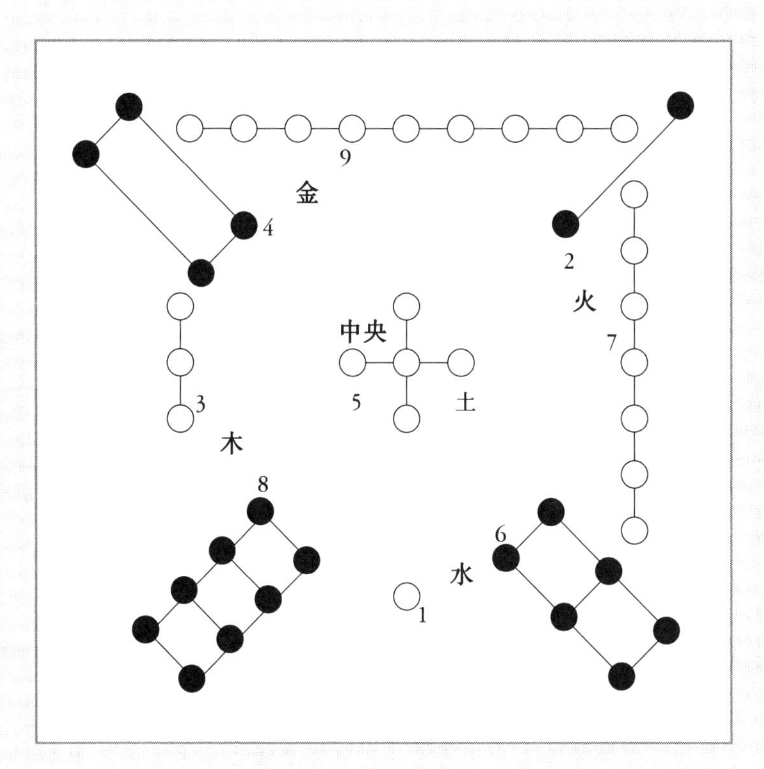

〈그림 3〉 洛書

중국 현대문학 신론

전통으로 현대 읽기

참고문헌

I. 일차 문헌

『周易傳義大全』
『易經來註圖解』
『周易禪解』, 智旭, 金呑虛 譯, 敎林.
老 子, 『老子讀本』, 三民書局, 1973.
老子·莊子, 『老子/莊子』, 臺灣中華書局, 1966.
莊 子, 郭慶藩 撰, 『莊子集釋』, 中華書局, 1997.
_____, 王夫之, 『莊子解』, 中華書局, 1977.
『法華經』
『金剛經』
『金剛經三家解』
『般若心經』
『圓覺經』
『碧巖錄』
『肇論』
『魯迅全集』, 人民文學出版社, 1981.
『郁達夫全集』, 臺北, 文化圖書公司, 1974.

II. 이차 문헌

1. 한국어 문헌

강영한, 「동양의 순환적 사유와 그 배경」, 『東洋社會思想』 제4호, 2001.
고회민 저, 정병석 역, 『주역철학의 이해』, 문예출판사, 1996.
곽신환, 『주역의 이해』, 서광사, 1991.
吉祥 編, 『佛敎大辭典』, 弘法院, 2005.
김석진, 『주역전의대전 역해』(상하), 대유학당, 1996.
______, 『대산주역강의』, 한길사, 1999.
김수길, 윤상철 공저, 『주역입문』, 대유학당, 1997.

김의진 · 심혜영 · 성민엽 옮김, 『문학과 정치』, 중앙일보사, 1989.
김홍호, 『푸른 바위에 새긴 글』(벽암록 풀이), 솔, 1999.
______, 『생각없는 생각』, 솔, 1999.
______, 『주역강해』, 도서출판 사색, 2003.
남회근 저, 신원봉 역, 『주역강의』, 문예출판사, 1998.
다케우치 데루오 저, 이남희 역, 『동양철학의 이해 : 四書五經을 중심으로』, 까치, 1991.
루이 알뛰세르, 김동수 역, 『아미엥에서의 주장』, 솔, 1991.
리하르트 빌헬름, 진영준 옮김, 『주역강의』, 소나무, 1996.
마르틴 하이데거 저, 오병남·민형원 공역, 『예술 작품의 근원』, 예전사, 1996.
馬鳴菩薩 造論, 圓照覺性 講解, 『大乘起信論』, 玄音社, 2000.
M. 칼리니스쿠, 이영욱 외 역, 『모더니티의 다섯 얼굴』, 시각과 언어, 1998.
미하일 바흐찐, 『장편소설과 민중언어』, 창작과비평사, 1988.
박재주, 『주역의 생성논리와 과정철학』, 청계, 1999.
『佛敎大辭典』, 弘法院, 2005.
샤오메이 천, 정진배 역, 『옥시덴탈리즘』, 강, 2001.
성백효 역주, 『시경집전』(上), 전통문화연구회, 1993.
안동림 역주, 『장자』, 현암사, 1996.
안병주, 전호근 역, 『國譯 莊子』, 전통문화연구회, 2001.
영남불교대학 교재편찬회, 『法華經』, 좋은 인연, 1999.
吳杲山, 『大乘起信論講義』, 보련각, 1977.
요코야마 코이치 저, 장순용 역, 『唯識이란 무엇인가』, 도서출판 세계사, 1996.
龍樹菩薩 著, 김성철 역주, 『中論』, 경서원, 1993.
이상섭, 『문학비평 용어사전』, 민음사, 2001.
이정용 저, 이세형 역, 『역의 신학』, 대한기독교서회, 1998.
임춘성, 「중국 근현대 문학사: 담론과 타자화」, 문학동네, 2013.
전형준 엮음, 『루쉰』, 문학과지성사, 1997.
정병조, 『반야심경의 세계』, 한국불교연구원, 1999.
정재서 編著, 『동아시아 연구, 글쓰기에서 담론까지』, 살림, 1999.
정진배, 『중국 현대 문학과 현대성 이데올로기』, 문학과지성사, 2001.
______, 『탈현대와 동양적 사유논리』, 차이나하우스, 2008.
______, 『장자, 순간 속 영원』, 문학동네, 2013.

정진배 역,『周易 繫辭傳』, 지만지 고전선집, 2009.
竹內好 역주, 한무희 등 옮김,『魯迅文集』(전6권), 일월서각, 1985.
智旭, 金呑虛 옮김,『周易禪解』, 圖書出版 敎林.
칸트, 최재희 옮김,『순수이성비판』, 박영사, 1972.
칼루파하나 지음, 김종욱 옮김,『불교철학의 역사』, 운주사, 2008.
프리초프 카프라 지음, 이성범·김용정 옮김,『현대물리학과 동양사상』, 범양사, 1997.
헤겔, 두행숙 옮김,『헤겔미학』, 나남출판, 1996.
헤겔, 임석진 역,「동양철학」,『헤겔연구』6, 청아출판사, 1995,

2. 중국어 문헌

文史知識編輯部 編,『佛教与中國文化』, 北京:中華書局, 1988.
高晨陽 著,『中國傳統思維方式研究』, 山東大學出版社, 2000.
張榮明 主編,『道佛儒思想與中國傳統文化』, 上海人民出版社, 1994.
陳良運 著,『周易與中國文學』, 百花洲文藝出版社, 1999.
高晨陽,『中國傳統思維方式研究』, 山東大學出版社, 1994.
蕭 吉, 錢杭 點校,『五行大義』, 上海書店出版社, 2001.
葉舒憲,『莊子的文化解析』, 湖北人民出版社, 1997.
陳鼓應,『老莊新論』, 上海古籍出版社, 1997.
林毓生,『五四..多元的反思』, 三聯書店, 1989.
張岱年, 程宜山,『中國文化與文化論爭』, 中國人民大學出版社, 1990.
錢理群·溫儒敏·吳福輝,『中國現代文學三十年』, 北京大學出版社, 1998.
孟繁華·程光煒,『中國當代文學發展史』, 北京: 人民文學出版社, 2004.
陳思和,『中國新文學整體觀』, 上海: 上海文藝出版社, 1987.
黃修己主編,『20世紀中國文學史(上·下)』, 廣州: 中山大學出版社, 1998.

3. 영어 문헌

Anderson, Marston. *The Limits of Realism*. Berkeley: University of California Press, 1990.
Expressions of Self in Chinese Literature, ed by Robert E. Hegel & Richard C. Hessney, New York: Columbia University Press, 1985.

Hakeda, Yoshito S. *The Awakening of Faith,* New York: Columbia University Press, 1967.

Hsia, C.T. *A History of Modern Chinese Fiction.* New Haven; Yale Univ. Press, 1961.

Hsia, C.T. *The Classic Chinese Novel,* New York: Columbia University Press, 1968.

Hua, Shiping. *Scientism and Humanism: Two Cultures in Post-Mao China.* Albany: State University of New York Press, 1995.

Jameson, Fredric. *The Political Unconscious.* Ithaca, New York: Cornell University Press, 1981.

Larson, Wendy. *Literary Authority and the Modern Chinese Writer : Ambivalence and Autobiography.* Duke University Press, 1991.

Lee, Leo Ou-fan. *Voices from the Iron House.* Indiana University Press, 1987.

Link, Perry. *Mandarin Ducks and Butterflies,* Berkeley: University of California Press, 1981.

Prusek, Jaroslav. *The Lyrical and the Epic.* ed. Lou-fan Lee, Bloomington: Indiana University Press, 1980.

Taylor, Charles. *Sources of the Self : The Making of the Modern Identity.* Cambridge: Harvard University Press, 1989.

The I Ching. The Richard Wilhelm Translation rendered into English by Cary F. Baynes. Princeton University Press, 1950.

Wang, Ban. *The Sublime Figure of History: Aesthetics and Politics in 20th-Century China.* Stanford: Stanford University Press, 1997.

Zhang, Longxi. *The Tao and the Logos.* Durham & London: Duke University Press, 1992.

찾아보기

(ㅈ)

(ㅊ)

저자약력

| 정 진 배

연세대학교 중어중문학과를 졸업하고, UCLA 동아시아학과에서 중국현대문학으로 박사학위를 받았다. 스토니브룩 뉴욕주립대학(SUNY at Stony Brook) 비교학과 조교수를 지냈으며, 현재 연세대학교 중어중문학과 및 동대학 언더우드 국제대학(UIC) 교수로 재직 중이다. 지은 책으로『중국현대문학과 현대성 이데올로기』,『탈현대와 동양적 사유논리』,『장자, 순간 속 영원』등이 있고, 역서로는『옥시덴탈리즘』,『주역 계사전』등이 있다. 현재 동 · 서양의 인식론 및 현대성 문제와 관련된 연구를 하고 있다.

본 도서는 한국연구재단(구 학술진흥재단) 인문저술사업의 지원을 받아서 수행된 연구임. (NRF-2009-812-A00252)

중국 현대문학 신론
전통으로 현대 읽기

초판인쇄 2014년 02월 20일
초판발행 2014년 02월 27일

저　　자 정 진 배
발 행 인 윤 석 현
발 행 처 도서출판 박문사
책임편집 최인노 · 김선은
등록번호 제2009-11호

우편주소 ㉾ 132-702 서울시 도봉구 창동 624-1
북한산 현대홈시티 102-1106
대표전화 02) 992 / 3253
전　　송 02) 991 / 1285
홈페이지 http://www.jncbms.co.kr
전자우편 bakmunsa@hanmail.net

ISBN 978-89-98468-21-7　93820　　정가 13,000원